Normalerweise genügt es, einen Raum ein wenig umzugestalten, um das Feng Shui zu verbessern. Doch gelegentlich muss die Beraterin Salome Waterhouse etwas tiefer vordringen … Als Salome das Haus ihres Großvaters in ihrem kalifornischen Heimatort erbte, wusste sie bereits, dass es schlechte Energie verströmte. Deswegen entschloss sie sich, es an einen bekannten Künstler zu vermieten – zu dem sie seitdem auf Distanz blieb. Aber das war vor dem Auftrag: bevor ein Anonymus sie anheuerte, um dem Maler eine Feng-Shui-Beratung zum Geburtstag zukommen zu lassen. Beim Betreten des Hauses findet sie ihren Mieter Palmer Fordham tot auf und gerät unter Mordverdacht. Zur falschen Zeit am falschen Ort – das kann man wohl schlechtes Chi nennen …

Denise Osborne hat sich mehr als zehn Jahre lang mit Feng Shui beschäftigt. Sie begann sich für asiatische Kultur zu interessieren, als sie in Tokio zur Schule ging. Neben mehreren Kriminalromanen hat die Autorin auch Artikel über indianische Kunst veröffentlicht. Denise Osborne lebt im nördlichen Kalifornien, USA.

Unsere Adresse im Internet: www.fischerverlage.de

Denise Osborne

Feng-Shui-Mord

Roman

Aus dem amerikanischen Englisch von
Ingeborg Ebel und Edeltraud Weiser

Fischer Taschenbuch Verlag

Deutsche Erstausgabe
Veröffentlicht im Fischer Taschenbuch Verlag,
einem Unternehmen der S. Fischer Verlag GmbH,
Frankfurt am Main, Dezember 2004

Die amerikanische Originalausgabe erschien 2001
unter dem Titel »A Deadly Arrangement«
bei The Berkley Publishing Group, einem Bereich
des Verlags Penguin Putnam Inc., New York

Satz: Pinkuin Satz und Datentechnik, Berlin
Druck und Bindung: Clausen & Bosse, Leck
Printed in Germany
ISBN 3-596-16342-0

Dieses Buch ist mit Liebe meinem Mann,
Chris J. Osborne, und meiner Mutter,
Alberta Barker, gewidmet, die beide auf geradezu
unheimliche Weise gutes Chi anziehen.

1. Out of clutter, find simplicity.
2. From discord, find harmony.
3. In the middle of difficulty lies opportunity.

Albert Einstein
Three Rules of Work

(1. Finde das Einfache im Chaos.)
(2. Finde die Harmonie in der Disharmonie.)
(3. Im Kern der Schwierigkeiten liegt die Chance.)

Albert Einstein
Drei Arbeitsregeln

Das Bagua

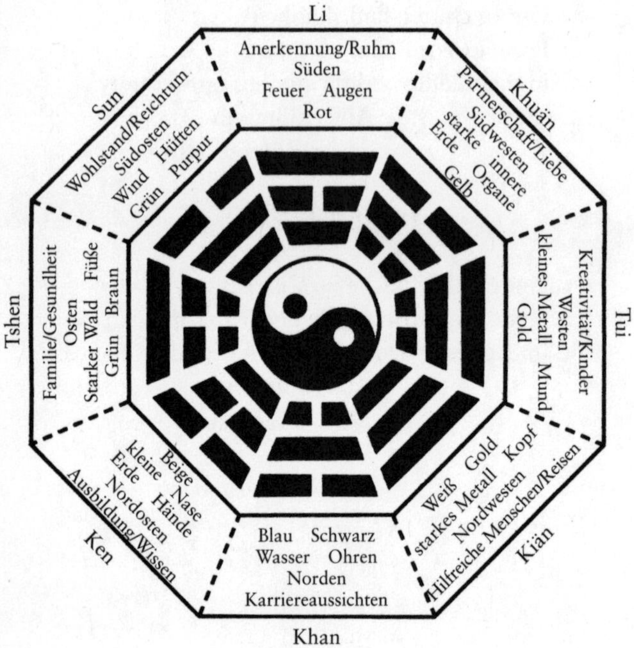

Der Mund des Chi

1

Beim Anblick von Palmer Fordhams übel zugerichteter Leiche wich Salome Waterhouse entsetzt zurück. Sein früherer stattlicher Oberkörper und sein markantes Gesicht waren nur noch eine Masse aus Blut und Fleisch. Einen Augenblick lang glaubte sie, dass ihr jemand einen bösen Streich gespielt habe. Denn Palmer Fordhams Halloween-Partys waren legendär. Das alte Herrenhaus eignete sich geradezu perfekt für makabre Inszenierungen. Aber jetzt war es Ende Januar und die Leiche, über die sie beinahe gestolpert wäre, zu echt. Ein eiskalter Schauder überlief sie, als der Morgennebel zwischen den Vorhängen der Flügeltür in den Raum wehte.

Sie wandte ihren Blick von der Leiche ab und ließ ihn prüfend durch das dämmrige, sich über zwei Stockwerke erstreckende Wohnzimmer schweifen. Gleichzeitig lauschte sie angestrengt, denn ihr war bewusst, dass außer ihr und dem Toten noch jemand im Haus sein könnte. Eine Ewigkeit schien zu vergehen, während sie wie erstarrt dastand und mit den Augen nach irgendeinem Hinweis auf den Mörder des bekannten Künstlers suchte.

Als die tödliche Stille schließlich schier unerträglich wurde, machte sie auf dem Absatz kehrt und ging durch die hohen Flügeltüren wieder auf die Veranda, wobei sich die Vorhänge im Luftzug bauschten.

Während ihres kurzen Aufenthalts im Haus hatte sich der Nebel von den in der Nähe stehenden Bäumen gesenkt und verschleierte jetzt die Veranda wie alter, zerschlissener Chiffon. Sie ging durch den Nebel und dann weiter zu der hellgrünen Rasenfläche auf der leichten Anhöhe. Dabei hatte sie das Gefühl, in den Albtraum eines anderen Menschen versetzt worden zu sein.

Im Osten brachen bernsteinfarbene und rosa Lichtzacken durch dunkle, dicke Sturmwolken. Erst als das Gras ihre Schritte dämpfte, konnte sie wieder richtig atmen. Sie ahnte jedoch nicht, dass eine Spur blutiger Fußabdrücke ihren Weg über die Veranda markierte und auf dem taufeuchten Gras blutrote Tröpfchen bildete. An dem Zaun, der etwa einen halben Meter vor dem steil abfallenden Kliff stand, blieb sie schließlich stehen. Unten schlängelte sich eine schmale Straße um das Kap.

Vor ihr breitete sich die flache, graue Bucht aus. Zu ihrer Linken und jenseits des nicht weit entfernten kleinen Flusses ruhte die Kleinstadt Holyrood-by-the-Sea noch unter der Nebeldecke. Hinter ihr ragte das prachtvolle, im spanischen Stil erbaute Herrenhaus bedrohlich auf. Ein terrassenförmig angelegter, etwa fünfzehn Meter ansteigender Garten begrenzte die kreisförmige Zufahrt an der Vorderfront.

Da ihr etwas schwindelig war, umklammerte sie mit beiden Händen die oberste Latte des Zauns und merkte erst jetzt, dass sie irgendwann während der letzten paar Minuten ihre Aktentasche hatte fallen lassen. Sie wollte sich schon umdrehen, ließ es aber dann bleiben. Auf keinen Fall würde sie ins Haus zurückgehen. Hastig klopfte sie die Taschen ihrer langen schwarzen Robe ab – einer Priestersoutane ähnlich – und stieß einen Seufzer der Erleichterung aus, als sie das kleine Mobiltelefon ertastete, das sie während einer Beratung immer dabeihatte. Dass sie nicht gleich gewusst hatte, in welcher Tasche das Telefon steckte, schrieb sie ihrer unter diesen Umständen verständlichen Verwirrung zu.

Salome rief die Polizeichefin von Holyrood – ihre Cousine Phyllis Waterhouse – zu Hause an. Anstatt sie zu beruhigen, verstärkte deren erschöpft klingende Stimme ihre emotionale Verwirrung und weckte Erinnerungen an lebenslange, nichti-

ge Streitigkeiten. Hätte sie jedoch einfach die Notrufnummer 911 gewählt, wäre ihre Cousine beleidigt gewesen.
»Bist du noch im Haus?«, fragte Phyllis.
»Nein, ich stehe auf dem Rasen oberhalb des Kliffs.«
»Siehst oder hörst du jemanden in der Umgebung?«, fragte Phyllis.
»Nein, hier ist alles ruhig.«
»Bleib, wo du bist. Und geh ja nicht ins Haus zurück. Ich bin gleich am Tatort.«
Salome steckte das Telefon wieder in die rechte Tasche ihrer Robe, hob die Hände mit den Innenflächen nach oben in Bauchhöhe und bedeckte ihre rechte Hand mit der linken, so dass sich die Daumen fast berührten. Dann stimmte sie ein beruhigendes Mantra an, um sich auf die bevorstehende Konfrontation vorzubereiten. Für Palmer Fordham war das Leben zu Ende, doch für die Lebenden fingen die aus seinem gewaltsamen Tod entstehenden Schwierigkeiten erst an.
»Gatay, gatay, para gatay, para sam gatay, bodhi swaha ...«
Vor dem von der Morgendämmerung getönten bleiernen Himmel zeichnete sich Salomes Silhouette wie der Pinselstrich eines asiatischen Kalligraphen ab. Jedenfalls hatte der einzige Mensch, der sie beobachtete, diese Assoziation.

Kurz vor Sonnenaufgang hatte Salome den Tag damit begonnen, dasselbe Mantra neunmal zu singen, um für die bevorstehende Feng-Shui-Beratung gerüstet zu sein. Dieses Ritual war ihr so zur zweiten Natur geworden, dass sie automatisch nach dem neunten Kantus aufhörte.
Sie aß etwas Obst, duschte, puderte ihre leicht vorstehenden Wangenknochen mit etwas Rouge, schminkte ihre Lippen rötlich braun und schlang ihre glänzend schwarze Mähne zu einem Knoten, in dem kein graues Haar zu sehen war, obwohl sie schon über fünfzig war. Ein Erbe ihrer japanisch-amerikanischen Mutter, die erst mit Mitte siebzig ergraut war.

Im Ankleidezimmer nebenan nahm sie eine von mehreren identischen »Uniformen« aus dem Kleiderschrank. Diese schwarzen Roben aus einem leichten Wolle-Seide-Gemisch hatte sie selbst entworfen. Die Gewänder hatten steife chinesische Kragen, schwarze Miederschnüre aus Satin, lange enge Ärmel, weite knöchellange Röcke und zwei geräumige Taschen.
Während sie das Mieder schnürte, schlüpfte sie in ein Paar butterweiche, schwarze Wanderschuhe aus Leder, innen leicht aufgeraut und mit dicken Sohlen. Jetzt war sie seit fünf Jahren als Feng-Shui-Beraterin tätig und wusste, wie wichtig bequemes Schuhwerk war, da sie während der Konsultationen die meiste Zeit auf den Beinen war.
Die vielen Berater, die sie kannte – und ihre Anzahl wuchs ständig, seit Feng Shui in Amerika und Europa immer populärer wurde –, trugen alle westliche Kleidung. Salome war jedoch überzeugt, an Glaubwürdigkeit und auch den Respekt ihrer Kunden vor ihrem Wissen und ihren Ratschlägen zu gewinnen, wenn sie sich wie die alten chinesischen Meister kleidete.
Schließlich band sie sich noch ihre Armbanduhr mit dem Tai-Chi- oder Yin-Yang-Symbol auf dem Zifferblatt um. Jetzt war es eine Minute nach sieben. Ihr blieb also genug Zeit, um zu Fuß zu ihrem Beratungstermin um halb acht zu gehen.
Salome trat aus ihrem am Kliff stehenden Cottage auf den Patio hinaus, verschloss die Schiebetür und ließ die Schlüssel in ihre leichte, schwarze Aktentasche aus Leder fallen, die verschiedene ungewöhnliche Werkzeuge enthielt. Doch schon nach ein paar Schritten wurde ihre innere Ruhe von Furcht getrübt. Nicht die Berühmtheit ihres Kunden beunruhigte sie – viele ihrer Kunden waren berühmt –, sondern die Umstände und vor allem der Ort, an dem diese spezielle Beratung stattfinden sollte.
Obwohl Palmer Fordham seit fünf Jahren ihr Mieter war,

hatte Salome ihn nie besucht, noch einen Fuß in das Herrenhaus gesetzt. Da sie von Ende Oktober bis März in Holyrood lebte, hatte sie zwar immer Einladungen zu seinen Halloween-Partys bekommen, aber nie daran teilgenommen, weil sie es für unklug hielt, mit einem Mieter auch gesellschaftlich zu verkehren. Doch vor drei Tagen hatte sie einen wattierten, mit dem örtlichen Poststempel versehenen Umschlag ohne Absender erhalten. Darin befanden sich zweitausend Dollar in bar und ein gewöhnliches Blatt Papier mit auf einer Schreibmaschine getippten Anweisungen. Sie solle sich am heutigen Tag um halb acht im Perfume Mansion zu einer Feng-Shui-Beratung einfinden. *Rufen Sie vorher nicht an, da es sich um eine Geburtstagsüberraschung handelt*, hatte der mysteriöse Absender hinzugefügt.
Salome atmete tief die kühle Morgenluft ein, um sich zu beruhigen, und ließ ihren Blick über den ordentlich geschnittenen Rasen zur Monterey Bay schweifen. In der Stille der Morgendämmerung ähnelte die glatte Wasseroberfläche einer Metallplatte, so als könnte man darüber zu den noch im blauen Dunst liegenden Landspitzen im Süden gehen.
Wieder etwas ruhiger geworden, überquerte sie den Patio und folgte dem gewundenen Pfad aus neun im Gras eingebetteten Trittsteinen zu der Laube aus Redwood, an der reglos ein kleines Windspiel mit fünf Klangkörpern hing. Als sie daran vorbei zur Sea Horse Lane ging, schlug sie kurz dagegen und genoss das leise Klingeln in der Stille.
Hinter den hohen Büschen an der Kreuzung der Sea Horse Lane und dem Dolphin Way wäre sie beinahe mit einer Joggerin zusammengeprallt.
»Salome! Guten Morgen!«, rief Janelle Phillips fröhlich.
»Du meine Güte, Janelle! Fast hätten Sie mich umgerannt!«
»Entschuldigen Sie bitte. Vielleicht sollte ich mir einen Scheinwerfer und eine Hupe zulegen.«
Janelles dicker blonder Pferdeschwanz wippte, während sie

auf der Stelle weiterjoggte. Da sie knapp eins achtzig groß war, überragte sie Salome um ungefähr fünfzehn Zentimeter. Trotz der Kälte trug sie nur einen rosafarbenen Sport-BH, fuchsienrote Spandex-Shorts und weiße Laufschuhe. Obwohl sie wahrscheinlich schon Mitte vierzig war, sah sie aus wie Anfang dreißig. Janelle war der lebende Beweis für das Stehvermögen einer ehemaligen Miss-America-Kandidatin, die Zugang zu den besten Schönheitschirurgen des Landes hatte.

Erst letzten Monat hatte Salome in dem »Zufluchtsort« mit vier Schlafzimmern, den Janelle und ihr Mann, ein Ölbaron, bewohnten, wenn sie die Hitze und die hohe Luftfeuchtigkeit in Houston satt hatten und das erfrischende Klima der mittleren Küste Kaliforniens genießen wollten, ein Haus-Feng-Shui vorgenommen.

»Sind Sie unterwegs zu einer Beratung?«

Da Janelle eine Kundin war, wollte sich Salome nicht kurz angebunden von ihr verabschieden, doch ehe sie antworten konnte, verkündete Janelle: »Ob Sie's glauben oder nicht – Tommy klappt jetzt den Toilettendeckel samt Sitz runter, nachdem er gepinkelt hat! Zwanzig Jahre habe ich versucht, ihm das beizubringen, und *Sie* haben es geschafft. Hoffentlich reisen Sie gern, Schätzchen, denn ich habe allen meinen Freunden in Texas von Ihnen erzählt. Aber keine Angst, das Toilettengeheimnis habe ich nicht verraten. Sollen sie doch dafür bezahlen.«

Salome musste lächeln. Was Janelle als »Toilettengeheimnis« bezeichnete, hatte ihre Kundenzahl weit mehr vergrößert als die vielen Haus-Feng-Shuis in ihrem Repertoire. Ihre Kundinnen erzählten unweigerlich ihren Freundinnen, dass Salome Waterhouse die Lösung für das uralte Problem kenne, wie man Männer dazu bringt, den Toilettensitz und -deckel runterzuklappen.

»Mit Fing Shue lässt sich wohl gutes Geld verdienen«, redete

Janelle weiter und verstümmelte die Worte. »Schließlich können Sie es sich leisten, hier zu leben und so. Vielleicht sollte ich auch damit anfangen – falls Tommys Quellen eines Tages versiegen.«

»Es wird Feng Shui ausgesprochen«, korrigierte Salome, als sie endlich zu Wort kam. Aber sie hatte keine Zeit zum Plaudern.

»Feng Shui«, wiederholte Janelle langsam und ohne verlegen zu sein.

»Ich muss jetzt weiter«, sagte Salome und fügte schon im Gehen hinzu: »Ich wünsche Ihnen einen schönen ...«

»Darf ich mal bei Ihnen vorbeikommen und mich nach einer Schule erkundigen?«, rief Janelle ihr nach.

»Ja, tun Sie das«, antwortete Salome und ging schneller.

»Der Nebel treibt in die Stadt – falls Sie dahin gehen.«

Ohne sich umzudrehen, hob Salome die Hand und winkte. Janelle war zwar eine Schwätzerin, aber heute Morgen wirkte sie irgendwie überdreht, und ihre Augen glänzten so unnatürlich, als hätte sie ein Aufputschmittel genommen. Doch Salome kannte Janelle nicht besonders gut, es konnte sein, dass sie ihre innere Unruhe auf die andere Frau übertragen hatte.

Janelle sah Salome nach, bis sie um die Ecke in der Starfish Lane verschwunden war.

Kurz darauf erreichte sie den Aussichtspunkt am westlichen Ende des Bluff, wie dieses vornehme Wohnviertel Holyroods genannt wurde. Zwischen wildem Rosmarin, Lavendel und Primeln standen mehrere Bänke, damit der Betrachter in aller Ruhe die schöne Aussicht genießen konnte. Eine steile Treppe führte direkt in die kleine Stadt hinunter, wenn man die Abkürzung bevorzugte.

Unterhalb des Aussichtspunkts stand das Sebastian-Theater, und dahinter erstreckte sich die Mole in die Bucht, an deren Ende es ein Restaurant und ein Bootshaus gab.

Gleich einem natürlichen Amphitheater breitete sich das Städtchen vom weiten, sichelförmigen Strand bis zur Kirche auf dem Hügel von Holyrood aus. Die Küstenstraße säumten teure Strandrestaurants, Kunstgalerien, alte Häuser und hübsche, reizend altmodische Läden. Dahinter schmiegten sich wie in einem Märchenbuch unter Bäumen und hinter Sträuchern pittoreske Cottages an den Hang. Diese Anfang des zwanzigsten Jahrhunderts erbauten Häuser verliehen Holyrood sein charakteristisches Aussehen.

Wie Janelle gesagt hatte, wallte vom Meer der Morgennebel bis zum Kirchplatz hoch. An sonnigen Tagen und in klaren Nächten konnte man sich vorstellen, dass Elfen und Feen um die Märchenbuchhäuser und Geschäfte tanzten. Der Nebel allerdings beschwor eher finstere Geschöpfe wie Trolle, Hexen und boshafte Kobolde herauf.

Salome blieb kurz stehen und ließ den Blick über Dächer und Wipfel zum Perfume Creek schweifen, der so hieß, weil dort früher einmal eine Fischfabrik gestanden hatte, die das Wasser mit ihren stinkenden Abwässern verpestet hatte. Nebelfetzen wanden sich spiralförmig über die Wasseroberfläche. Auf dem gegenüberliegenden, steilen Ufer schirmten dicke Akazien, schlanke Eukalyptusbäume und stämmige Kiefern das im spanischen Stil erbaute Herrenhaus von der Außenwelt ab. Doch von ihrem Aussichtspunkt aus konnte Salome einen Teil des roten Ziegeldachs und die Fenster des obersten Stockwerks sehen, die in der orange-rötlichen Morgendämmerung wie Kupferplatten schimmerten. Dies war das nach dem kleinen Fluss benannte Perfume Mansion, ein Anwesen, das sie von ihrem Großvater Joshua Waterhouse, einem der Gründer Holyroods, geerbt hatte.

Seit einem unvergesslichen Ereignis in ihrer Kindheit hatte Salome eine unerschütterliche und – wie manche sagten – unsinnige Angst vor diesem Haus. An ihrem siebten Geburtstag hatte sie mit ihrer Cousine Phyllis die Keller des Hauses er-

kundet, und dabei hatten sich die beiden Mädchen aus den Augen verloren. Ganz allein hatte Salome die Tür zu einem Gelass geöffnet, das voller schreiender Kinder zu sein schien. In fürchterlicher Angst war sie damals blindlings geflohen und in den Perfume Creek gefallen. Sie wäre wohl ertrunken, hätte nicht Phyllis ihr Planschen und Keuchen gehört und sie auf den Uferweg gezogen. Salome hatte ihre Eltern und Großeltern angefleht, nach dem Raum mit den verängstigten Kindern zu suchen, aber ihr Großvater hatte sich strikt geweigert. Er hatte das Haus gebaut und erklärte, dass ein solcher Raum nicht existiere – außer in ihrer Phantasie.
Auch an diesem Morgen war das Perfume Mansion ihr Bestimmungsort. Gestern Abend, beim Studium der Baupläne mit den Grundrissen des Hauses zur Vorbereitung auf ihre Feng-Shui-Beratung, hatte sich die alte Angst wieder in ihr geregt, obwohl auf den Plänen kein geheimer Raum eingezeichnet war. Nachdem sie das Herrenhaus von ihrem Großvater geerbt hatte, war sie ein paarmal – immer in Begleitung der Haushälterin – in den Kellerräumen gewesen, aber nicht mehr, seit sie den Beruf einer Feng-Shui-Beraterin ausübte. Und jetzt schien die Zeit gekommen zu sein, sich mit dieser alten Angst auseinander zu setzen. Wenn es dort wirklich ein geheimes Gelass gab, würde sie es vielleicht heute entdecken.

Beim neunten und letzten Kantus klang Salomes Stimme wieder stark und ruhig, ein Beweis für die Kraft des Mantras. Kurz darauf, als sie die belebende, salzige Luft tief einatmete, hörte sie das Knirschen von Reifen auf dem Kies der Zufahrt über ihr. Das musste Phyllis sein. So früh am Morgen hatte sie darauf verzichtet, mit eingeschalteter Sirene vorzufahren. Den Stadtvätern hätte es kaum gefallen, wäre die Ruhe der paar Touristen gestört worden, die es vorzogen, im Winter ihre Dollars in Holyrood auszugeben.

Zumindest *hoffte* Salome, dass es Phyllis war. Und wenn nicht? Wenn der Mörder zurückgekommen war, nicht ahnend, dass sie die Leiche entdeckt hatte und die Polizei jeden Augenblick hier eintreffen würde?
Sie wollte schon rufen, überlegte es sich dann aber anders. Wenn es nicht Phyllis war, wäre es dumm, sich zu verraten.
Sie lief zum nächsten Baum, einer riesigen Akazie am Rand des Rasens, und versteckte sich zwischen den herabhängenden Zweigen voller winziger gelber Blüten. Sie hörte, wie zuerst eine Autotür und dann eine zweite zugeschlagen wurde. Und wenn der Mörder nicht allein gewesen war und einen Komplizen gehabt hatte? Sie warf einen Blick nach rechts. Knapp einen halben Meter entfernt fiel das Kliff steil ab – ihr einziger Fluchtweg.
Dann hörte sie eilige Schritte auf den Stufen an der Nordseite des Hauses, die sie selbst vor einer knappen Viertelstunde hinuntergelaufen war. Sie umklammerte den Stamm der Akazie noch fester und starrte zum Haus hoch. Sollte dort jemand anders als Phyllis auftauchen, musste sie leise den steilen Abhang hinunterklettern, wo jeder Fehltritt zu einem tödlichen Sturz führen konnte.

2

Als Salome ihre Cousine um die Ecke des Hauses kommen sah, murmelte sie ein kurzes Dankesgebet. Da sie sich in ihrem Versteck etwas lächerlich vorkam, trat sie schnell hinter der Akazie hervor.

Obwohl Phyllis Waterhouse mit Laufschuhen, Jeans, einem weißen Sweatshirt – ihre Dienstmarke steckte am Kragen – und einer blauen Windjacke leger gekleidet war, verkörperte sie ganz die strenge Amtsperson, als sie die fünf Stufen zur Veranda hinaufstieg. Kurze, drahtige, graublonde Locken umrahmten ihr scharf geschnittenes, sonnengebräuntes Gesicht. Sie war zwar drei Monate jünger als Salome, sah aber älter als ihre Cousine aus – eine Folge ihres Lebens im Dienst der Exekutive. In einer Hand hatte sie ein Funkgerät.

Ein paar Schritte dahinter folgte hinkend Sergeant Ralph Blue. Auch er trug Zivilkleidung. Er war Anfang dreißig, hatte ziemlich langes, braunes Haar mit sonnengebleichten Strähnen, breite Schultern und den muskulösen Körper eines Schwimmers. Er hatte gerade erst wieder seinen Dienst angetreten, nachdem er beim Surfen nördlich von Holyrood von einem großen weißen Hai gebissen worden war. Der Biss in seine linke Gesäßbacke und seinen linken Oberschenkel hatte mit dreihundert Stichen genäht werden müssen. Nachdem Ralph dem »Weißen Tod« ins Auge gesehen hatte, würde ihn wohl der Anblick von Palmer Fordhams Leiche kaum noch erschrecken.

»Phyl…!«, rief Salome und trat ein paar Schritte vor.

»Bleib, wo du bist, Mei!«, bellte Phyllis. Mit ihren blauen Augen musterte sie schnell die Umgebung und fixierte schließ-

lich die offene Flügeltür mit den zugezogenen Vorhängen.
»Du hast gesagt, der Tote liegt gleich hinter der Tür?«
»Ja.«
Da sich der Nebel allmählich lichtete, waren ihre blutigen Schuhabdrücke von der Tür über die Veranda und zur Rasenfläche deutlich zu sehen.
»Sind das deine?«, fragte Phyllis und deutete darauf.
»Ich ... ich glaube schon«, sagte Salome und runzelte die Stirn.
Sorgsam den blutigen Spuren ausweichend, ging Phyllis, gefolgt von Ralph, zur Verandatür, teilte den Vorhang und spähte ins Innere des Hauses.
So als würde sie mit Phyllis' Augen sehen, betrachtete Salome im Geist noch einmal den Tatort. Palmers Leiche lag parallel zur Tür und etwa dreißig Zentimeter von dieser entfernt auf dem blutverschmierten Parkettboden. Während Kopf und Oberkörper übel zugerichtet waren, schienen Beine und Füße, die aus den verwaschenen blauen Hawaii-Shorts ragten, unverletzt zu sein.
Wahllos rief sich Salome andere Einzelheiten ins Gedächtnis zurück: den Couchtisch mit der Glasplatte und dem kunstvoll geschnitzten Stück Treibholz als Fuß. Darauf standen eine Glasvase mit blauvioletten Tulpen, eine Flasche Wein und zwei teilweise gefüllte Weingläser; das große L-förmige, marineblaue, aus einzelnen Sitzelementen bestehende Sofa, die zwei kleinen Tische an den Enden mit dazu passenden rötlich braunen Vasenlampen. Die Möbel waren zum Kamin hin ausgerichtet. Ein Spiegel über dem grünen Marmorsims reflektierte ein paar der etwa zwei Dutzend gerahmten Drucke von Meeresgöttinnen an der über zwei Stockwerke reichenden Wand nach Norden. Alles war an seinem Platz, kein Gegenstand umgeworfen oder zerbrochen.
Jetzt erinnerte sich Salome, dass sie flüchtig den Eindruck gehabt hatte, der Körper sei dort *hingelegt* worden. Oder hatte

sich Palmer einfach vor die Tür gelegt und sich kampflos auf derart brutale Weise ermorden lassen? Eine völlig absurde Idee, doch welche andere Erklärung gab es sonst für die Unversehrtheit des Raums?
Da ließ Phyllis den Vorhang fallen und drehte sich zu Salome um.
»Da drin liegt eine Aktentasche. Gehört sie dir?«
Salome stöhnte. Ein belastendes Indiz, aber wenigstens wusste sie jetzt, wo ihre Tasche war.
»Würdest du sie mir bitte geben?«
»Das geht nicht, Mei. Am Tatort darf nichts verändert werden. Ist vielleicht eine der anderen Türen nicht abgeschlossen?«
»Das weiß ich nicht.«
»Hast du Schlüssel zum Haus?«
»Nein, aber Dora«, sagte Salome und meinte damit Dora Whalen, die Haushälterin.
»Aber ich muss mir sofort Zugang zum Haus verschaffen! Es könnte noch jemand drin sein«, sagte Phyllis, spezifizierte jedoch nicht, ob sie damit den Mörder oder noch ein Opfer meinte. Sie wollte das Haus wohl nicht durch die Verandatür betreten, um am Tatort keine weiteren Spuren zu hinterlassen.
»Vielleicht ist die Küchentür unverschlossen«, schlug Salome vor.
Als sich Phyllis zu Ralph umdrehte, sprang Salome das Wort *Polizei* auf dem Rücken ihrer Windjacke förmlich ins Auge und ermahnte sie auf beunruhigende Weise, dass sie gefährliches Territorium betreten hatte.
Jetzt schaute Phyllis zu Salome hinunter und sagte: »Da dein Mieter tot ist und du die Hausbesitzerin bist, brauche ich deine Einwilligung, das Haus durchsuchen zu dürfen.«
»Natürlich bin ich damit einverstanden. Tu's einfach.«
Während Ralph auf der Veranda blieb, ging Phyllis wieder

die Treppe hinunter zur Küchentür an der Rückseite des Hauses. Dort zog sie Latexhandschuhe aus der Tasche ihrer Windjacke, streifte sie über und rüttelte am Messingknauf. Er ließ sich nicht drehen. Darauf nahm sie eine Kreditkarte aus ihrer Brieftasche, klemmte sie in den Spalt zwischen Schloss und Türstock, und Sekunden später war die Tür offen. Sie zog eine 9-mm-Glock aus dem hinteren Bund ihrer Jeans, umfasste den Griff mit beiden Händen, schlüpfte seitwärts durch die Tür in die Küche und verschwand.

Salomes Magen verkrampfte sich. O nein!, dachte sie plötzlich, was ist, wenn Phyllis auf den Mörder stößt? Oder noch schlimmer, wenn er sie überrumpelt?

In dem Haus gab es so viele Zimmer zum Verstecken, und es musste ein Wahnsinniger sein, der Palmer erschlagen hatte.

»Sollten Sie ihr nicht Deckung geben?«, rief Salome Ralph zu, als sie ihre innere Anspannung nicht mehr ertragen konnte.

»Bleiben Sie ganz cool, okay? Sie schafft das schon allein.«

Ralph schob die Vorhänge auseinander und warf einen Blick ins Zimmer. Salome fragte sich, ob er auf der Veranda blieb, um sie im Auge zu behalten. Es vergingen noch ein paar Minuten voller nervöser Anspannung.

Salome versuchte, Trost aus Ralphs Erklärung zu schöpfen: Sie schafft das schon allein. Tatsächlich konnte niemand Phyllis' Kompetenz, vor allem im Umgang mit Psychopathen, anzweifeln. Im Verlauf ihrer beruflichen Karriere hatte sie sich beim San Francisco Police Department zum Detective der Mordkommission hochgearbeitet. Dabei hatte sie schon alles gesehen.

Anscheinend war Phyllis jetzt im Wohnzimmer, denn Salome hörte sie mit Ralph reden. Die beiden berieten, wer zu verständigen sei: der Gerichtsmediziner, der Fotograf, die Spurensicherung und die Ortspolizei zur Absperrung des Tatorts.

Salome fror in der kalten Morgenluft und rieb sich die Arme. Jetzt war sie tatsächlich »cool«.

Nach einer Weile hörte sie weitere Fahrzeuge ankommen, Stimmengewirr und das Knistern von Funkgeräten. Phyllis hatte wohl die Vordertür geöffnet und das Einsatzteam ins Haus gelassen. Schließlich kam Phyllis aus dem Haus, umrundete die Hecke an der Zufahrt und ging den terrassenförmig angelegten Garten hinunter zum Rasen. Sie setzte sich auf eine Bank in Gestalt eines schlafenden Bären und bedeutete Salome, sich neben sie zu setzen. Die in der Nähe stehende Palme sah aus wie ein einsamer Wächter.
Als ihrer beider Großeltern noch lebten und der Baum kleiner war, hatten Salome und Phyllis oft auf dieser Bank gesessen, am 4. Juli das Feuerwerk bestaunt, ihre mit Süßigkeiten gefüllten Osterkörbchen verglichen und mit Geburtstags- und Weihnachtsgeschenken gespielt. Ein kleines dunkelhaariges Mädchen mit leicht asiatischen Gesichtszügen und das andere blond und blauäugig. Yin und Yang.
»Hast du im Haus noch jemanden entdeckt?«, fragte Salome ungeduldig.
Phyllis schüttelte kurz den Kopf und fragte dann: »Also, was zum Teufel hast du hier in aller Herrgottsfrühe zu suchen?«
Nichts von Salomes früherer Spielgefährtin war in Phyllis' schroffem, schneidendem Ton zu erkennen.
»Ich hatte einen Termin für eine Feng-Shui-Beratung«, entgegnete Salome.
»Herrgott noch mal! Spielst du etwa schon so früh am Morgen die Haushexe?«
Salome betrachtete ihre Cousine nur gleichmütig. Seit sie angefangen hatte, als professionelle Feng-Shui-Beraterin zu arbeiten, verspottete Phyllis sie als »Haushexe«. Obwohl diese Bezeichnung beleidigend sein sollte, fand Salome den Spitznamen eher amüsant.
Natürlich stand Phyllis allem, was mit Feng Shui zu tun hatte, äußerst skeptisch gegenüber und weigerte sich beharrlich zu glauben, dass ihre Beförderung zur Polizeichefin etwas mit

dem Aquarium zu tun hatte, das Salome ihr vor zwei Jahren geschenkt hatte. Sie räumte nur ein, dass der fünfundsiebzig Liter fassende Behälter und die neun darin schwimmenden *Orandas* eine ruhige Atmosphäre im Karriere-Bereich – wie Salome es nannte – ihres Wohnzimmers verbreiteten und besser aussahen als die Stapel alter Zeitungen und Magazine, die sich früher dort aufgetürmt hatten. Aber eine Woche nachdem das Aquarium aufgestellt worden war, hatte der Oberstadtdirektor sie zur Polizeichefin ernannt.
Salome erzählte ihr von dem anonymen Brief mit dem Bargeld, den sie vor drei Tagen mit der Post bekommen hatte.
»Hast du ihn noch?«
»Den Brief schon, aber das Geld nicht mehr.«
»Hast du es etwa ausgegeben, ehe du es dir verdient hast?«, bemerkte Phyllis.
Salome wusste, dass Phyllis sie mit dieser Frage aus der Fassung bringen und in die Defensive drängen wollte.
»Ich habe nicht gern so viel Geld im Haus«, entgegnete Salome jedoch gelassen. »Ist es etwa unmoralisch, Bargeld auf ein Geschäftskonto einzuzahlen?«
»Nur wenn es sich um Schwarzgeld handelt.«
»Wie soll ich denn wissen, woher das Geld kommt? Ich weiß nicht mal, wer es mir geschickt hat.«
»Auch auf diese Frage müssen wir eine Antwort finden, nicht wahr? Den Umschlag und den Brief hast du also noch?«
»Irgendwo liegt er wohl noch rum. Ich müsste danach suchen.«
»Sag bloß nicht, dass in deinem Haus Unordnung herrscht. Ich dachte immer, ihr Feng-Shui-Leute wärt Ordnungsfanatiker.«
Salome ließ ihren Blick nach Süden schweifen, wo sich auftürmende Wolken vor die Sonne schoben. Auf der Bank im Schatten war es empfindlich kühl geworden.
»Erzähl mir jetzt, was du heute Morgen gemacht hast – das

Frühstück kannst du auslassen. Da dein Auto hier nicht steht, nehme ich an, dass du zu Fuß gekommen bist. Hat dich jemand gesehen?«

Dankbar dachte Salome jetzt an ihren Beinahe-Zusammenstoß mit Janelle. Danke der Göttin für die kleinen Gaben, dachte sie und erzählte Phyllis von ihrer Begegnung und von ihrer Ankunft am Haus. Da niemand auf ihr Klingeln reagiert habe, sagte sie, sei sie zur Rückseite des Hauses gegangen, weil sie geglaubt habe, Palmer auf der Veranda beim Malen einer seiner Meeresgöttinnen anzutreffen.

»Wie bist du denn auf den Gedanken gekommen?«

»Das liegt doch auf der Hand. Palmer *war* schließlich Maler.«

»Kennst du seine Arbeitsgewohnheiten?«

»Überhaupt nicht. Ich wollte nur nicht gleich aufgeben und wieder gehen.«

»Hast du versucht, die Vordertür zu öffnen?«

»Nein.«

»Aber du hast die Flügeltür geöffnet.«

»Nein. Die eine Hälfte stand offen, aber die Vorhänge waren zugezogen.«

»Und dann?«

»Ich habe gerufen. Da die Tür offen stand, habe ich angenommen, dass er schon auf war, obwohl er auf mein Klingeln nicht reagiert hatte.«

»Und warum bist du ins Wohnzimmer gegangen?«

»Verdammt noch mal, weil ich hergekommen bin, um ein Haus-Feng-Shui zu machen«, entgegnete Salome wütend und schwieg dann, um ihre Fassung wiederzugewinnen.

»Hat es dich nicht schockiert, praktisch über Palmers Leiche zu stolpern? Jeder normale Mensch ...«

»Ich habe ihn nicht gesehen, Phyl«, unterbrach Salome ihre Cousine. »Die Vorhänge waren zugezogen, wie ich schon sagte.« Ehe sie weitersprach, holte sie tief Luft. »Wenn ich in ein Haus zu einer Feng-Shui-Analyse komme, bleibe ich erst auf der Türschwelle stehen und sammele mich, um einen klaren Kopf zu bekommen. Dann betrete ich das Haus mit geschlossenen Augen, um ein Gefühl für die dort herrschende Energie zu bekommen. Auf diese Weise wird mein erster Eindruck nicht durch irgendetwas, das ich sehe, verfälscht.«

Phyllis schüttelte den Kopf, als wollte sie sagen: Was für ein Schwachsinn.

»Normalerweise werde ich an der Haustür empfangen und sage sofort, dass ich mit geschlossenen Augen eintreten möchte. Das gehört einfach zu meiner Arbeitsmethode. Damit hatte ich nie ein Problem.«

»Bis heute. Warst du in Palmer verliebt?«

Eine gerade Linke, die Salome jedoch prompt konterte.

»Natürlich. Schließlich hat er jeden Monat pünktlich seine Miete bezahlt.«

»Wo warst du gestern Abend?«

»Zu Hause. Ich habe die Grundrisse vom Perfume Mansion studiert, um mich auf die Beratung vorzubereiten.«

»War jemand bei dir?«

»Ja, Shishi«, entgegnete Salome lächelnd.

»Na, den werde ich ganz bestimmt befragen. Gibt es vielleicht zweibeinige Zeugen?«

»Ich habe mit Mom und Dad im Otter Haven Resort zu Abend gegessen.«

»Wann bist du nach Hause gekommen?«

»Ooch, ich schätze, so gegen halb zehn, zehn«, sagte Salome schulterzuckend.

»Wann hast du zum letzten Mal mit Palmer gesprochen?«

»Kurz nach Weihnachten, ein paar Tage nach Dads Herzinfarkt. Er wollte sichergehen, dass er als Erster auf der Liste der Kaufinteressenten für Perfume Mansion steht. Wahrscheinlich glaubte er, je näher Dad dem Tode sei, umso früher wäre ich bereit, das Haus zu verkaufen. Wie du wahrscheinlich weißt, wollte er seit seinem Einzug das Anwesen unbedingt kaufen.«

Salome spürte, wie sich in Phyllis eine feindselige Stimmung ausbreitete. Phyllis hatte Perfume Mansion immer geliebt und nach dem Tod ihres Großvaters Anfang der achtziger Jahre gehofft, den Besitz zu erben, obwohl ihr Onkel Reggie – Salomes Vater – als Erbe eher in Betracht kam. Doch Reggie gehörte bereits das knapp fünf Hektar große Otter Haven Resort an der Ostseite von Bluff. Da Phyllis' Eltern – ihr Vater war Reggies Bruder gewesen – tot waren, schien es nur fair zu sein, dass Phyllis den zweitgrößten Besitz des Immobilienvermögens der Waterhouse-Familie erben sollte. Doch Joshua Waterhouse hatte zur Überraschung aller Angehörigen Perfume Mansion seiner erstgeborenen Enkelin, Salome, hinterlassen. Phyllis war darüber so maßlos enttäuscht gewesen, dass sie ihrer Cousine seitdem nur noch mit unverhohlener Feindseligkeit begegnete.

»Wolltest du ihm das Haus denn verkaufen?«

»Natürlich nicht. Solange Dad lebt, werde ich mich auf keinen Fall davon trennen.«

Wie Phyllis fühlte sich auch Salomes Vater zutiefst mit dem Herrenhaus, in dem er aufgewachsen war, verbunden und hatte Salome gebeten, dafür zu sorgen, dass Perfume Mansion im Besitz der Familie blieb.

»Wie viele Schlüssel gibt es zu dem Haus?«

»Lass mich mal überlegen ... die Hausverwaltung hat einen Satz, Dora auch, und Dad. Sonst niemand, soviel ich weiß«, fügte Salome schulterzuckend hinzu. »Ach, und Palmer natürlich.«

»Und was ist mit deinen Schlüsseln?«

»Ich habe keine.«

»Warum nicht?«, fragte Phyllis erstaunt.

»Einfach so. Dads Hausverwaltung kümmert sich um alles«,

sagte Salome und hatte das Gefühl, mit einer Fremden zu reden.
In dieser Unterhaltung kam deutlich zum Ausdruck, wie gestört das Verhältnis der beiden Cousinen war. Salome konnte sich nicht erinnern, wann sie zum letzten Mal zusammengesessen und miteinander geredet hatten. Wahrscheinlich war es vor dem Tod ihres Großvaters gewesen. Jetzt fiel es ihr schwer, sich vorzustellen, dass sie einander einmal sehr nahe gestanden hatten. Auch gelegentliche Kartengrüße oder Geschenke – wie das Aquarium – hatten die Kluft zwischen ihnen nicht überbrücken können. Und wie immer, wenn Salome diese Entfremdung bewusst wurde, spürte sie einen dumpfen Schmerz in ihrer Brust.
Während Phyllis schwieg, verstärkte sich der von ihr ausgehende Druck, so als würde die in ihr aufsteigende Feindseligkeit in Aggressivität umschlagen.
»Ich habe ein echtes Problem mit deiner Story«, sagte Phyllis schließlich, senkte kurz den Kopf und musterte Salome dann mit eisigem Blick.
»Warum solltest du überhaupt zu einer Beratung hierher kommen – mal angenommen, deine Geschichte von dem anonymen Brief mit dem Bargeld stimmt. Abgesehen von dem monatlichen Einkommen, das dir das Haus einbringt, weiß doch jeder, dass du Perfume Mansion hasst.«
»Ich bin Profi«, entgegnete Salome scharf. »Persönliche Erwägungen hindern mich nicht daran, meinen Verpflichtungen nachzukommen. Ich hätte mit Sicherheit die Bereiche erkannt, in denen Palmer sich nicht wohl gefühlt hat. Damit meine ich vor allem den Keller. Und Hass ist ein zu starkes Wort für meine Empfindungen. Für meine Begriffe gibt es in diesem Haus zu viel negative Energie.«
Phyllis schwieg wieder. Überlegt sie, ob die Indizien ausreichen, um mich wegen Mordverdachts festzunehmen?, fragte sich Salome mit wachsender Besorgnis.

»Welchen Nennwert hatten die Banknoten?«
»Soweit ich mich erinnern kann, waren es nur Zwanzigdollarscheine.«
»Neue oder gebrauchte?«
»O Mann! Gebrauchte, nehme ich an.«
»Wer, glaubst du, hat für dich diesen Termin vereinbart und dich hierher geschickt?«
»Ich habe keine Ahnung«, sagte Salome kopfschüttelnd.
Aber sie hatte eine Vermutung. Und diese Vermutung, ja fast ein Verdacht, hing mit einem Ereignis zusammen, das im Dezember in Barbara Boatwrights Haus stattgefunden hatte. Es wäre ihr jedoch wie ein schlimmer Verrat vorgekommen, eine Freundin in einen Mordfall zu verwickeln, nur um sich selbst zu entlasten. Was sie gesehen hatte, *implizierte* nur eine Verbindung zu diesem Mordfall, war jedoch kein Beweis. Dabei spielten zu viele variable Faktoren eine Rolle, wovon eine Barbaras Einstellung zu Feng Shui war, da sie diese Kunst für einen Haufen Hokuspokus hielt. Das waren ihre Worte gewesen.
»Dir ist doch klar, dass du von jemandem, der dich gut kennt, in eine Falle gelockt worden sein könntest, oder? Vielleicht will dir jemand einen Mord anhängen.«
»Ich kann mir nicht vorstellen, wer so etwas tun würde.«
»Da du als Erste am Tatort warst, bist du natürlich die Hauptverdächtige.«
Wieder herrschte Schweigen. Salome verkrampfte die Hände in ihrem Schoß und unterdrückte mühsam ihre aufsteigenden Tränen. Bestimmt werde ich gleich festgenommen, dachte sie verzweifelt.
Da stand Phyllis abrupt auf und musterte ihre Cousine so kalt, dass Salome ein Schauder überlief.
»Im Augenblick habe ich keine weiteren Fragen, aber du musst im Polizeirevier eine formelle Aussage machen und das Protokoll unterschreiben. Vorzugsweise heute, solange deine Erin-

nerungen noch frisch sind. Außerdem brauche ich deine Fingerabdrücke, eine Haar- und eine Blutprobe von dir. Und ich möchte nicht, dass du in nächster Zeit die Stadt verlässt.«
Salome war zwar erleichtert, dass sie nicht eingesperrt wurde, aber es gab andere wichtige Probleme, die geregelt werden mussten.
»Ich habe Termine in San Francisco«, sagte sie.
»Die musst du absagen«, entgegnete Phyllis und fügte hinzu: »Gib mir jetzt deine Schuhe.«
»Was? Wozu brauchst du die denn?«
»Um die Sohlen mit den Fußabdrücken auf der Veranda und im Wohnzimmer zu vergleichen. Hast du denn von deinem Exmann überhaupt nichts gelernt?«
Salome schluckte krampfhaft ihre Wut hinunter, zog ihre Schuhe aus und gab sie ihrer Cousine. Da Phyllis keine Plastiktüte zur Sicherung von Beweismitteln bei sich hatte, legte sie die Schuhe mit der Sohle nach oben auf die Bank.
»Und deine Uniform.«
»Du spinnst wohl! Ich zieh mich doch nicht hier draußen aus.«
Phyllis lächelte verkniffen und sagte: »Ralph fährt dich nach Hause. Dort gibst du sie ihm dann. Wir müssen das Kleidungsstück auf Blutspritzer untersuchen, damit wir dich als Verdächtige ausschließen können.«
Ihre Miene drückte jedoch das Gegenteil aus.
Salome stand jetzt ebenfalls auf. Ihre dünnen Socken waren vom Tau schnell nass geworden. »Meine Hausschlüssel sind in der Aktentasche. Würdest du sie mir bitte holen?«
»Na hör mal! Du weißt doch, dass ich das nicht tun kann.«
»Ich dachte nur …«
»Dass ich dir einen Gefallen tun würde, weil du meine Cousine bist? Für niemanden auf der Welt würde ich irgendetwas am Tatort verändern«, sagte sie. Und schon gar nicht für *dich*, schien ihr Ton auszudrücken.

»Geh durch den Garten raus«, befahl Phyllis und deutete mit einem Kopfnicken auf den steilen, terrassierten Abhang. »Und vergiss nicht, den Umschlag und den Brief zu suchen. Den Einzahlungsbeleg kannst du auch gleich dazulegen.«

Phyllis drehte sich um und ging in Richtung Veranda.

»Wie lange muss ich denn in der Stadt bleiben?«, rief ihr Salome hinterher.

»Solange ich dir nichts anderes sage.«

»Die Fahrt nach San Francisco dauert doch nur zwei Stunden. Ich wäre in kürzester Zeit wieder zurück.«

»Du hast gehört, was ich gesagt habe. BLEIB ... IN ... DER ... STADT!«

Da Phyllis Salomes Exmann erwähnt hatte, konterte sie jetzt: »Manderson ist einer der Klienten, mit denen ich eine Verabredung habe.«

Phyllis blieb abrupt stehen, versteifte sich und drehte sich dann um. Zischend kam ein Fluch über ihre Lippen, ehe sie barsch fragte: »Wann sollst du dich mit ihm treffen?«

»Heute Nachmittag um vier«, antwortete Salome und sah, wie Phyllis' Kiefer mahlten. »Er braucht mich zur Verbesserung der Gesundheitsbereiche in seiner Wohnung. Das dauert nicht lange. Gegen sieben, spätestens acht Uhr sollte ich zurück sein.«

Phyllis starrte auf ihre Schuhe, schniefte ein paarmal, hob den Kopf und sagte: »Tut mir Leid, das muss warten.«

Salome sah ihre Cousine entgeistert an, weil sie diesen Mangel an Mitgefühl überhaupt nicht verstehen konnte. Manderson brauchte wegen seiner Krankheit jede nur erdenkliche Hilfe. Von negativer Energie überwältigt, konnte Salome es kaum erwarten, ihre Robe auszuziehen und eine reinigende Dusche zu nehmen. Doch da fiel ihr wieder ein, dass ihre Hausschlüssel in der Aktentasche lagen.

»Feng Shui kann ihm auch nicht helfen«, bemerkte Phyllis.

Salome kehrte ihrer Cousine den Rücken zu, raffte ihren

Rock und stapfte den Abhang hoch. Dann hob sie die rechte Hand, schnickte ihre beiden mittleren Finger gegen ihren Daumen und konzentrierte sich ausschließlich darauf, die zunehmend negative Energie von sich abzulenken.

»Salome«, rief ihr Phyllis hinterher, »steck deine Nase nicht in Angelegenheiten, die dich nichts angehen! Sonst kriegst du noch mehr Ärger!«

Diese Warnung drang nicht mehr zu Salome durch, sondern glitt von ihr ab wie Wasser von einer glatt geschliffenen Marmorplatte. Durch ihre intensive Fokussierung fing sie Strahlen vom Haus auf, die wie spitze Stacheln aus einem Kern im Untergeschoss herausgeschleudert wurden und durch die Mauern drangen. Sie ließ ihre Hand sinken. Ihre Bemühungen, die negative Energie von sich ablenken zu wollen, waren so effektiv, als hätte sie versucht, durch Pusten einen aufkommenden Sturm abzuwenden. In dieser negativen Energie steckte die Kraft des Bösen. Und Salome spürte die seit langem in diesem Haus herrschende zerstörerische Macht.

Um Palmer Fordham zu ermorden, hatte diese Macht sich jedoch eines Menschen bedient.

Den Rücken der Zufahrt und den dort stehenden Autos zugewandt, ließ sich Salome am oberen Ende des Gartens ins Gras fallen. Und während sie auf Ralph Blue wartete, dachte sie an jenen Abend Anfang Dezember zurück, den sie vielleicht in Gegenwart des Mörders verbracht hatte.

3

Zweiter Dienstag im Dezember letzten Jahres

Gegen neunzehn Uhr läutete Salome an Barbara Boatwrights Haus am Kliff an der Kreuzung der Star Fish Lane und Bayview. Sie war professionell in ihre Robe gekleidet und hatte ihre Aktentasche dabei.

Einen Augenblick später öffnete Barbara die Haustür. In ihrem Ensemble – einem Kasack aus Seide und passender Hose mit weiten Beinen – sah sie sehr elegant aus. Dazu trug sie Goldschmuck, und ihr halblanges blondes Haar war perfekt frisiert und gefärbt, um die grauen Strähnen zu verdecken.

»Mach's dir in der Bibliothek bequem, Salome«, sagte sie forsch. »Es geht erst in ein paar Minuten los. Ich habe noch zu tun, aber ein paar der Damen kennst du sicher schon.«

In der über zwei Stockwerke reichenden Bibliothek hatten die Damen – alle Mitglieder des *Women of Mystery*-Buchclubs – Stühle und Sofas mit ihren Jacken, Handtaschen und Notizbüchern belegt, während sie sich mit Mokkaschokolade-Käsekuchen und heißen Getränken bedienten. Der Käsekuchen in der Größe eines Wagenrads und die Kaffeemaschine aus Billie Ruths Bäckerei zeigten, dass Barbara mit der Teilnahme aller neunzehn Mitglieder an der heutigen Soiree gerechnet hatte. Eine silberne Schale war mit Beuteln zum Aufbrühen von Kräuter- oder schwarzem Tee gefüllt.

Da sich Salome nicht unter die Damen mischen wollte, begrüßte sie ein paar Bekannte nur mit einem Nicken und stahl sich dann nach oben. Neben einer Nische im ersten Stock führte eine weitere Treppe ins zweite und oberste Stockwerk von Barbaras Haus.

Besonders nachts kam sie gern in diesen Raum, wie auch heute, weil sie sich in aller Ruhe sammeln und auf den Vortrag vorbereiten wollte, um den Barbara sie gebeten hatte.
Das von dichten Vorhängen aus feinem Leinen gerahmte Panoramafenster bot einen spektakulären Blick auf die Berge an der Küste und auf das Meer. Unter dem Fenster befanden sich Einbauschränke. Das Dämmerlicht genügte, damit sie umhergehen konnte, ohne irgendwo anzustoßen.
Der große Raum war mit sonnengebleichten Futon-Sofas mit Überwürfen aus Wolle, verschiedenen Tischen, Leselampen und tragbaren elektrischen Heizkörpern ausgestattet. Auf dem Boden lagen riesige Sitzkissen. Auf einem der Couchtische stapelten sich Krimis und Bücher über asiatische, präkolumbianische und südamerikanische Kunst. Die Boatwrights waren Eigentümer der Firma World Wide Imports und handelten vor allem mit hochwertigen Kunst- und Gebrauchsgegenständen aus Südamerika und Asien.
Salome wollte sich gerade auf eines der Futon-Sofas setzen, als ihr das Stativ mit dem Teleskop vor einem Stuhl mit Sprossenlehne auffiel. Sie stellte ihre Aktentasche auf das Sofa und ging zum Teleskop, um einen Blick auf den Mond und die Sterne zu werfen. Neben dem Stativ stand griffbereit ein Aschenbecher, daneben lagen eine Packung Sherman-Zigaretten – Barbaras Lieblingsmarke – und ein goldenes Feuerzeug.
Ohne die Position des Teleskops zu verändern, setzte sich Salome auf den Stuhl und presste ihr Auge gegen den Gummiring am Okular. Überrascht stieß sie einen kleinen Schrei aus und wich zurück. Um sich zu vergewissern, dass ihr Auge sie nicht getrogen hatte, schaute sie noch einmal durch das Fernrohr.
Und tatsächlich, das Atelier des Malers Palmer Fordham schien nur eine Armeslänge entfernt zu sein. Auf einem langen Tisch lagen in einem chaotischen Durcheinander Skiz-

zenblöcke und Malutensilien. Interessanter war jedoch der Maler selbst. Mit nacktem Oberkörper und so tief auf der Hüfte sitzenden Jeans, dass sie herunterzurutschen drohten, stand er an seiner Staffelei und skizzierte mit Kohle. Das hellblonde Haar fiel ihm auf die Schultern. Salome konnte sogar die schwarzen Kohleflecke auf seinem Oberkörper erkennen, wo er sich geistesabwesend die Hand abgewischt hatte.

Als Salome sich vorstellte, wie Barbara auf diesem Stuhl saß, eine Sherman-Zigarette rauchte und jede Bewegung Palmers beobachtete, überkam sie ein wachsendes Unbehagen.

Denn von allen etwa gleichaltrigen Freundinnen war ihr Barbara immer am wenigsten anfällig für verrückte, hormongesteuerte Anwandlungen während der Midlife-Crisis erschienen.

»Verdammt noch mal, Salome!«

Als Salome wie elektrisiert vom Stuhl aufsprang, drückte Barbara auf einen Knopf, und die Vorhänge glitten automatisch vors Panoramafenster.

Noch während der Motor surrte, war Barbara mit ein paar Schritten bei Salome, stellte den Stuhl in eine Ecke, klappte das Stativ mit dem Teleskop zusammen und legte es in den Einbauschrank unter dem Fenster.

»Was fällt dir ein, hier rumzuschnüffeln?«, fragte sie wütend.

»Ich wollte nur einen Blick auf die Sterne werfen. In gewisser Weise …«

»Alle sind jetzt da«, unterbrach Barbara ihre Freundin barsch.

»Hör mal, ich bin nur hier hochgekommen, um mich zu sammeln und auf den Vortrag vorzubereiten.«

»Wir können mit der Präsentation der Kollektion beginnen.«

Wie ein beige-goldener Wirbelwind fegte Barbara die Treppe hinunter. Salome, in ihrer schwarzen Robe, folgte ihr.

Ziemlich genervt von dem peinlichen Zusammenstoß mit Barbara, suchte Salome zur Beruhigung stumm Zuflucht in der Anbetungsformel: »*Om mani padme hum*« –, während sie im Hintergrund darauf wartete, von Barbara vorgestellt zu werden. Inmitten der meist üppigen Damen zwischen vierzig und siebzig entdeckte sie nur ein paar junge Gesichter.
»Wir alle haben mit viel Vergnügen Gabriel Hoyas wundervolle Krimis gelesen«, begann Barbara ihre Ansprache. »Und wer, außer dem Autor persönlich, könnte besser über seine Werke sprechen als seine ehemalige Assistentin, mit der er zwanzig Jahre verheiratet war.«
Salome erstarrte. Es machte ihr zwar nichts aus, für Gabes Bücher zu werben, und sie hatte es oft genug getan, aber immer nur beiläufig. Sie hatte Barbaras Bitte, anlässlich dieses Treffens einen Vortrag zu halten, nur unter der Bedingung zugestimmt, dass Feng Shui das Hauptthema sei. Und Barbara hatte ihr versichert, genau daran seien die Damen interessiert. Immer schneller wiederholte sie die Worte ihres stummen Gebets.
»Unsere heutige Rednerin wurde in Holyrood geboren und ist hier aufgewachsen – wie einige von euch wissen. Jetzt lebt sie an zwei Küsten und verbringt die eine Hälfte des Jahres in Georgetown in Washington, D.C., und die andere Hälfte – die schönere, wie ich hoffe – nur einen Häuserblock von hier entfernt, in der Sea Horse Lane. Wer, außer ihr, wüsste besser, wo Gabriel Hoya seine Leichen versteckt hat.«
Bei diesen Worten spreizte Barbara, süffisant lächelnd, die Hände, drehte sich zu Salome um und fügte hinzu: »Ladys, es ist mir eine besondere Freude, Ihnen unsere heutige Rednerin vorzustellen: Gabriel Hoyas Exfrau.«
Ein paar Damen applaudierten, als Salome vortrat und sich zu einem Lächeln zwang. Sie ärgerte sich, dass Barbara mit keinem Wort Feng Shui erwähnt und es nicht für nötig befunden hatte, sie namentlich vorzustellen. War dieses Versehen

einer verständlichen Nervosität zuzuschreiben, oder wollte Barbara sie damit bestrafen, weil sie das Zielobjekt ihres Fernrohrs entdeckt hatte?, fragte sich Salome.

»Danke«, sagte Salome und ließ ihren Blick durch den Raum schweifen. »Ich sehe zwar ein paar bekannte Gesichter, aber denen, die mich nicht kennen, darf ich mich vorstellen: Ich heiße Salome Waterhouse.

Da ich seit über fünf Jahren als Feng-Shui-Beraterin tätig bin, werde ich mittlerweile jedoch öfter gebeten, Vorträge über diese alte, uralte chinesische Kunst und Wissenschaft zu halten. Als ich mit dem Studium von Feng Shui – im Abendland auch Kunst der Lebensgestaltung genannt – begonnen habe, war ich noch mit Gabriel Hoya verheiratet, und wir wohnten in McLean in Virginia.«

Da hob eine zierliche Frau mit kastanienbraun gefärbtem Haar und scharfen grünen Augen die Hand. Salome konnte sich noch gut daran erinnern, wie oft ihr diese Augen an der High School böse Blicke zugeworfen hatten. Doch diese Zeiten waren längst vorbei, und die einstige Feindseligkeit schien sich in Neugier gewandelt zu haben.

»Ja, Billie Ruth?«, fragte Salome. Obwohl »Ruth« ihr Nachname war, wurde ihre Mitschülerin immer Billie Ruth genannt.

»Ich habe ein paar Nachforschungen angestellt und erfahren, dass dein Ex zusammen mit Bill Clinton in Georgetown war und dass Gabriel Hoya ein Pseudonym ist. Wie ist sein richtiger Name?«

Schwimm mit dem Strom, sagte sich Salome und entgegnete: »Das klingt, als seist du selbst so etwas wie eine Detektivin.«

Ein paar Damen lachten und gaben dazu Kommentare ab wie: »Das sehen Sie völlig richtig!« und: »Billie Ruth ist eine frustrierte Privatdetektivin!«

»Es tut mir Leid, aber ich darf Gabes richtigen Namen nicht

verraten, weil er ihn nicht leiden kann. Nur so viel: Er nennt sich nach seinem Großvater Gabriel, und da er ein begeisterter Fan des Georgetown-Basketball-Teams – die Hoyas – ist, hat er deren Namen angenommen.«
»Habt ihr mit den Clintons gesellschaftlich verkehrt?«, warf Billie Ruth ein. Salome glaubte, Neid in dieser Frage mitschwingen zu hören.
»Wir waren ein paar Mal im Weißen Haus. So wie ihr alle ist auch Bill Clinton ein Krimi-Fan und liest gern Gabes Bücher. Die beiden kennen sich vom College her nur flüchtig.«
»Mich hat immer beeindruckt, wie gut er seine weiblichen Charaktere schildert, vor allem Privatdetektivin Antoinette de Beauharnais«, sagte eine junge Frau mit Schildpattbrille in der ersten Reihe. Anscheinend fand sie die sehr persönlichen Fragen über das Privatleben des Schriftstellers deplatziert.
Salome musste lächeln, als vor ihrem geistigen Auge die ziemliche vulgäre, liederliche und üppige Antoinette mit ihrer roten Mähne und den kleinen Füßen in Pumps mit Stiletto-Absätzen auftauchte.
»Denjenigen, die Gabes Romane nicht kennen, darf ich erklären, dass Antoinette die uneheliche Tochter eines Gangsters aus der Unterwelt von New Orleans und einer reichen Kreolin ist – also das Kind von Leuten, wie Gabe gern sagt, neben denen Caligula wie Mickey Mouse aussieht.«
Wieder schossen Hände in die Höhe, und die Damen bombardierten Salome jetzt mit Fragen.
»Arbeiten Sie noch mit Gabriel zusammen, obwohl Sie geschieden sind?«
Aha! Genau die Frage, auf die Salome gewartet hatte.
»Nicht mehr, seitdem ich professionell als Feng-Shui-Beraterin arbeite. Nach unserer Scheidung hat Gabe mich jedoch gebeten, eine Feng-Shui-Analyse seines eben erst gekauften Hauses zu machen. Er hatte erfahren, dass Donald Trump

und andere Geschäftsleute diese Wissenschaft sehr ernst nehmen.
Wie auch immer – er lebt jetzt ganz in der Nähe des Hauses, das wir jahrelang gemeinsam bewohnt haben. Und Gabe glaubt fest an die Wirksamkeit der Feng-Shui-Methoden, seit sein Agent ein paar Wochen nach meiner Haus-Analyse bei einem neuen Verleger für ihn einen Vertrag mit einem siebenstelligen Honorar für eine Trilogie abgeschlossen hat.«
Salome merkte, dass sie ihr Publikum jetzt an der Angel hatte, da plötzlich Schweigen herrschte und die Damen sie nur mit großen Augen anstarrten.
»Das Wundervolle an Feng Shui ist, dass es funktioniert.«
Das Schweigen dauerte an.
»Ich weiß, was Sie jetzt denken«, fuhr Salome fort. »Wenn Feng Shui so wundervoll funktioniert, warum haben wir uns dann scheiden lassen? Unsere Ehe war schon tot, bevor ich mit dem Studium des Feng Shui begonnen habe. Wir waren nur noch Partner *in crime*, haben zusammen gearbeitet und unter demselben Dach gelebt.
Als ich mich zur Beraterin ausbilden ließ, hat mir meine Mentorin geraten, neun Wochen lang jeden Tag einen Gegenstand wegzuwerfen. Nach diesen neun Wochen habe ich mich unbeschreiblich frei gefühlt und eine absolute Klarheit über mein Leben erlangt. Da wurde mir endlich bewusst, dass für Gabe und mich die Zeit gekommen war, getrennte Wege zu gehen.«
»Gabe ist also zusammen mit dem übrigen Müll rausgeflogen.«
»So würde ich das nicht ausdrücken, Billie Ruth.«
»Warum neun Wochen?«, fragte eine Zuhörerin.
»Die Zahl Neun ist im Feng Shui die absolute Glückszahl. Ehe Sie mir weitere Fragen stellen, möchte ich Ihnen eine kurze Einführung in die Geschichte des Feng Shui geben.

Feng Shui ist eine über 3500 Jahre alte Wissenschaft und hat ihre Wurzeln in der chinesischen Sicht des Universums, wonach alle Dinge dieser Welt fünf Grundelementen zugeordnet werden und mit positiver oder negativer Energie aufgeladen sind. Diese Energie nennt man Chi oder kosmischer Atem des Drachen. Sha hingegen bedeutet negatives Chi, auch Prinz der Finsternis genannt. Es bedarf keiner Kenntnis der asiatischen Kultur, um dieses Prinzip zu verstehen. Und gutes Chi ist die Energie, die wir in unsere Häuser und Arbeitsräume holen wollen.«

Salome griff in ihre Aktentasche und hielt ein Blatt Papier hoch. Darauf war ein Oktogon mit dem schwarz-weißen Yin-Yang-Symbol in der Mitte und den acht um das Bagua angeordneten Trigrammen des I Ging mit den Lebensbereichen, Farben und Elementen abgebildet.

»Das ist ein Bagua und das wichtigste Werkzeug eines Feng-Shui-Beraters. Damit lokalisiere ich die Position der bedeutendsten Lebensbereiche in einer Wohnung, einem Haus, einem Zimmer – in jeder Umgebung. Die einzelnen Bereiche werden Gua genannt.«

Jetzt wandte sich Salome an Barbara und sagte: »In meiner Aktentasche sind Kopien dieses Bagua. Macht es dir etwas aus, sie zu verteilen?«

Barbara schoss ihr einen giftigen Blick zu, der besagte, dass sie noch immer wütend war, weil Salome ihr geheimes Laster entdeckt hatte, kam dann jedoch der Bitte ihrer Freundin nach.

»Sehen wir uns zuerst die untere Hälfte des Bagua an. Dort finden wir den Bereich Karriereaussichten in der Mitte, links den Bereich Ausbildung/Wissen und rechts davon Hilfreiche Menschen/Reisen. An einem dieser Punkte wird sich die Haustür befinden – auch Mund des Chi genannt. Nehmen wir zum Beispiel Barbaras Haus.«

Aus den Augenwinkeln sah Salome, dass Barbara erstarrte,

weil sie wohl fürchtete, Salome würde erzählen, was sie im zweiten Stock entdeckt hatte.

»Barbaras Haustür liegt in der Mitte der Nordseite ihres Hauses, also im Karriere-Gua. Nachdem wir das Haus betreten haben, sind wir in die Bibliothek gegangen, die im Wissens-Gua liegt – die perfekte, harmonisierende Lage für eine Bibliothek. Die beiden Stockwerke über uns befinden sich ebenfalls im Wissens-Gua.«

Wie es doch passt, dachte Salome, dass Barbara ihr Fernrohr zum Bespitzeln ihres Nachbarn ausgerechnet dort aufgestellt hat.

»Vom Wissensbereich gehen wir im Uhrzeigersinn weiter«, setzte Salome ihren Vortrag fort, »und kommen zu Familie und Gesundheit, dann zu Wohlstand, Anerkennung/Ruhm und Partnerschaften, einschließlich Ehen. Dann folgen Kreativität und Kinder, und schließlich Hilfreiche Menschen/Reisen.

Im neunten Bereich, der Mitte des Bagua, sehen wir das Tai-Chi- oder Yin-Yang-Symbol, das Einheit, Gleichgewicht und Harmonie darstellt.«

Nach einem Blick auf ihr Bagua fuhr Salome fort: »Ihnen wird auffallen, dass jeder Bereich in einem I-Ging-Trigramm liegt, das die entsprechenden chinesischen Namen, Farben, Körperteile und Naturelemente enthält: Holz, Feuer, Wasser, Erde, Metall. Hinzu kommen Berge, Wind und Himmel.«

Salome senkte ihr Blatt Papier. Jetzt galt es, das Interesse ihres Publikums weiter zu fesseln, ehe jemand auf die Idee kam, weitere Fragen über ihren Exmann und seine Krimis zu stellen.

»Als Feng-Shui-Beraterin frage ich einen Klienten als Erstes, welchen Bereich seines Lebens er verbessern möchte«, erklärte sie und sah ihre frühere Gegnerin direkt an.

»Billie Ruth. Wie steht's bei dir? Welchen Bereich deines Lebens möchtest du verbessern?«

»Mein Sexleben«, entgegnete Billie Ruth prompt. »Aber Sex gibt's auf diesem Bagua-Ding nicht.«
Billie, der ehemalige Klassenclown, hatte mal wieder die Lacher auf ihrer Seite, und plötzlich redeten alle durcheinander.
»Verdammt, dafür brauchst du doch kein Bagua!«, rief eine der Damen. »Klingel doch einfach mal bei Palmer Fordham.«
»Schätzchen, da war ich bereits, das habe ich schon getan«, entgegnete Billie Ruth lachend.
Salome sah, dass Barbara aufstand und mit ihrer Tasse in der Hand aus der Bibliothek ging. Doch ehe die Situation außer Kontrolle geraten konnte, mischte sich Salome ein und sagte: »Sex gehört in das Partnerschafts-Gua. Du musst dir also als Erstes diesen Bereich deines Hauses ansehen. Liegt dort dein Schlafzimmer, so hast du Glück. Wenn nicht, können Veränderungen vorgenommen ...«
»Eigentlich wäre es nötig, dass ich mit meiner Backerei mehr Geld verdiene«, unterbrach Billie Ruth nun Salome, ernster geworden.
»Gut«, sagte Salome. »Dann brauchst du eine Feng-Shui-Analyse und -Gestaltung deiner Bäckerei, beginnend mit dem Karriere-Gua, dann folgt der Bereich Reichtum und Ruhm – wobei ich mit Ruhm meine, welches Ansehen deine Bäckerei in der Gemeinde hat. Nicht zu vergessen die Hilfreichen Menschen, ohne die Geschäftsleute nicht existieren können.«
»Wie kann Feng Shui denn meinen Umsatz steigern?«
»Indem du dich um gutes Chi bemühst und die Guas aktivierst, die ich eben genannt habe. Und das geschieht durch die Anwendung der neun Grundprinzipien des Feng Shui.«
Um ihrer Präsentation einen dramatischen Akzent zu verleihen, zog Salome jetzt wie ein Magier aus seinem Zylinder ihre Werkzeuge aus der Aktentasche: einen kleinen runden

Spiegel, eine in Facetten geschliffene Kristallkugel an einer siebenundzwanzig Zentimeter langen roten Schnur, ein kleines Windspiel, eine Bambusflöte, ein viereckiges, leuchtend rotes Stück Seide, einen polierten, glänzenden Stein, einen kleinen, batteriebetriebenen Ventilator, ein paar rosa Seidenblumen und eine sieben Zentimeter hohe Statuette der Göttin der Barmherzigkeit, Kuan Yin.

»Dies sind nur ein paar der vielen Hilfsmittel, die Sie in die verschiedenen Guas platzieren können, um den Chi-Fluss zu stimulieren. Für das Karriere-Gua eignet sich am besten ein Aquarium – es hatte leider keinen Platz in meiner Aktentasche. Vielleicht ist Ihnen aufgefallen, dass in der Nähe der Eingangstüren zu chinesischen Restaurants oft Aquarien stehen.

Auch Computer und andere elektrische Geräte stimulieren Chi. Kaputte Geräte müssen allerdings entfernt werden, sonst verbreiten sie negative Energien.«

»Ich mag keine Fische«, sagte Billie Ruth und starrte Salome herausfordernd an.

Die Damen schnatterten jetzt aufgeregt durcheinander, doch Salome lenkte mühelos die von Billie Ruth ausgehende negative Energie von sich ab, indem sie erklärte: »Wenn ich das erste Mal mit einem Klienten spreche, klären wir genau diese Punkte.«

Dann fuhr sie mit ihrer Erläuterung fort: »Das Bagua wird auf den Grundrissplan Ihres Hauses oder Ihrer Geschäftsräume übertragen – dasselbe geschieht anschließend auch für jedes Zimmer. Und wieder wird sich die Eingangstür entweder im Wissens- oder im Hilfreiche-Menschen-Bagua befinden.«

»Salome, meine Liebe, wie einfach das Ihren Worten nach klingt. Ich dachte, Feng Shui sei eine komplizierte Wissenschaft, für deren Anwendung man einen Kompass, komplexe astrologische Berechnungen und solche Dinge braucht«, sagte Blanche Goodfellow, eine hoch aufgeschossene siebzigjährige Dame in maßgeschneidertem blauem Hosenanzug.

»Ich arbeite nicht nach der Lehre der Kompass-Schule, sondern wende eine einfachere Methode an. Während der vergangenen zwanzig Jahre hat Feng Shui eine fast als revolutionär zu bezeichnende Wandlung durchgemacht. Aus einer relativ obskuren Wissenschaft wurde ein schnell wachsender, weltweiter Mainstream. Und dieser Erfolg ist darauf zurückzuführen, dass Feng Shui wirklich funktioniert – wie ich bereits sagte. Meine Methoden mögen zwar einfach sein, aber erst nach einem vierjährigen Studium und Praktikum bei einer Lehrerin habe ich meine eigene Praxis eröffnet, denn die Beschäftigung mit dieser Wissenschaft bedingt einen lebenslangen Lernprozess.«

Während der nächsten Stunde erläuterte Salome ihrem Publikum jedes einzelne Gua und beantwortete Fragen zu speziellen Problemen, da in den Häusern einiger der Damen wegen unterschiedlicher Formen und Größen einzelne Guas fehlten. Salome ging auf diese Probleme ein und erteilte Ratschläge zur Verbesserung der Lebensqualität.

»Leider konnte ich Ihnen heute nur die Grundprinzipien erläutern und ein paar Anregungen geben. Ich darf noch kurz das Thema der transzendentalen Anwendung unter Einbeziehung Ihrer Vorsätze – ein mächtiger Aspekt des Feng Shui – anschneiden. Wenn Sie Ihre Vorsätze mit dem entsprechenden Chi verbinden, können Sie eine größere Erfüllung in den Bereichen Ihres Lebens bewirken, die Sie verbessern möchten.«

Nach diesen abschließenden Worten erhob sich Barbara von ihrem Stuhl und dankte Salome im Namen der Zuhörerinnen für ihren Vortrag.

»Bleibst du noch auf einen Drink?«, flüsterte sie Salome dann zu.

»Na gut«, sagte Salome.

Da Barbaras Atem schon leicht nach Alkohol roch, vermutete Salome, dass sich ihre Freundin jedes Mal, wenn sie aus der Bibliothek gegangen war, einen Schuss Brandy in ihren Kaffee gegossen hatte.

Salome verteilte an die Damen, die wirkliches Interesse an Feng Shui zeigten und die sich für ihren Vortrag bedankten, Visitenkarten. Bezeichnenderweise gehörte Billie Ruth nicht zu dieser kleinen Gruppe.

Um Viertel nach neun saßen Salome und Barbara auf dem Ledersofa vor einem knisternden Kaminfeuer.

»Charles und ich haben finanzielle und ... na ja, auch andere Probleme«, vertraute Barbara ihrer Freundin an.

»Möchtest du mit mir einen Termin für eine Konsultation vereinbaren?«

»Du meine Güte, nein! Du weißt doch, dass ich an diesen Hokuspokus nicht glaube. Außerdem kann ich mir im Moment dein Honorar nicht leisten.«

»Na, komm schon, Barbara. Ich helfe dir gern – auch umsonst.«

»Wahrscheinlich hast du heute Abend ein paar Klientinnen hinzugewonnen. Dafür sollte ich eine Provision verlangen. Aber ich brauche auch neue Kundinnen. Deswegen habe ich mich erboten, die Gastgeberin für die Dezember-Versammlung des *Mystery*-Buchclubs zu spielen. Die Leute sollen bei ihren Weihnachtseinkäufen nach Angeboten von World Wide Imports Ausschau halten.«

Barbara starrte eine Weile ins Feuer, lachte dann plötzlich und sagte: »O mein Gott! Ich habe dich als Gabriels Exfrau vorgestellt!« Schulterzuckend fügte sie hinzu: »Da du so lange im Schatten deines berühmten Mannes gelebt hast, bist du wahrscheinlich daran gewöhnt.«

Salome stellte mit brennenden Wangen ihre Kaffeetasse auf den Beistelltisch neben dem Sofa und sagte: »Ruf mich doch mal an. Dann können wir uns treffen, wenn es dir wieder besser geht.«

»Geh noch nicht«, bat Barbara und griff nach Salomes Ärmel. »Charles ist auf Einkaufsreise in Südamerika und kommt erst im März zurück. Oh, wie er das Weihnachtsgeschäft liebt – auf einem anderen Kontinent. Mein Gott, wie ich diese Jahreszeit hasse«, fügte sie hinzu, leerte ihr Brandyglas und goss sich noch einen Drink ein.

»Warum fliegst du nicht zu ihm?«

»Weil ich Fliegen hasse. Diese Reisen haben für mich längst ihren Glanz verloren.« Nach einem kurzen Schweigen seufzte Barbara und sagte: »Hör mal, erzähl bitte niemandem von dem Teleskop und ... was auch immer du gesehen hast.«

»Natürlich nicht«, entgegnete Salome.

»Es ist nämlich so ... wir haben eine Affäre.«

»Wie lange geht das schon?«

»Seit zwei Wochen.«

»Warum ausgerechnet mit ihm? Er ist zwar sehr attraktiv, aber ...«

»... zwanzig Jahre jünger als ich«, ergänzte Barbara und sah Salome herausfordernd an.

»Darum geht es nicht, Barbara. Nein, er ist ein berüchtigter Schürzenjäger. Menschenskind, ich habe doch gesehen, wie du reagiert hast, als jemand vorgeschlagen hat, Billie Ruth solle sich zur Verbesserung ihres Sexlebens an ihn wenden. Bestimmt ist nicht nur mir deine Reaktion aufgefallen. Wie ernst ist diese Affäre?«

Anstatt zu antworten, kippte Barbara ihren Brandy und goss noch einen Schuss in den Schwenker.

»Vielleicht solltest du mal verreisen und ein paar Tage in deiner Wohnung am Lake Tahoe ausspannen.«

»Die habe ich letzte Woche verkauft. Außerdem muss ich mich um unseren Laden kümmern. Das Weihnachtsgeschäft läuft an. Ich habe nur noch eine Freude im Leben: Palmer. Und wenn wir nicht zusammen sind, sehe ich ihm gern bei der Arbeit zu.«

Barbara war die Managerin des Hauptgeschäfts von World Wide Imports in San Jose und stand in den Wochen vor Weihnachten bestimmt unter großem Druck. Salome fragte sich, woher sie die Zeit für eine Affäre nahm.
Nachdem die beiden eine Weile geschwiegen hatten, sagte Salome: »Weißt du, es könnte nicht schaden, wenn du Feng-Shui-Artikel in dein Sortiment aufnimmst. Glaube mir, das Feng-Shui-Geschäft ist im Aufschwung. Der Markt wird bereits mit vielen Artikeln, wie speziellen Kerzen, Windspielen, Springbrunnen und anderen symbolischen Glücksbringern überschwemmt. Die Präsentation dieser Gegenstände in deinen Geschäftsräumen würde außerdem gute Energie verbreiten. Wenn du willst, bringe ich dir einen Katalog.«
»Ach, du denkst wohl immer nur ans Geschäft, wie?«
Salome holte tief Luft, ehe sie antwortete: »Hast du nicht vorhin von finanziellen Problemen gesprochen? Feng Shui würde dir gerade jetzt nützen, und ich kann dir dabei helfen.«
»Vielleicht nach Weihnachten«, sagte Barbara vage und spielte mit der zierlichen goldenen Armbanduhr an ihrem knochigen Handgelenk.
Durch diese Geste wurde Salomes Aufmerksamkeit auf die Altersflecken an Barbaras feingliedriger Hand gelenkt. Dann schweifte ihr Blick zu dem Gesicht ihrer Freundin, und sie sah, dass die früher volle Oberlippe schmal geworden war. Hatten Verbitterung und Unzufriedenheit dazu geführt? Auch das mittlerweile verblasste Make-up konnte die grauen Tränensäcke unter ihren Augen nicht verbergen.
»Ich muss morgen früh raus und brauche Ruhe«, sagte Barbara plötzlich, als sie Salomes kritischen Blick bemerkte, und erhob sich.
Mit erstarrter Miene und einem aufgesetzten Lächeln verabschiedete Barbara Salome schließlich an der Haustür: »Ich danke dir für die Präsentation. Obwohl du den Abend zu

deinem Vorteil genutzt hast, waren die Frauen von deinem Vortrag begeistert. Gute Nacht, Salome.«

Ohne Salome Gelegenheit zu geben, auf diesen Vorwurf zu reagieren, schloss sie leicht schwankend die Haustür.

Anstatt direkt nach Hause zu gehen, machte Salome einen Spaziergang entlang der Steilküste. Von Kritikern der Feng-Shui-Lehre wurden Berater oft der Scharlatanerie beschuldigt; sie seien Leute, die mit ihrem Psycho-Geschwafel jedem nur das Geld aus der Tasche ziehen wollten. Salome hatte gelernt, mit diesen Vorwürfen zu leben, wenn es ihr auch schwer fiel. Da sie glücklicherweise finanziell abgesichert war, hätte sie nicht zu arbeiten brauchen. Aber sie hatte sich für diesen Beruf entschieden, weil sie absolut an Feng Shui als einen Zweig der Naturwissenschaft glaubte. Chi existierte für sie. Im Prinzip ging es darum, gutes Chi anzuziehen und schlechtes Chi zu vertreiben. Dabei spielte die Kunst der Anwendung nur eine sekundäre Rolle. Und wenn ihr jemand vorwarf, sie wolle damit nur Geld verdienen, so nahm sie sich das zu Herzen.

Als Salome ihre rote Haustür mit dem Rundbogen aufstieß, konnte sie das Gefühl nicht loswerden, eine alte Freundin verloren zu haben. Doch Barbaras Interesse an dieser Freundschaft war schon nach Salomes Scheidung von Gabriel geschwunden. Früher hatten die Boatwrights Gabe und Salome zu anregenden Dinner-Partys eingeladen, doch danach hatten sich die beiden Freundinnen nur noch gelegentlich zu einem Lunch getroffen.

Der Verlust eines Freundes hinterlässt immer ein Gefühl der Leere. Ein paar Freunde hatte Salome verloren, weil sie einen Schlussstrich unter ihre Vergangenheit gezogen hatten. Andere waren einfach aus ihrem Leben verschwunden. Aber diesmal war es anders – Salome spürte, dass sich Barbara verraten fühlte, weil sie versehentlich einen Blick in das Privatleben ihrer Freundin geworfen hatte.

4

Nach einer halben Stunde erschien Ralph Blue endlich, um Salome nach Hause zu fahren. Sie versuchte sich einzureden, dass Phyllis sie nicht absichtlich in der Kälte hatte warten lassen, sondern Ralph bei ihrer Arbeit gebraucht habe.
Salome kauerte sich auf den Beifahrersitz und schlang die Arme um ihren Körper. Ralph schwieg taktvollerweise während der kurzen Fahrt zu ihrem Cottage; er wusste wohl, dass ihr nicht zum Reden zumute war, und beschränkte sich auf seine Aufgabe, sie heimzufahren. Wahrscheinlich nahm er an, dass sie erst den Anblick des Toten verkraften musste.
Hätte er gewusst, worüber Salome nachdachte, er wäre überrascht gewesen.
Denn sie dachte keineswegs über Palmer Fordham nach, sondern über das Haus. Weil sie irgendwann eine Reinigungszeremonie dort abhalten musste, und allein dieser Gedanke erschreckte sie zutiefst. Doch ohne diesen Akt, das Böse daraus zu verjagen, würde sie es nicht wieder vermieten.
Haus-Exorzismen wurden selten praktiziert. Zwar war Salome das Ritual geläufig, doch sogar während ihrer vierjährigen Lehre bei Madame Wu hatte sie nie ein Haus betreten, das eine derart rigorose spirituelle Reinigung erforderte. Und der Gedanke, selbst diesen Akt vornehmen zu müssen, bedrückte sie zutiefst und umso mehr, weil sie die Besitzerin dieses Hauses war. Allein das Wissen, dass dieses Feng-Shui-Ritual seit tausenden von Jahren praktiziert wurde, tröstete sie etwas.
Fest entschlossen, sich von ihrer Angst nicht lähmen zu lassen, ging Salome das Problem pragmatisch an. Außerdem

wusste sie nicht einmal, wann Phyllis Perfume Mansion wieder freigeben würde. Und da ihre Cousine jetzt zum ersten Mal auf legale Weise über das Haus verfügen konnte, glaubte Salome, dass Phyllis diesen Zustand so lange wie möglich zu erhalten trachtete.

In dem Augenblick, als Ralph in die Einfahrt einbog, erschien Emily Harkin vor ihrem Haus, um die Morgenzeitung zu holen. Der Zeitpunkt hätte in Anbetracht der Tatsache, dass Emily die schlimmste Klatschtante des Orts war, nicht unglücklicher sein können. Und Emily war nicht nur die Chefredakteurin des *Holyrood Echo*, sondern auch dessen Klatschkolumnistin.
Salome jetzt frühmorgens in Begleitung des gut aussehenden Ralph Blue in ziemlich desolatem Zustand und ohne Schuhe aus einem Streifenwagen aussteigen und in ihr eigenes Haus einbrechen zu sehen musste ein Leckerbissen für sie sein. Wenigstens bis sich die Nachricht von dem Mord in der Stadt verbreitet hatte.
Salome stöhnte.
»Was ist?«
»Wir werden vom größten Klatschmaul der Stadt beobachtet.«
»Na, dann dauert's wohl nicht lange, bis jeder hier weiß, dass wir beide die Nacht zusammen verbracht haben«, sagte Ralph nach einem Blick in den Rückspiegel.
Dann schmunzelte er, als wäre das kein gänzlich unangenehmer Gedanke. Da solche Andeutungen in letzter Zeit selten waren, musste Salome auch lächeln. Ihre Stimmung hob sich beträchtlich.
»Na, dann wollen wir mal einbrechen«, sagte sie.
»Sind Sie ganz sicher, dass alle Türen abgeschlossen sind?«
»Im Augenblick ist für mich gar nichts mehr sicher, Ralph.«
Da die Haustür verschlossen war, gingen die beiden zur Ost-

seite des Steinhauses, weg von Emily, die noch immer so tat, als lese sie im Morgenrock die Zeitung auf der Straße.

Zwischen Küche und frei stehender Garage hatte Salome einen bezaubernden Garten im japanischen Stil angelegt.

»Haben Sie nicht irgendwo in einem Blumentopf oder so einen Zweitschlüssel versteckt?«, fragte Ralph, nachdem sie auch die Küchentür verschlossen vorgefunden hatten.

»Meine Eltern haben einen, aber ich möchte sie jetzt nicht stören. Wir brechen ein.«

Auch die Glasschiebetür und die Fenster auf der Südseite waren abgesperrt.

Inzwischen hatte Salome klatschnasse und vor Kälte taube Füße und hoffte, dass Emily wieder in ihr Haus gegangen war, als die beiden jetzt die Westseite probierten. Nicht dass es viel nützte, denn ihre Nachbarin konnte sie auch von einem ihrer Fenster aus beobachten.

Als die beiden um die Ecke bogen, stand Emily da, die aufgeschlagene Zeitung in den Händen und ihren Blick wie das Objektiv einer Kamera starr auf Ralph und sie gerichtet. In solchen Momenten wünschte Salome, sie hätte die über zwei Meter hohe Hecke nicht durch einen Lattenzaun ersetzen lassen. Aber Hecken hatten sie immer an Särge erinnert, und in diesem speziellen Fall an das Ende ihrer Ehe.

Da das Schlafzimmerfenster ebenfalls verschlossen war, gingen sie zu den letzten Fenstern, denen ihres Arbeitszimmers.

Vielleicht habe ich sie gestern Abend vor dem Schlafengehen nicht sorgfältig verriegelt, dachte sie.

Eines der zwei Fenster – es war hinter dem üppigen immergrünen Kamelienstrauch verborgen – stand etwa drei Zentimeter offen. Erleichtert schob sie es noch ein paar Zentimeter weiter auf und stieß dann gegen das Fliegengitter.

Die beiden tauschten auf dem engen Raum die Plätze, und Ralph schnitt mit seinem Taschenmesser den Draht durch und klappte die zwei unteren Riegel um. Doch die oberen

konnte er nicht erreichen. Also verbog er den Aluminiumrahmen, so dass er wieder ein paar Zentimeter gewann.
»Der Spalt sollte zum Durchkriechen groß genug sein«, sagte er. »Ich helfe Ihnen dabei. Passen Sie auf, dass Sie sich an dem Fliegengitterdraht nicht verletzen.«
Sie mühten sich eine Weile ab, denn der in voller Blüte stehende rote Kamelienstrauch ließ ihnen zu wenig Raum. Schließlich hatte Salome es geschafft. Mit einer Hand drückte sie gegen das Fliegengitter, um sich an der scharfen Kante nicht zu verletzen.
Sie war so froh, endlich in ihr Haus gelangen zu können, dass sie den Schrein mit der Kuan-Yin-Statue – eine Skulptur der Göttin der Barmherzigkeit – und dem kleinen plätschernden Brunnen direkt unter dem Fenster völlig vergessen hatte.
»Warten Sie!«, rief Salome. Aber genau in diesem Moment gab Ralph ihr einen Schubs, und sie stieß mit dem Kopf gegen das aufgeschnittene Drahtgeflecht. Als sie auf den Schrein stürzte, fielen die Statue und der Brunnen mit großem Getöse auf den Fußboden aus Hartholz.
»Salome? Haben Sie sich wehgetan?«
Wie betäubt saß sie in einer Wasserlache, von polierten Steinen und den überall verstreuten Scherben der Schutzgöttin umgeben. Als sie den Kopf bewegte, zerrte etwas an ihren Haaren und ein scharfer Schmerz durchbohrte ihren Schädel wie ein Pfeil.
Ralph schielte durchs Fenster. »Du liebe Güte! Rühren Sie sich nicht!«
Er kniete sich auf den Sims und löste behutsam die Haarsträhne, die sich in dem Fliegengitterdraht verfangen hatte.
»Machen Sie mir bitte die Haustür auf. Dann kann ich Ihnen besser helfen.«
Salome wischte etwas Feuchtes von ihrem linken Auge. Ihre Hand war voller Blut. Sie stand langsam auf und zog ein paar Kleenex aus der Schachtel, die auf ihrem Schreibtisch stand.

Die improvisierte Kompresse an ihren Kopf haltend, ging sie mit zitternden Knien zur Haustür.
»Lassen Sie mich mal sehen«, sagte Ralph, als sie ihm die Tür geöffnet hatte, und nahm behutsam ihre Hand vom Kopf. Die Papiertaschentücher waren bereits blutdurchtränkt.
»Wo ist das Bad?«
»Am Ende des Flurs, rechts.«
»Warten Sie hier.«
Sofort kam er mit zwei Handtüchern wieder und riet ihr, eins an ihren Kopf zu pressen.
»Ich bringe Sie ins Krankenhaus. Die Wunde muss genäht werden.«
»Ach, verdammt!«, stöhnte Salome. »Ich brauche ein Paar Schuhe.«
Während Salome ein Handtuch auf ihre Wunde presste, holte Ralph ein Paar mit Fleece gefütterte Stiefel aus dem Flurschrank, streifte ihr die nassen Socken ab und half ihr in die Stiefel.
»Was halten Sie davon, die Haustür unverschlossen zu lassen?«, fragte er und nahm ihren Arm.
»Ich wünschte, daran hätte ich früher gedacht«, entgegnete sie.
Als Ralph aus der Einfahrt raste, bekam Emily Harkin große Augen. »Na, so was!«, murmelte sie vor sich hin. »Wie geschäftig du doch heute Morgen bist, Salome!«
Sie faltete ihre *San Jose Mercury News* zusammen und wartete, bis der Wagen auf dem Dolphin Way um die Ecke bog, ein kaum merkliches Lächeln auf ihren schmalen Lippen. Dann huschte sie über die Straße in Richtung Kamelienstrauch, um einen kurzen Blick dahinter zu werfen.
Salome redete immer von »Synchronität«, dass sich Dinge im Leben eines Menschen genau dann ereigneten, wenn er sie brauchte. Vielleicht stimmt diese Theorie ja, dachte Emily. Schon seit Tagen suchte sie nach einem Ereignis, um ihre

Leser aus der winterlichen Langeweile zu erlösen. Auf einen ausgewachsenen Skandal hätte sie nicht mal in ihren kühnsten Träumen gehofft. Bis jetzt.

Zwei Stunden und zwölf Stiche später stieg Salome aus dem Streifenwagen hinaus in den strömenden Regen. Sie warf einen kurzen Blick auf Emilys Haus und war froh, dass die Schnüfflerin wegen des schlechten Wetters drinnen bleiben musste.

Ralph wartete draußen, während sie in ihr Cottage ging. Sie ließ die schmutzigen Handtücher, die sie auf dem Weg zur Notaufnahme benutzt hatte, einfach im Flur zu Boden fallen, nahm ihr Handy aus der Tasche ihrer Robe und legte es auf die koreanische Kommode. Einen Blick in den Spiegel vermied sie, denn sie war noch immer benommen.

Sie zog ihre feuchte Robe aus und faltete sie sorgsam zusammen. Es entbehrt nicht einer gewissen Ironie, dass sie jetzt wirklich mit Blut bespritzt ist, dachte Salome.

Aus der Garderobe holte sie ihren bewährten Drizabone, einen australischen Mantel aus Ölzeug, und zog ihn an.

Dann rannte sie durch den noch immer strömenden Regen mit ihrer Robe zum Streifenwagen. Ralph kurbelte das Fenster der Beifahrertür hinunter. Sie legte ihr Kleidungsstück auf den Sitz.

»Vielen Dank für Ihre Hilfe, Ralph«, sagte sie. »Es tut mir Leid, dass Sie den aufregenden Teil der Ermittlungen meinetwegen verpasst haben.«

»Ich habe bereits mein Quantum an Aufregungen gehabt«, sagte er und tätschelte seine Hüfte, in die der weiße Hai seine rasiermesserscharfen Zähne gegraben hatte. »Sollten Sie etwas brauchen, rufen Sie mich an.«

Salome klopfte auf den Türrahmen und lief ins Haus zurück.

Minuten später stand sie unter der Dusche und ließ das heiße Wasser auf ihren Körper prasseln. Sie hoffte, ihr Kopf würde

nicht allzu wehtun, wenn die örtliche Betäubung nicht mehr wirkte. Ein Rezept für Schmerztabletten hatte sie abgelehnt, denn sie wollte einen klaren Kopf behalten. Heute hatte sie noch viel zu tun.
Nachdem sie sich abgetrocknet und ihre Haare gekämmt hatte, musterte sie prüfend die Wunde. Der Notarzt – ein Freund von Ralph – hatte sie besonders sorgfältig behandelt. Trotzdem sah der Riss hässlich aus. Aber damit musste sie die nächsten zehn Tage leben. Sie desinfizierte die Naht und klebte ein kleineres Pflaster darauf.
Shishi, ihr schwarzweißer, flauschiger Kater, hatte den aufregenden Vormittag sicherlich irgendwo im Haus verschlafen. Oder er war ausgegangen und besuchte seine Freunde. Sie hatte ihn nach dem japanischen, an Tempeln wachenden und Unheil abwehrenden Löwen benannt; und wie Salome hatte auch Shishi zwei Domizile. Wenn Salome in Holyrood überwinterte, lebte der Kater bei ihr. Im Frühjahr und Sommer lebte Shishi bei Salomes Eltern im Otter Haven Resort, drei Blocks entfernt. Von Zeit zu Zeit marschierte er zur Wohnung ihrer Eltern in der großen viktorianischen Lodge, um nach dem Rechten zu sehen. Dann kam er zurück. Durch die in die Küchentür eingelassene Katzentür konnte er jederzeit ins Cottage gelangen.
Nachdem Salome Jeans und einen Pullover angezogen hatte, holte sie ein paar schmutzige Handtücher aus der Waschküche und trug sie in ihr Arbeitszimmer. Sie wünschte sich, dass der Kater auftauchte, denn sie konnte etwas Trost gebrauchen.
»Du meine Güte!«, rief Salome, als sie sah, wie es durch das offen stehende Fenster ins Zimmer regnete und sich die Pfütze auf dem Boden noch vergrößerte. Sie ließ die Handtücher ins Nasse fallen, nahm das Fliegengitter ab und schloss das Fenster.
Dann versuchte sie zum zweiten Mal, Manderson Monroe per Telefon zu erreichen. Sie hatte es bereits im Kranken-

haus probiert, aber nur der Anrufbeantworter hatte reagiert. Manderson war nicht nur der Exmann ihrer Cousine, sondern ein lieber alter Freund, und sie wollte ihm persönlich sagen, warum sie die Verabredung um vier nicht einhalten konnte. Doch wieder schaltete sich das Gerät ein.

»Mandy! Wenn du da bist, nimm bitte ab!« Sie machte eine Pause. »Wie ich bereits sagte, kann ich heute nicht in die Stadt kommen. Ich versuch's später noch mal.«

Die restlichen Termine dieser Woche verteilten sich über mehrere Tage. Die wollte sie noch nicht absagen, denn es bestand ja die Möglichkeit, dass Palmer Fordhams Mörder schnell gefasst wurde, dann brauchte sie ihren Zeitplan nicht zu ändern.

Durch ihre Arbeit mit Gabe wusste sie, dass die ersten vierundzwanzig Stunden nach der Tat für die Ergreifung des Täters wesentlich waren. Sie wusste auch, dass die Verstümmelung der Leiche bedeutete, dass zwischen Täter und Opfer eine enge Beziehung bestanden haben musste. Obwohl die Einwohnerzahl von fünftausend während der Saison aufs Doppelte anwuchs, hoffte sie, dass Phyllis mit ihrem Schnüffelinstinkt in kürzester Zeit eine Liste mit Verdächtigen präsentierte. Und natürlich würde der Bürgermeister Druck auf ihre Cousine ausüben, damit der Täter noch vor Beginn des AT&T-Pro-Am-Golfturniers nächste Woche gefasst wurde.

Und was Salome jetzt tun musste, war, Belege vorzulegen, die sie als Täterin ausschlossen.

In einem Ablagekorb auf ihrem Schreibtisch fand sie schließlich unter anderen Papieren den Einzahlungsbeleg der Bank und den Brief samt Umschlag von Palmers geheimnisvollem »Gönner«. Ihr schauderte bei dem Gedanken, dass dieselbe Person ihn ermordet haben könnte und versuchte, ihr den Mord anzuhängen.

Obwohl bereits ihre Fingerabdrücke auf den Papieren waren, schob sie sie vorsichtig in eine Plastiktüte.

Aus einer Schreibtischschublade nahm sie ihre Ersatz-Autoschlüssel. Nie war ihr der Gedanke gekommen, Zweitschlüssel für ihr Cottage – das ihrer Großmutter gehört hatte, nach der sie getauft worden war – im Haus zu deponieren. Sie hatte nur ihre Eltern gebeten, einen zweiten Satz Schlüssel für sie aufzubewahren.

Dann steckte sie die schmutzigen Handtücher in die Waschmaschine und verließ das Haus durch die Küchentür.

Trotz der schlimmen Ereignisse am Morgen konnte sich Salome am Anblick ihres japanischen Gartens erfreuen. Regentropfen fielen auf die Wasseroberfläche des kleinen Teichs und brachten die winzige gewölbte Brücke mit der roten Pagode auf der einen und dem japanischen Fischer aus Keramik auf der anderen Seite zum Glänzen.

Am liebsten hätte sie ein paar Kois in den Teich gesetzt, aber genauso gut hätte sie ein Fischrestaurant für die einheimischen Waschbären eröffnen können. Zum Glück waren diese Räuber zu groß, um durch die Katzentür zu schlüpfen.

Fast widerstrebend riss sie sich von dem friedlichen Anblick los und eilte davon; galt es doch, auf den Boden der Tatsachen zurückzukehren, um mit den Widrigkeiten des Lebens fertig zu werden.

5

Jenseits von Holyrood Hill existierte eine andere Welt. Im nördlich gelegenen Stadtzentrum artete das Autofahren zu einem Kampfsport aus, und nur die schmalen Straßen im Ort zwangen die unvernünftigen und rücksichtslosen Fahrer, ihre Geschwindigkeit zu reduzieren.

Hier spürte Salome immer, wie sich der stete Fluss der Energie in Hektik verwandelte. Wahrscheinlich rührte dieser Wechsel von dem in der Nähe vorbeiführenden Highway 1 her. Auch gab es keine Ampeln, und die meisten Fahrer ignorierten die Stoppschilder.

Um sich vor den negativen Einflüssen zu schützen, hatte Salome am Rückspiegel ihres kleinen Pick-up eine in Facetten geschliffene Kristallkugel an einem siebenundzwanzig Zentimeter langen roten Band aufgehängt. Natürlich fuhr sie defensiv, hupte oft und spuckte aus dem Fenster, um sich von der negativen Energie zu befreien.

Drei Blocks weiter fuhr sie durchs Einkaufszentrum, das sich zu beiden Seiten der vierspurigen Straße erstreckte. Auf der Westseite gab es die Filiale einer Lebensmittelkette, einen Drugstore und einen Videoladen sowie eine Reinigung, eine Pizzeria, das Theater und die im Umkreis von Meilen bestsortierte Buchhandlung, das Holyrood Book Café.

An der Ostseite waren ein großes Haushalts- und Eisenwarengeschäft, O'Kelly's Hardware and Garden, O'Kelly's Submarine Sandwich Shop und ein paar Souvenirläden angesiedelt, die im Winter geschlossen waren. Hinter den O'Kelly-Geschäften war die Post, und dahinter lagen in einer Grünanlage mit Palmen, Akazien, Pfeffer- und Eukalyptusbäumen

die neuen Gebäude der Stadtverwaltung, die auch das Polizeirevier beherbergten.
Salome parkte hinter dem einzigen Streifenwagen, die anderen standen sicher alle vor dem Perfume Mansion. Sie schaltete den Motor aus, lehnte sich zurück und betastete vorsichtig das Pflaster auf ihrer Stirn.
Für die kurze Fahrt hatte sie statt fünf Minuten fast zwanzig gebraucht. Aber seit die Medien wegen des anhaltenden Regens vor Hochwasser gewarnt hatten, fuhren viele Leute in die Stadt, um sich mit Lebensmitteln einzudecken, obwohl das eine völlig unnötige Maßnahme war.
Doch dann fiel Salome ein, dass die meisten wegen des Booms im Silicon Valley erst seit kurzem in Kalifornien lebten und mit dem hiesigen Klima nicht vertraut waren. San Jose platzte seit einiger Zeit aus allen Nähten, das Immobiliengeschäft boomte ebenso, und der Verkehr war zu einem Albtraum geworden.
Salome musste plötzlich an die kleine Episode denken, die sie kürzlich erlebt hatte.
Eine elegante, in ein schwarzes maßgeschneidertes Kostüm gekleidete junge Frau hatte eines Morgens an ihrer Haustür geklingelt.
»Hallo, ich möchte gern mit Salome Waterhouse sprechen«, hatte sie gesagt.
»Ich bin Salome«, hatte sie geantwortet. Sie war gerade aus der Dusche gekommen, das Haar noch nass, und trug ihren blau-weißen Haus-Kimono.
Die junge Frau war direkt zur Sache gekommen. »Die Firma, die ich vertrete, möchte gern Perfume Mansion kaufen.«
»Ich verkaufe nicht.«
Die junge Frau hatte Salome eine Visitenkarte gegeben. »Wir sind bereit, den auf der Rückseite vermerkten Preis zu zahlen.«
Salome hatte die Karte umgedreht und sich über die Summe gewundert.

»Ich sagte Ihnen doch, der Besitz steht nicht zum Verkauf. Wie haben Sie mich gefunden?«
»Jason Twitchell hat mich geschickt.«
Salome nahm sich damals vor, Jason den Marsch zu blasen. Er hatte keinerlei Recht, ihren Namen, geschweige denn ihre Adresse preiszugeben. Aber vielleicht hatte man ihm das nicht deutlich gemacht, denn er arbeitete erst seit ein paar Monaten für die Haus- und Objektverwaltung.
Salome hatte einen kurzen Blick auf die Karte geworfen: Blair Farrell & Associates, mit Sitz in San Jose. Seltsamerweise stand nicht darauf, in welcher Branche sie tätig waren.
»Sind Sie Blair Farrell?«
»Nein, eine der Teilhaberinnen, Susan Truro«, hatte die junge Frau gesagt und auf ihren Namen auf der Karte gedeutet. Dann hatte sie ihre Hand ausgestreckt.
Anstatt der Frau die Hand zu schütteln, hatte Salome ihr die Visitenkarte zurückgegeben.
Das schien Susan nicht zu stören, denn sie fuhr fort: »Wir gehen trotzdem davon aus, dass das Haus bald zum Verkauf steht.«
»Sollte Jason Ihnen das gesagt haben, so hat er sich geirrt.«
»Warum bereden wir das Ganze nicht bei einer Tasse Kaffee?«
»Es gibt nichts zu bereden. Und jetzt entschuldigen Sie mich bitte«, hatte Salome gesagt und der jungen Frau die Tür vor der Nase zugemacht.
Danach hatte sie sofort Jason Twitchell angerufen. Der hatte sich zwar dafür entschuldigt, Susan Truro zu Salome geschickt zu haben, aber entschieden bestritten, behauptet zu haben, ihr Haus stehe zum Verkauf.
Während der letzten Jahre hatten auch immer wieder Leute vor ihrer Tür gestanden, die das Cottage kaufen wollten. Alle hatte sie jedes Mal schnell fortgeschickt und sogar erwogen, ein Schild mit der Aufschrift NICHT VERKÄUFLICH in den Gar-

ten zu stellen. Doch es war das erste Mal gewesen, dass sich jemand für Perfume Mansion interessiert hatte.
Mit aufgespanntem Schirm lief Salome durch den strömenden Regen über den Parkplatz auf das Polizeirevier zu. Warum, fragte sie sich, war jemand bei Blair Farrell & Associates der Meinung, sie wolle das Anwesen verkaufen? Und wer wollte es kaufen?
Eine Sekunde später betrat Salome die kahle, schmucklose Eingangshalle des Reviers und drückte auf den Summer neben dem kleinen kugelsicheren Fenster.
Sofort erschien Britta O'Kelly. Sie war eine stattliche Frau, Anfang sechzig, deren mächtiger Busen den mit Gänseblümchen bedruckten Baumwollstoff ihres Kleides spannte. Nach über dreißigjähriger Tätigkeit als Sekretärin stand sie jetzt kurz vor der Pensionierung und hatte trotz ihres ständigen Kontakts mit den dunklen Seiten des menschlichen Lebens ihre Souveränität und heitere Gelassenheit nicht verloren. Sie zu ersetzen würde ein Ding der Unmöglichkeit sein.
»Salome, Liebes! So früh habe ich dich gar nicht erwartet. Komm, ich lass dich rein.«
Salome ging zu der im selben tristen Grau wie die Wände gestrichenen Tür links, während Britta auf den Türöffner drückte.
Sie betrat die Dienststelle, in der es unnatürlich ruhig war, ein großer, renovierter, durch graue Trennwände abgeteilter Raum, in dem es wie in einem neuen Auto roch.
»Du liebe Güte, was ist denn mit dir passiert?«
»Ach, ich habe mich nur gestoßen.«
»Phyl hat mir dein Kommen angekündigt. Komm bitte mit. Dann erledigen wir das Notwendige: Fingerabdrücke, eine Haar- und eine Blutprobe. Ich habe gedacht, du würdest dich erst noch etwas ausruhen. Das muss ja eine Qual für dich sein«, sagte Britta.
Salome war froh, dass Britta sie nicht wie eine Verdächtige

behandelte, aber Britta wäre auch zu Jack the Ripper nett gewesen.
Nachdem das »Notwendige« erledigt war, hängte Salome ihre Regensachen neben Brittas gelbe Regenjacke und setzte sich auf einen bequemen Stuhl.
»Die anderen sind wohl noch alle im Perfume Mansion«, sagte Salome und wischte sich die Farbe von den Fingerkuppen.
»Es ist eine ganze Weile her, seit wir einen Mord hatten, und jeder will bei der Aufklärung dabei sein. Ach ja. Phyl lässt dir ausrichten, dass du die Stadt verlassen kannst, dich aber melden sollst, wenn du wegfährst und wiederkommst.«
Na, dann hat meine Cousine doch wohl ein Einsehen gehabt, dachte Salome, sagte aber: »Sie hat nicht zufällig erwähnt, warum sie ihre Meinung geändert hat?«
»Du liebe Güte, nein. Aber unter uns gesagt: Das ist ihr erster Mord als Polizeichefin. Wahrscheinlich hat sie geglaubt, dass der Bezirks-Sheriff ihr im Nacken sitzt. Aber der gute Martinez ist zum Fischen nach Cabo San Lucas gefahren und kommt erst in einer Woche zurück. Und seine Vertreter sind hinter den Jungs in Santa Cruz her, die aus dem Auto heraus auf andere schießen. Jetzt hat sie freie Hand und kann die Ermittlungen ganz nach eigenem Gutdünken führen.«
Salome schwieg.
»Kann ich dir etwas zu trinken anbieten, Liebes? Kaffee? Tee?«, fragte Britta, zog die unterste Schublade ihres Schreibtischs auf und deutete mit dem Kopf in die Richtung.
Salome sah eine Flasche irischen Whiskey darin stehen und zwei Schnapsgläser.
»Nein. Aber danke für das Angebot«, sagte Salome und fragte sich, ob der Whiskey zu Brittas gelassener Heiterkeit beitrug.
Dann entnahm sie ihrer Ledermappe die Plastikhülle mit dem Einzahlungsbeleg und dem Brief samt Umschlag.

»Phyl will diese Unterlagen haben«, sagte sie und gab Britta die Hülle.
Britta legte sie beiseite, stellte ein kleines Tonbandgerät auf ihren Schreibtisch und reichte Salome ein an ihrem Pullover zu befestigendes Mikrophon.
»Na, dann wollen wir diese unangenehme Geschichte mal hinter uns bringen«, sagte sie, die Finger bereits auf der Tastatur. Der Recorder diente nur zu ihrer Unterstützung.
»Als Erstes möchte ich auf etwas hinweisen, das sich ungefähr eine Woche nach Dads Herzinfarkt ereignete«, sagte Salome. »So um Neujahr herum. Das genaue Datum weiß ich nicht mehr.«
Sie berichtete von Susan Truros Besuch und Blair Farrells & Associates' Interesse an ihrem Besitz. »Vielleicht hat jemand in der Firma von Dads Erkrankung gehört, ihn für den Eigentümer gehalten und geglaubt, er würde nicht überleben. Schließlich hat seine Firma den Besitz ja jahrelang verwaltet. Andererseits könnte auch jemand Palmers Ermordung geplant haben«, fuhr sie fort. »Ich weiß, das klingt an den Haaren herbeigezogen. Diesen Gedanken habe ich auch erst vor ein paar Minuten gehabt. Mir kommt es verdächtig vor, und ich finde, Phyl sollte das wissen.«
Dann schilderte Salome, warum sie zum Perfume Mansion gegangen war und wie sie Palmer Fordhams Leiche entdeckt hatte.
Brittas Finger flogen über die Tasten, der Blick ihrer blauen Augen war fest auf den Monitor gerichtet.
Salome ergänzte ihren Bericht und erzählte, dass sie Ralph Blue ihre Robe gegeben und Phyl am Tatort ihre Schuhe sowie ihre Aktentasche behalten habe.
»Und das war's«, schloss sie und kramte ihren Füller aus der Mappe, in Erwartung, das Protokoll unterzeichnen zu müssen.
Zwar hatte sie jetzt Kopfschmerzen, doch sie wollte trotzdem

nach San Francisco fahren und hatte es eilig, Mandy anzurufen, um ihr Kommen anzukündigen. Leider hatte sie in der Eile ihr Handy zu Hause vergessen.

Schließlich sah Britta Salome an. Ihre Finger ruhten noch immer auf den Tasten, ein Zeichen, dass sie noch nicht fertig war.

»Hast du mir auch wirklich alles erzählt, Liebes? Selbst die kleinste Kleinigkeit könnte sich als bedeutungsvoll erweisen – wie jene junge Frau, die dir ein Angebot für Perfume Mansion gemacht hat.«

Salome seufzte. Sie legte ihren Füller auf Brittas Schreibtisch und starrte zur Decke.

»Beginnen wir noch mal von vorn«, sagte Britta. »Du fingst mit der Erklärung an, warum du schon um halb acht morgens dort warst.«

Offensichtlich hatte Britta nicht nur geschrieben, sondern auch aufmerksam zugehört. »Erzähl mir genau, was passiert ist, nachdem du aus dem Haus gegangen bist.«

Salome hatte es so eilig gehabt, das lästige Protokoll hinter sich zu bringen, dass sie die Begegnung mit Janelle Phillips völlig vergessen hatte. Jetzt nahm sie sich Zeit und sprach auch von den Gefühlen, die sie Perfume Mansion gegenüber hegte. Sie erzählte, dass sie mindestens ein Dutzend Mal an der Haustür geläutet habe, in der Hoffnung, die Haushälterin Dora Whalen würde ihr öffnen.

Dora wohnte im Cottage des ehemaligen Verwalters auf der anderen Seite des Perfume Creek, über den ein solider Fußsteg führte, den Salomes Urgroßeltern mit Perfume Mansion gebaut hatten, und seitdem arbeitete Doras Familie auch für die Waterhouses.

»Falls Palmer noch schlief, wollte ich Dora bitten, mit der Arbeit ohne ihn beginnen zu können. Schließlich hatte ich ja bereits zweitausend Dollar dafür bekommen.«

»Kanntest du denn Doras Arbeitszeiten?«

»Nein.«
»Also wusstest du nicht, ob sie um halb acht schon im Haus sein würde?«
»Nein. Aber in Anbetracht der Größe des Hauses erschien es mir wahrscheinlich, dass sie früh anfängt.«
Schließlich kam Salome zum Beginn ihrer Aussage unter Hinzufügung einiger Details zurück. Sie erwähnte auch Phyllis' skeptische Haltung gegenüber Feng Shui.
»... wie lange ich auf seine Leiche gestarrt habe, weiß ich nicht. Wie ich schon sagte, war es dämmrig im Raum. Aber bei allem, was ich betrachte, wende ich automatisch die Regeln des Bagua an. Er lag genau im Bereich der Kategorie Anerkennung/Ruhm ...«
Salome unterbrach ihre Erläuterung. Britta hatte wahrscheinlich keine Ahnung, worüber sie redete.
»Könnte ich ein Blatt Papier haben?«
Britta gab ihr eins, und Salome zeichnete ein Achteck. Dann erklärte sie: »Das Bagua ist ein Oktogon, dessen Unterteilungen für Lebenssituationen stehen.«
Wie schon für die *Women of Mystery* erklärte Salome Britta die Grundzüge des Feng Shui.
»Die Ausgangsposition ist immer hier ...«, sie deutete auf das Bagua, »... und liegt in den Bereichen Karriere, Hilfreiche Menschen und Wissen. Wenn man mit der Analyse eines Hauses beginnt, fängt man immer bei der Haustür an, auch wenn die Bewohner vorzugsweise eine andere Tür benutzen. Dann macht man dasselbe in jedem Zimmer, wobei die Tür jeweils wieder als Ausgangspunkt dient. Drücke ich mich verständlich aus?«
»O ja. Das ist interessant. Wenn du damit fertig bist, füge ich das deiner Aussage bei. Vielleicht nützt es Phyl.«
Das bezweifelte Salome stark, nichtsdestotrotz fuhr sie fort: »In diesem Bereich fand ich Palmer«, und deutete auf »Anerkennung/Ruhm«. Dann auf »Karriereaussichten« direkt

gegenüber und sagte: »Und dort ist die Haustür. Natürlich müsste ich zuerst eine komplette Analyse des Hauses machen, um herauszufinden, wo er Probleme gehabt haben könnte.«

Wieder musste sie an die schlechte Energie denken, die sie schon immer dort und vor allem im Keller gespürt hatte.

»Hmm«, sagte Britta mit großen Augen. »Das könnte wirklich hilfreich sein.«

»Ich frage mich nur, ob Palmers Ruf, sein Ruhm als Maler, etwas mit seinem Tod zu tun hat. Zwar gehörte der Ruhm zu seinem täglichen Leben, aber es gab sicher auch viele Neider und aggressive Bewunderer. Die Kunst lag ihm im Blut, und in der Sektion Anerkennung/Ruhm ist Blut auf dem Boden. Das klingt vielleicht etwas weit hergeholt, aber sein Blut könnte Hinweise auf den Täter geben.«

Salome wedelte mit der Hand. »Ich glaube nicht, dass Phyl für solche Überlegungen zugänglich ist, auch wenn sie mir logisch erscheinen … Und noch etwas: Seine Beine sahen unverletzt aus. Doch in Anbetracht der schweren Verletzungen am Kopf und an der Brust hätte überall Blut sein müssen, weshalb ich mich frage, ob er nicht bereits tot war, *ehe* er verstümmelt wurde.«

»Das wird die Autopsie zeigen«, entgegnete Britta, die Salomes Hypothese ernst zu nehmen schien. »Du hast einen scharfen Blick für Details. Das kommt sicher von deinem jahrelangen Training bei den Recherchen für deinen Mann.«

Salome versuchte, die Bemerkung als Kompliment aufzufassen.

»Er ist einer meiner Lieblingsautoren. Schreibt er an einem neuen Buch?«

Salome atmete tief aus. »Jemand anders hilft ihm jetzt beim Recherchieren«, sagte sie und bemühte sich, das plötzlich vor ihrem geistigen Auge auftauchende Bild der dreißigjährigen Blondine mit den üppigen Formen zu verscheuchen.

»Entschuldige bitte, Liebes«, sagte Britta und tätschelte Salomes Hand. »Ich hatte ganz vergessen, dass du geschieden bist.«

Kurz darauf versah Salome jede Seite des Protokolls mit ihren Initialen und datierte und unterschrieb die letzte Seite. Dann stand sie auf und Britta begleitete sie zur Tür.

»Wie geht es deinem Vater?«

»Den Umständen entsprechend sehr gut. Nur geht er nach seinem Herzinfarkt jetzt alles etwas langsamer an.«

»Und deiner Mutter?«

»Ihr geht es gut. Sie will einfach nicht aufhören zu arbeiten.«

»Ach, wie ich sie beneide, dass du in ihrer Nähe lebst.«

»Aber nur im Winterhalbjahr. Georgetown ist noch immer mein Hauptdomizil.«

»Wenigstens hat sie dich für ein paar Monate. Ich sehe meine Kinder und Enkel kaum noch – und sie leben nicht auf der anderen Seite des Kontinents.«

Britta war seit zwei Jahren Witwe und viel zu gesellig, um allein zu leben. Da sie in den O'Kelly-Clan eingeheiratet hatte, konnte sie kaum einen Schritt tun, ohne über eins der Familienmitglieder zu stolpern.

»Du hast deine Verwandten doch alle hier.«

»Ja, aber seit Pats Tod sehe ich sie nicht oft. Wir verkehren nicht miteinander.« Und dann senkte sie die Stimme, als hätte sie Angst, jemand könnte sie belauschen, und fügte hinzu: »Eigentlich bin ich mit ihnen nie zurechtgekommen. Sie vertraten Ansichten, die ich nicht teile. Du weißt schon, was ich meine.«

Salome wusste genau, was Britta meinte.

Anfang des zwanzigsten Jahrhunderts waren Kevin O'Kelly und Salomes Großvater, Joshua Waterhouse, Geschäftspartner und Erbauer des Dorfs gewesen. Ihnen beiden war der historische Charakter des Orts zu verdanken. Doch während

der Errichtung von Perfume Mansion hatte es einen erbitterten Streit gegeben, der in Hass mündete und von den jeweiligen Familienmitgliedern weiterhin gepflegt wurde.
Die nächste Generation verschwendete ihre Kräfte in kleinlichen Fehden und Prozessen bis hin zu einem besonders hässlichen Akt. Am Ende des Zweiten Weltkriegs und kurz nach Salomes Geburt hatte Brian O'Kelly, Kevins ältester Sohn, versucht, eine Stadtverordnung durchzusetzen, die jedem Japaner – außer Dienstboten oder Gärtnern – verbot, sich in Holyrood anzusiedeln oder seinen Wohnsitz zu nehmen. Wäre diese Verordnung rechtsgültig geworden, hätten Salomes Eltern – Reginald und Satomi Waterhouse (Satomi war eine Nisei, eine Amerikanerin japanischen Ursprungs, die in zweiter Generation in den Staaten lebte) – wegziehen müssen. Doch dem Antrag hatte es an Unterstützung gefehlt, er hatte nur dazu beigetragen, dass sich die Kluft zwischen den Familien noch vertiefte und die Fehde weiterlebte.
Salome hatte immer versucht, sich aus den Feindseligkeiten gegenüber den O'Kellys – die eingefleischte Befürworter der Internierung aller japanischstämmigen Amerikaner in den Jahren von 1942 bis 1945 gewesen waren – herauszuhalten. Obwohl die O'Kellys sie öfter gedemütigt hatten, hegte sie keinen Groll gegen Britta. Außerdem lag es in ihrem Bestreben als Anhängerin der Feng-Shui-Lehre, anderen Menschen zu helfen.
Deshalb sagte sie: »Hör mal, warum fotokopierst du das Bagua nicht und stellst heute Abend zu Hause fest, welche Position die Kinder in deiner Wohnung haben? Wenn es dort ein Fenster gibt, häng eine geschliffene Kristallkugel an einem siebenundzwanzig Zentimeter langen roten Band auf. Ist dort eine Wand, häng Fotos deiner Kinder und Enkel auf. Wenn du das tust und viel an sie denkst, stimulierst du diesen Bereich deines Lebens.«
»Glaubst du, das hilft? Es kommt mir so wenig vor.«

»Ich *weiß*, dass es hilft. Aber das ist nur ein Anfang. Man kann noch mehr tun, wenn du das möchtest.«
Dann verabschiedeten sie sich voneinander.
Von einem öffentlichen Fernsprecher rief Salome mit ihrer Telefonkarte Mandy an. Er meldete sich nach dem zweiten Klingeln. Der Regen prasselte so stark aufs Pflaster, dass sie einen Finger in ihr freies Ohr steckten musste, um ihn verstehen zu können.
»Was ist los? Warum kannst du nicht kommen?«
»Phyl hat mich nicht aus der Stadt gelassen, aber sie hat das Verbot jetzt aufgehoben. Ich kann nun fahren.«
»Was hat Phyl damit zu tun?«
»Hier ist ein Mord geschehen, und ich habe die Leiche gefunden ... kannst du mich verstehen?«
»Ja. Du brauchst nicht zu schreien, Honey.«
Salome sah sich um. Hatte ihr jemand zugehört? Ein paar Leute gingen in die Amtsräume, doch niemand schenkte ihr Aufmerksamkeit.
»Ich rufe von einem Telefon vor dem Revier hier an und kann dich wegen des Regens kaum verstehen«, sagte sie jetzt leiser.
»Bei uns pisst es auch. Wer wurde denn ermordet?«
»Mein Mieter. Ein Typ namens Palmer Fordham.«
»Ach du grüne Neune!«, rief Mandy. »Den kenne ich«, sagte er und korrigierte sich dann: »Vielmehr, den kannte ich. Hör mal, du riskierst Kopf und Kragen, wenn du jetzt hier hochfährst. Außerdem ist Jeremy bei mir, und wir trinken Champagner, seit ich weiß, dass du nicht kommst. Bei Murph steigt eine Riesenparty, zu der ich dich später mitnehmen wollte. Irgend so ein chinesisches Vor-Neujahrsfest. Wie wär's, wenn ich dich mañana wieder anrufe? Dann reterminieren wir unser Date ... wie Jeremy sich ausdrücken würde.«
Erst nach zwei Ehen und mit Mitte dreißig akzeptierte Manderson Monroe endlich seine Homosexualität. Aber als er es

tat, geschah das mit so viel Enthusiasmus, wie ein Mensch empfindet, der plötzlich entdeckt hat, dass er sein Leben lang im falschen Land gelebt und die falsche Sprache gesprochen hat. Und dann hatte er vor zwei Jahren erfahren, dass er sich mit Aids angesteckt hatte. Schon oft hatte Salome ihm angeboten, seine Wohnung zu analysieren, aber Mandy hatte die Termine immer wieder verschoben. Letzten November dann hatte er endgültig zugesagt, sie aber vor einer Woche angerufen, um ihr mitzuteilen, dass sein Arzt eine Biopsie bei ihm machen wolle, um festzustellen, ob er Dickdarmkrebs habe. Also hatte Salome ihn zu einem kurzfristigen Termin gedrängt, weil sie hoffte, die Bereiche Gesundheit in seiner Wohnung aktivieren zu können.

»Es ist jetzt wirklich wichtig, dass du die Gesundheits-Felder bei dir verbesserst. Hast du das Klangspiel in deinem Flur aufgehängt, wie ich dir geraten habe?«

»Ich kümmere mich gerade darum.«

»Sehr schön«, sagte Salome und seufzte.

»Jeremy hält es in die Höhe.«

Der Flur war drei Meter hoch. »Mandy, du musst es aufhängen. Es nützt nichts, wenn man es nur in die Höhe hält.«

»Hat Phyl dir verboten, die Stadt zu verlassen, ehe sie wusste, dass wir verabredet sind, oder danach?«

»Sie leitet die Ermittlungen und muss einen Mord aufklären, Mandy. Ihre Entscheidung hatte nichts mit dir zu tun.«

»Fahr jetzt nach Hause. Ich trinke ein paar Gläser auf dein Wohl, wir reden dann morgen weiter. Ich liebe dich.«

Mandy hatte aufgelegt. Salome war enttäuscht, dass er ihre Ratschläge im November nicht befolgt hatte. Doch auch wenn er das Klangspiel nicht aufgehängt hatte, musste das noch nicht bedeuten, dass er alle ihre Empfehlungen missachtete. Sie nahm sich vor, ihre Trittleiter mitzunehmen, wenn sie ihn das nächste Mal besuchte, und wenn nötig das Klangspiel selbst aufzuhängen.

Salome fühlte sich etwas schwach, und sie hatte Kopfschmerzen. Sie setzte sich auf eine in der Nähe stehende Bank und starrte in den Regen hinaus. Leute kamen und gingen in die Büros der Stadtverwaltung. Weil es regnete, war jeder in Eile, aber hätte die Sonne geschienen, man hätte ihr kaum mehr Aufmerksamkeit geschenkt. Frauen mittleren Alters waren einfach unsichtbar.

Vielleicht hatte ihr Exmann sie auf diese Phase ihres Lebens während der letzten Ehejahre vorbereitet. Wenn sie mit ihm zusammenarbeitete, ihn auf markierte Stellen im Manuskript hinwies, wandte er den Blick kaum vom Monitor ab. Und wenn sie mit ihm redete, starrte er meistens zum Fenster auf den grünen Rasen und den angrenzenden Wald. Sie sah er nie an.

Aber es gab Männer, die anders waren und sich für ältere Frauen interessierten. Einer von ihnen war Palmer Fordham gewesen. Er hatte sie mit seiner Kunst sogar in Meeresgöttinnen verwandelt. Und eine dieser Frauen hatte ihn berühmt gemacht. Und er hatte eine Affäre mit einer älteren Frau gehabt. Mit Barbara Boatwright.

Ach du meine Güte, dachte sie plötzlich, als sich eine fatale Szene in ihrem Kopf abspielte: Palmer und Barbara bei einem Glas Wein; Charles, ihr Mann, vor den Fenstertüren das Paar beobachtend und sich daraufhin auf den Liebhaber seiner Frau stürzend, um ihn zu erschlagen …

Salome spannte ihren Schirm auf, lief durch den Regen zu ihrem Auto und verscheuchte die Vision, denn sie passte nicht zum Bild des Tatorts. Außerdem hielt sich Charles Boatwright in Südamerika auf und sollte erst im März zurückkommen. Es sei denn, er hatte seine Pläne geändert.

Kurz erwog sie, noch einmal ins Revier zu gehen und Britta zu erzählen, was sie bei Barbara im Dezember gesehen und was ihre Freundin ihr erzählt hatte. Aber wenn diese Liebesbeziehung nichts mit Palmers Tod zu tun hatte, würde sie unnötig schlafende Hunde wecken. Nein. Barbara musste die Karten auf den Tisch legen, nicht sie. Jedenfalls noch nicht.

Als Salome den Motor anließ, musste sie daran denken, wie sehr ein Mord das Leben vieler Menschen komplizierte, selbst für jene, die nur am Rande des Geschehens agierten. Aber sie stand nicht am Rand, sie war unsanft mitten auf die Bühne ins Scheinwerferlicht gestoßen worden.

Vielleicht war jetzt die Zeit gekommen, wo sie in der Praxis das erproben konnte, was sie als Mitarbeiterin ihres Exmanns über polizeiliche Ermittlungen gelernt hatte. Und sie hoffte, dass dieser Übergang von der Fiktion zur Realität nicht noch jemanden das Leben kosten würde, sie selbst eingeschlossen.

6

Ehe wir uns Kleidung oder ein Auto kaufen, probieren wir sie an oder machen eine Probefahrt. Warum also nicht eine Nacht in einer Wohnung oder in einem Haus verbringen, ehe man sich zum Kauf entschließt? Dieser Ansicht war Salome, seit sie mit dem Studium des Feng Shui begonnen und festgestellt hatte, dass die Beschaffenheit einer Wohnung einen viel größeren Einfluss auf unser Wohlbefinden hat als vermutet. Deshalb sollte man eine diesbezügliche Entscheidung erst nach sorgfältigen Überlegungen treffen.

Diese Meinung hatte Salome auch Palmer Fordham gegenüber vertreten, als sich die beiden an jenem Tag im November im Büro von Waterhouse Properties zur Unterzeichnung des Mietvertrags für Perfume Mansion getroffen hatten. Die von dem Künstler eingereichten Unterlagen und Referenzen waren zuvor gründlich geprüft worden.

»Großer Gott, so einen Vorschlag hat mir bisher noch niemand gemacht«, hatte Palmer gesagt. »Damit machen Sie sich aber bestimmt nicht beliebt in der Immobilienbranche.«

»Perfume Mansion gehört mir. Ich dachte nur, Sie möchten vielleicht das Hausgespenst kennen lernen und herausfinden, ob Sie mit ihm zurechtkommen.«

Worauf er gelacht und gesagt hatte, nein, nach einer Nacht in ihrem Haus werde er seinen Entschluss auch nicht ändern.

»Ich *muss* dort wohnen, Mrs. Waterhouse. Geben Sie mir einfach den Mietvertrag und einen Kugelschreiber. Dann lade ich Sie zu einem Drink ein.«

Da hinter Holyrood Hill der Verkehr merklich nachgelassen

hatte, konnte sich Salome in Gedanken wieder mit Palmer Fordham beschäftigen.
Weil er so plötzlich und auf derart spektakuläre Weise wieder eine Rolle in ihrem Leben spielte, kam es ihr vor, als hätte diese Begegnung erst vor ein paar Tagen und nicht schon vor Jahren stattgefunden. Dass der Anblick des auf derart brutale Weise Ermordeten nicht ihre Erinnerung an den gut aussehenden Maler ausgelöscht hatte, machte ihr Mut. Dieser Mann war ihr ein Rätsel, deshalb wollte sie unbedingt mehr über ihn erfahren. Und deshalb stellte sie ihren Pick-up auf dem kleinen Parkplatz vor dem Büro von Waterhouse Properties ab, um als Erstes einen Blick in die beim Abschluss des Mietvertrags angelegte Akte von Palmer Fordham zu werfen. Obwohl sie das dringende Bedürfnis hatte, in ihrem Haus die spirituelle Reinigung und das Segen bringende Ritual als Schutz vor allem möglichen Sha in den nächsten Tagen vorzunehmen, wusste sie aus ihrer langjährigen Zusammenarbeit mit Gabriel, dass die Chancen, einen Mord aufzuklären, umso größer waren, je mehr man über das Opfer wusste.
Farbfotos von Immobilien mit ausführlicher Beschreibung der Objekte hingen im Schaufenster der Firma. Passanten, die davor stehen blieben, schüttelten oft ungläubig den Kopf über die Miet- oder Kaufpreise der Häuser und Wohnungen. Der amerikanische Traum von Grundbesitz und Wohneigentum war an der kalifornischen Küste zum Albtraum geworden. Salome stammte aus einer Familie mit beträchtlichem Immobilienvermögen, sie konnte sich in dieser Hinsicht nur glücklich schätzen. Waterhouse Properties gehörte ein Großteil der Stadt, und was ihnen nicht gehörte, verwaltete die Firma für Besitzer, die woanders lebten. Ein Liebesleben hatte Salome zwar nicht, doch sie würde immer ein Dach über dem Kopf haben.
Eine Glocke über der Tür läutete, als sie von einer kräftigen, feuchten Windbö förmlich getrieben das Büro betrat. Der

Luftzug wehte die obersten Blätter eines amtlich aussehenden Dokuments von Jason Twitchells Schreibtisch.

»Mein Gott, wie ich dieses Wetter hasse«, stöhnte er, rollte mit seinem Drehstuhl zur Seite des Schreibtischs und sammelte die Blätter wieder ein. Jason war Anfang zwanzig und der Sohn von Cass Twitchell, der erfolgreichsten Maklerin der Firma. Leider hatte sie sich letztes Jahr zur Ruhe gesetzt und war nach Maui gezogen. Wie seine Mutter kleidete sich Jason gewöhnlich mit Geschmack und Stil. Doch heute trug er Jeans und ein Baumwollhemd, das aussah, als hätte er es aus dem Wäschekorb gekramt, und machte den Eindruck, als hätte er eine anstrengende Nacht hinter sich.

»Hätten Sie Lust, mit mir einen Kaffee trinken zu gehen?«, fragte er.

»Warum? Ist die Kaffeemaschine kaputt?«, entgegnete Salome und hängte ihren Regenmantel an den Kleiderständer neben der Tür. Auf den beiden anderen Schreibtischen standen nur Telefone.

»Hm, na ja, eigentlich sollte Beth Kaffee machen.«

So, so, dachte Salome, Jason kann die Kaffeemaschine nicht bedienen, weil er erwartet, von anderen bedient zu werden.

»Beth hat mich angerufen und gebeten, sie zu vertreten. Kaum war ich im Büro, ist sie gegangen. Glücklicherweise hatte ich heute keine Besichtigungstermine. Aber wer interessiert sich bei diesem Wetter schon für Immobilien? Hauptsache, die Häuser werden nicht weggeschwemmt.«

»Ich mache Kaffee.«

»Oh, vielen Dank.«

Salome ging durch den kurzen Flur zu der Nische, wo die Kaffeemaschine auf einem kleinen Kühlschrank stand. Während das Wasser durchlief, aß sie einen Joghurt und fragte sich, warum Beth McCormick wieder mal nicht im Büro war. Denn sie galt als sehr ehrgeizig und verpasste normalerweise keine Gelegenheit, eventuelle Käufer zu ködern, auch bei noch so schlechtem Wetter. War vielleicht ein Cop gekommen, hatte die Schlüssel zum Perfume Mansion geholt und erzählt, dass Palmer Fordham ermordet wurde? Aber das wäre doch kein Grund, den Arbeitsplatz zu verlassen. Oder doch?

Auch Dora und meine Eltern haben Schlüssel zum Haus, dachte Salome, und ihr war nicht wohl bei dem Gedanken, dass ihre Eltern von der Polizei die schlechte Nachricht erfahren würden.

Natürlich musste der die Ermittlungen leitende Beamte den Tatort absperren lassen. Deshalb konnte sich Salome nicht vorstellen, dass eine der Personen, die Schlüssel zum Haus besaßen, es betreten durften, solange die Ermittlungen andauerten. Doch als sie an Phyllis' einer Obsession ähnelnden Gefühle für Perfume Mansion dachte, verspürte sie ein ziemliches Unbehagen.

Salome ging über den Flur in den Raum, wo die Unterlagen noch auf altmodische Weise in hohen Aktenschränken aufbewahrt wurden. In einem niedrigen, breiten Schrank befanden sich die Grundrisse der verschiedenen Immobilien. Da hatte sie die Baupläne vom Perfume Mansion entnommen, nachdem sie den anonymen Brief bekommen hatte. Sie zog den Aktendeckel mit Palmers Namen heraus und blätterte die Kopien verschiedener Rechnungen für Reparatur- und Gartenarbeiten und der Mieterhöhung von vor eineinhalb Jahren durch, ehe sie auf Palmers Mietvertrag mit der Checkliste stieß.

Von den letzten beiden Blättern machte sie Kopien und wollte die Akte gerade zurücklegen, als ihr ein Gedanke kam. Vielleicht war es aufschlussreich, die Liste der Leute durchzugehen, die sich vor fünf Jahren für das Haus interessiert hatten? Diese Anträge und weitere, die später hinzugekommen waren – wobei ihr sofort Blair Farrell & Associates einfiel –, waren sicher noch vorhanden. Sobald das Haus von der Polizei freigegeben wurde, musste sie sich nach einem neuen

Mieter umsehen, denn die Mieteinnahmen machten einen beträchtlichen Teil ihres monatlichen Einkommens aus.

Als Feng-Shui-Beraterin bekam sie nur sporadisch Honorare – größtenteils von neuen Kunden. Ein Nachteil, wenn man in seinem Beruf gut war. Hatte sie einem Kunden geholfen, seine Lebensqualität zu verbessern, wurden ihre Dienste meistens für lange Zeit nicht mehr gebraucht.

Zweimal blätterte sie die Akte durch, fand jedoch weder die alte Warteliste noch zusätzliche Anträge. Da sie mit dem Ablagesystem der Firma nicht vertraut war, fragte sie sich, ob diese Unterlagen weggeworfen worden waren oder in einer andern Akte aufbewahrt wurden. Ich muss Jason danach fragen, dachte sie, denn plötzlich war ihr Argwohn geweckt. Gabriel als Krimiautor hätte bestimmt die Möglichkeit in Betracht gezogen, dass jemand derart an Perfume Mansion interessiert sein könnte, dass er auch vor einem Mord nicht zurückschreckte.

Salome legte die Akte wieder in den Schrank und ging in die Nische zurück. Da der Kaffee noch immer nicht durchgelaufen war, las sie den Mietantrag, den Palmer vor fünf Jahren ausgefüllt hatte. Das Formular enthielt – politisch korrekt – keine Fragen über Geburtsdatum, Geschlecht oder Rasse. Sollte heute tatsächlich sein Geburtstag gewesen sein, musste sie die Information dafür woanders suchen.

Damals hatte er in 221B Creekside gewohnt, einer umgebauten Garage, hinten auf dem Grundstück mit der Hausnummer 221, einem zweistöckigen Gebäude mit einer Windmühle am Perfume Creek, das Rita Van Horn, der Kunsthändlerin, gehörte. Demnach hatte Palmer drei Jahre lang ein paar Häuser südlich von Dora Whalens Pförtnerhaus sozusagen im Schatten des Perfume Mansion gelebt.

Davor hatte er sechs Jahre in einem Apartment in der Pine Street in San Francisco gewohnt.

Die Frage nach dem gegenwärtigen und früheren Beruf hat-

te er mit »Selbständiger Künstler« beantwortet und ein beträchtlich hohes Einkommen angegeben.
Als Referenz für seine Kreditwürdigkeit hatte er ein vor neun Jahren bei der Wells Fargo Bank eröffnetes Konto und seine über zehnjährige Mitgliedschaft bei Visa Card angegeben. Woraus zu entnehmen war, dass er nie finanzielle Probleme gehabt hatte.
Als Bürgen fungierten Rita Van Horn und ein William Renfro, Lehrer am San Francisco Art Institute, mit Adresse und Telefonnummer der Kunstschule.
Als nächste Verwandte hatte er seine Schwester, Babette Fordham, samt Adresse und Telefonnummer in Houston, Texas angegeben.
Salome faltete die Formulare und steckte sie in ihre Tasche.
»Wie trinken Sie Ihren Kaffee, Jason?«, rief sie dann.
Es passte ihr zwar nicht, ihn zu bedienen, weil sie ihm noch immer nicht verziehen hatte, dass er Susan Truro so bereitwillig ihre Adresse gegeben hatte, doch andererseits war Jason Twitchell eine schier unerschöpfliche Informationsquelle.
»Schwarz ... hm, danke.«
Mit zwei dampfenden Bechern, auf dem einen eine Untertasse mit Keksen balancierend, ging Salome nach vorn ins Büro und setzte sich auf den Stuhl neben Jasons Schreibtisch.
Er verschlang gierig einen Keks und trank dann schlückchenweise den heißen Kaffee.
»Machen Sie sich nie Kaffee, wenn Sie morgens als Erster ins Büro kommen?«
»Ich bring mir einfach einen aus Billie Ruths Bäckerei mit. Mit der Kaffeemaschine komme ich nicht zurecht.«
»Warum ist Beth wieder gegangen?«
»O Mann!«, stammelte Jason, riss seine haselnussbraunen Augen weit auf und lehnte sich plötzlich in seinem Sessel zurück, so als wollte er einer Gefahr ausweichen. »Sie wissen noch nichts von dem ... dem ...«

»Dem Mord? Doch, ich weiß, was passiert ist.«

Sichtlich erleichtert holte Jason tief Luft und setzte sich wieder aufrechter hin, ehe er sagte: »Beth war so aufgeregt am Telefon, dass ich erst allmählich kapiert habe, worum es überhaupt ging. Denn die Polizei hatte gerade die Schlüssel zum Perfume Mansion abgeholt, weil Palmer Fordham ermordet worden war. Als ich ins Büro kam, hing sie schluchzend über ihrem Schreibtisch, weinte sich die Augen aus dem Kopf und schluchzte, das sei wie an dem Tag, als Kennedy erschossen wurde.«

Beide schwiegen, da Salome diesen Vergleich erst verdauen musste.

»Hat Beth Ihnen gesagt, ob sie meine Eltern angerufen hat?«

»Nein.«

»Haben Sie sie angerufen?«

»Hätte ich das tun sollen?«, fragte Jason und sah Salome entsetzt an.

»Nein, nein. Machen Sie sich deswegen keine Sorgen. Erinnern Sie sich noch an Susan Truro von Blair & Associates?«

»Ich habe mich deswegen doch bei Ihnen entschuldigt«, stammelte er verlegen und wurde rot.

»Erzählen Sie mir, was Sie von ihr wissen.«

»Die Firma heißt Blair *Farrell* & Associates. Natürlich kann ich mich noch an Susan erinnern, weil ich mich gern noch mal mit ihr getroffen hätte. Ich bin sogar eines Nachmittags nach San Jose gefahren und wollte sie besuchen, aber sie war nicht im Büro.«

»Was ist das für eine Firma?«

»Eine sehr dynamische PR-Agentur. Als mich die Rezeptionistin gefragt hat, ob ich ein Kunde sei, habe ich spaßeshalber geantwortet, ich sei ein *potenzieller* Kunde. Meine Klamotten haben sie wohl überzeugt, schließlich sehe ich nicht immer so schlampig aus wie heute.«

»Das weiß ich. Erzählen Sie weiter.«
»Werden Sie doch nicht sauer ... ich meine wütend«, sagte Jason, holte tief Luft und redete weiter. »Ich habe gesagt, ich sei gekommen, um mit Susan über eine Immobilie in Holyrood zu sprechen, für die sich die Firma interessiere.«
Zu Salomes Überraschung hob Jason plötzlich resigniert die Hände und fügte hinzu: »Feuern Sie mich ruhig, wenn Sie wollen. Ich habe gerade mein Examen in Meeresbiologie gemacht und würde lieber mit Delphinen arbeiten. Leider wollen das auch tausende anderer Akademiker ...«
»Jason«, unterbrach Salome ihn. »Jason, ich bin nur eine Kundin. Waterhouse Properties verwaltet meinen Besitz. Ich kann hier zwar ein und aus gehen, wie ich will, aber Angestellte weder einstellen noch feuern.«
Jason entspannte sich sichtlich.
»Und Sie haben ausdrücklich Perfume Mansion erwähnt, richtig?«
»Ähm ... ja. Jedenfalls hat mich die Rezeptionistin bei Blair Farrell persönlich angemeldet. Sie ist eine sehr temperamentvolle, freundliche Lady und sieht fast so gut aus wie Susan, aber sie ist viel älter. Ich meine, nichts gegen ältere Ladys, aber ...«
»Jason, wie ging's dann weiter?«, unterbrach Salome ihn schnell wieder, ehe er sich noch sein eigenes Grab schaufelte.
»Mrs. Farrell hat mir die Büros gezeigt und mir erzählt, ihre Agentur betreue große Computerfirmen im Silicon Valley, ein paar coole Video-Spiel-Designer und ein paar Rockgruppen und Filmstars, die in der Bay Area leben. Sie hat mir alles gezeigt, was mit Displaywerbung zu tun hat – Poster, Covers und Monitore. Ich glaube, Mrs. Farrell will eine ganz exklusive Agentur aufbauen und sich einen Markennamen schaffen, so wie die Läden, an deren Artikeln keine Preisschilder hängen. Dort braucht man gar nicht erst reinzugehen, wenn

man fragen muss, was etwas kostet. Deshalb drucken sie wohl auch nur den Namen auf ihre Visitenkarten und nicht, in welcher Branche sie tätig sind. Wie auch immer, jedenfalls hat sie mächtig angegeben und angedeutet, dass sie jeden Preis für Perfume Mansion zahlen kann.

Dann sind wir in ihr Büro zurückgegangen, und als ich vor ihrem riesigen Schreibtisch aus Glas sitze, was sehe ich da hinter ihr an der Wand?«

»Den Schrumpfkopf eines Konkurrenten?«, entgegnete Salome und verlor allmählich die Geduld.

Jason hatte entweder Salomes Kommentar nicht gehört, nicht kapiert oder ihn einfach ignoriert, denn er redete unbeirrt weiter: »Eine hinreißend schöne Frau steigt aus einem kristallblauen Meer auf eine Brücke. Die Wellen sehen aus wie rosafarbene Begonien, deren Blätter wie Tropfen von ihrem Körper perlen. Verstehen Sie, was ich meine? Wären da nicht diese schwülstigen, rotrandigen Blütenblätter gewesen, hätte es ein Bild von Escher sein können. Ein absolut irres Gemälde.«

»Eine Meeresgöttin von Palmer Fordham«, sagte Salome.

»Und das Modell, die Frau darauf, ist Blair Farrell! Na ja, jedenfalls hat sie mir erzählt, sie sei Fordhams PR-Agentin und habe ihn berühmt gemacht. Da ihr San Jose mittlerweile wie L.A. vorkomme, wolle sie nach Holyrood ziehen und sich im Perfume Mansion ein Büro einrichten. Palmer habe ihr gesagt, er wolle Kalifornien verlassen, und vorgeschlagen, sie solle sich mit Waterhouse Properties in Verbindung setzen. Da sie nicht auf die Warteliste gesetzt werden wolle, sei sie bereit, den Höchstpreis noch mal um hunderttausend Dollar zu überbieten.«

Jason senkte kurz den Blick und schien über etwas nachzugrübeln.

»Wann war das?«, fragte Salome ungeduldig.

»Vor ein paar Wochen. Da Susan auf meine Anrufe nicht

reagiert hat, bin ich nach San Jose gefahren und wollte sie überraschen. Na ja ... und als ich nach Holyrood zurückkam, habe ich meine Mutter angerufen und ihr alles erzählt.«
Jason spielte eine Weile mit seinem Kugelschreiber und sah Salome dann an. »Die Sache ist die, dass mir Blair Farrell zehn Prozent zu der üblichen Provision angeboten hat. Meine Mutter hat einen Anfall gekriegt und gesagt, das sei Bestechung, und sollte Beth McCormick erfahren, dass ich hinter ihrem Rücken diesen Deal durchziehe, würde ich bis zum Hals in der Scheiße stecken.
Als ich Beth erzählt habe, es seien ein paar Anfragen wegen Perfume Mansion eingegangen, ist sie richtig hochnäsig geworden und hat gesagt, *sie* allein sei für den Verkauf zuständig und dass alle Anrufe direkt zu ihr durchgestellt werden müssten. Ich fand es seltsam, dass sie mich nicht gefragt hat, *wer* Interesse an dem Haus hat.«
»Perfume Mansion steht nicht zum Verkauf«, fuhr Salome jetzt Jason an, weil sich ihre Verärgerung in Wut verwandelt hatte. »Ich bin die Besitzerin und sollte es wissen.«
»Ja«, entgegnete Jason. »Irgendwas ist an der Sache faul.«
Salome bekam Kopfschmerzen. Sie brauchte dringend etwas Nahrhafteres als Joghurt und Kekse.
»Tun Sie mir den Gefallen, und halten Sie Augen und Ohren offen, Jason«, sagte Salome, ging zum Kleiderständer und schlüpfte in ihren Regenmantel. »Da ist noch etwas: In der Akte von Perfume Mansion fehlen die Warteliste und die alten Mietanträge. Ich habe eben nachgesehen. Werden diese Unterlagen separat aufbewahrt?«
»Eigentlich gehören sie in die Akte. Beth müsste das wissen.«
»Könnten Sie Beth bitte anrufen und ihr sagen, dass ich diese Unterlagen brauche?«
Während Salome ihren Regenmantel zuknöpfte, schaute sie durch die Glasscheibe in der Tür. Es goss derart, dass sie

kaum den Bikini-Laden auf der anderen Straßenseite erkennen konnte. Ihr Blick fiel auf etwas Glänzendes, das aussah wie ein Kaumgummipapier. Seltsamerweise kam es immer näher – wie ein Schiffchen trieb das Papier auf dem den Bürgersteig überflutenden Wasser.

»Hören Sie, ich habe wirklich keine Lust, Beth ausgerechnet jetzt anzurufen«, sagte Jason. »Als sie gegangen ist, war sie so …«

»Heiliger Strohsack!«, rief Salome. »Wir haben Hochwasser. Die Straße ist schon überschwemmt. Holen Sie ein paar Handtücher und dichten Sie damit die Tür ab. Ich bin gleich wieder da.«

Während Salome zu ihrem Pick-up lief, wünschte sich Jason, er wäre heute Morgen nicht ans Telefon gegangen.

7

Die Feuerwache befand sich nur zwei Blocks weiter nördlich an derselben Straße. In der Garage stand rückwärts geparkt ein Lincoln Town Car mit geöffnetem Kofferraumdeckel neben einem einsatzbereiten, blitzsauberen Feuerwehrauto. Salome stellte ihren Pick-up vor dem Tor ab und lief hinein.

Ein gut aussehender junger Feuerwehrmann in einer kurzärmeligen dunkelblauen Uniform half Hector Gonzaga, einem einheimischen Restaurantbesitzer, Sandsäcke in den Lincoln zu laden.

Daneben stand Rita Van Horn, der die *Sand and Sea*-Galerie gehörte. Ihre Nase und ihr Kinn schienen in letzter Zeit noch spitzer geworden zu sein. Regentropfen glänzten auf ihrem steif gesprayten schwarzen Haar. Ihr Make-up wäre perfekt gewesen, hätten sich nicht im Winkel ihres linken Auges die falschen Wimpern in der feuchten Luft gelöst. Sie trug einen leichten Regenmantel und Gummistiefel, beides in Dollargrün – die Farbe des Geldes passte gut zu ihren grünen Augen. Wahrscheinlich, weil sie zu sehr versuchte, die Spuren ihres Alters zu kaschieren, war sie keine Schönheit, aber mit sechzig machte sie noch immer Eindruck.

»Was für ein grässlicher Tag«, sagte Rita. »Haben Sie schon gehört, dass Palmer ermordet wurde?«

Salome nickte nur.

»Die Strandpromenade ist völlig überschwemmt. Die anderen Geschäftsleute haben schon heute Morgen ihre Läden mit Sandsäcken abgedichtet. Nur Hector und ich haben noch geöffnet. Da Palmer jetzt tot ist, werden seine Bilder bald ein Vermögen wert sein. Und dieses Geschäft will ich mir auf keinen Fall entgehen lassen. Wenigstens funktionieren die Telefone noch.«

»Ja«, sagte Salome, über Ritas Gefühlskälte ziemlich schockiert. »Aber diese Neuigkeit dürfte sich noch nicht weit verbreitet haben. Wie haben Sie's erfahren?«

»Hector ist gegen halb elf zu mir in die Galerie gekommen. Die Polizei war bei ihm, weil im Perfume Mansion Pappkartons und eine Quittung aus seinem Restaurant gefunden wurden. Er hat gestern Abend Essen dorthin geliefert. Hector dachte, ich müsse das wissen, weil ich noch immer Bilder von Palmer in meiner Galerie hängen habe.« Ihr Blick wurde hart, als sie hinzufügte: »Es war eine große Bestellung, Palmer muss gestern Abend Besuch gehabt haben.«

Dann drehte sich Rita abrupt um und sagte zu Hector: »Das reicht, Hector. Ich muss in die Galerie zurück.«

»Salome, *chica*«, sagte Hector freundlich, aber völlig außer Atem von der Schlepperei, zog ein Taschentuch aus der Gesäßtasche seiner Jeans und wischte sich damit sein verschwitztes Gesicht und die schmutzigen Hände ab. Da er eine Schürze unter seiner Windjacke trug, war er wohl direkt aus der Küche gekommen. »Was ist denn mit deinem Kopf passiert?«, fragte er dann.

»Das ist nur ein Beule. Ich habe mich gestoßen«, entgegnete sie. Wenigstens war ihm – im Gegensatz zu Rita und Jason – ihre Verletzung aufgefallen. Aber schließlich war sie Stammgast in seinem Restaurant, setzte jedoch selten den Fuß in Ritas Galerie. Und für Jason war sie wegen ihres Alters wohl absolut uninteressant.

»Wischen Sie sich den Hintern ab, ehe Sie einsteigen, Hector!«, befahl Rita und ging zur Fahrerseite ihres Lincoln.

Hector verdrehte die Augen und klappte den Kofferraumdeckel zu. Dem Feuerwehrmann bot er an, ihm später *cioppino* zu bringen. »Habe ich heute Morgen frisch gekocht. Sonst verdirbt die gute Suppe, und das wäre schade.«

Die beiden Männer gaben sich die Hand, und dann sagte Hector zu Salome: »Wenn du Hunger hast, komm doch zu mir. Du kannst essen, so viel du willst. Heute geht alles auf Kosten des Hauses. Ich halte im Restaurant die Stellung.«

»Das klingt verlockend, Hector. Ich habe tatsächlich einen Bärenhunger.«

»Hector!«, bellte Rita.

»Die Boss-Lady ruft.«

Nachdem Rita davongebraust war, manövrierte Salome ihren Pick-up auf den jetzt frei gewordenen Platz. Erleichtert stellte sie fest, dass noch genügend Sandsäcke vorhanden waren.

»Ich bin Salome Waterhouse«, sagte sie zu dem Feuerwehrmann.

»Clay Bethune«, stellte er sich vor.

»Ich brauche ein paar Sandsäcke für das Büro von Waterhouse Properties.«

Während die beiden die schweren Säcke auf die Ladefläche des Pick-up hievten, fragte sich Salome, ob darunter welche waren, die sie selbst gefüllt hatte. Um für die Winterstürme gerüstet zu sein, halfen jedes Jahr viele Einheimische dabei, Säcke zu füllen, die allen zur Verfügung standen. Schon als Teenager hatte sich Salome freiwillig an dieser Arbeit beteiligt.

Als neun Säcke auf der Ladefläche lagen, fragte der Feuerwehrmann: »Hilft Ihnen denn jemand beim Abladen?«

Salome nickte und bedankte sich. Dann fuhr sie zum Büro zurück und dichtete zusammen mit Jason die Vorder- und die Seitentüren ab. Durch die obere Hälfte der quer geteilten Seitentür konnte Jason ins Büro krabbeln. Er sagte, er würde versuchen, Beth zu erreichen, und Salome anrufen, sollte er etwas in Erfahrung bringen. Dass Jason sich nicht beklagte, dass er trotz des schlechten Wetters im Büro bleiben musste, obwohl die meisten anderen Geschäfte geschlossen hatten, brachte ihm bei Salome ein paar Pluspunkte ein.

Als sie sich wieder hinter ihr Lenkrad setzte, knurrte ihr Magen vor Hunger so laut, wie ihr Kopf vor Schmerzen dröhnte. Sie überlegte kurz, was sie in ihrem Kühlschrank hatte, aber nichts war so verlockend wie Hectors *cioppino*, eine herzhafte Suppe aus Meeresfrüchten. Außerdem hatte sie mit Palmer im Beach Bistro die Unterzeichnung seines Mietvertrags gefeiert. Vielleicht konnte sie sich dort an ein paar weitere Einzelheiten erinnern, die ihr halfen, sich ein besseres Bild von dem Maler zu machen.

Vor allen Türen zu den Geschäften, Restaurants und Galerien an der Strandpromenade waren jetzt Sandsäcke aufgestapelt. Salome parkte vor dem Beach Bistro neben Hectors verrostetem '76er Toyota. Nur Ritas schnittiger Lincoln stand noch auf der gegenüberliegenden Straßenseite. Kein Wunder, dass die beiden die Sandsäcke mit ihrem Wagen geholt hatten: Der kleine Toyota hätte leicht in den Kofferraum der Limousine gepasst.

In den schmalen Durchgängen zwischen den einstöckigen Häusern strömte das Wasser schon an den Hintertüren vorbei gurgelnd zum Strand hinunter.

Da die Seitentür des Restaurants mit Sandsäcken abgedichtet war, patschte Salome mit der Strömung zum Innenhof, auf dem die Tische und Stühle aus Metall an der langen Glaswand aufgestapelt waren. Eine schwere Brandung toste über den Strand, schwappte aber noch nicht über die Kaimauer. Salome hämmerte an die Schiebetür aus Glas.

»Komm rein, komm rein«, sagte Hector, als er ihr gleich darauf die Tür öffnete.

»Für den Preis eines Mittagessens bringe ich diesem süßen Feuerwehrmann *cioppino*«, scherzte sie, als Hector schnell die Tür wieder schloss.

»Abgemacht!«, sagte Hector lachend. »Und was möchtest du essen? Auch *cioppino*?«

»Na klar.«

»Setz dich, wohin du willst«, sagte Hector und breitete die Arme aus. »Heute gehört das ganze Restaurant allein dir.« Dann verschwand er in der Küche.

Salome setzte sich auf einen Hocker am Ende des Tresens – genau an diesem Platz hatte sie vor fünf Jahren gesessen, als Palmer sie nach der Unterzeichnung seines Mietvertrags zu einem Glas Wein eingeladen hatte. Sie zog ihren Regenmantel aus, starrte den leeren Hocker neben dem ihren an und beschwor Palmers Bild vor ihrem geistigen Auge herauf. Damals hatte er ein hellblaues Polohemd, gebügelte Khakihosen und Segelschuhe ohne Socken getragen. Seine Sonnenbräune hatte seine strahlend blauen Augen und sein kurzes, hellblondes Haar noch mehr zur Geltung gebracht. Hände und Fingernägel waren sauber und ohne Farbflecken gewesen. Er hatte nicht wie ein Künstler, sondern eher wie ein Geschäftsmann auf einem Golfplatz gewirkt. Er hatte auch nicht in das Klischee des Malers gepasst, dem die Kunst eine »Qual« ist.

»Was ist denn los? Ist der Hocker etwa schmutzig?«, fragte Hector und stellte ein Tablett mit einer großen, dampfenden Schüssel *cioppino*, einem Brotkorb und einer Butterschale auf den Tresen.

»Nein, nein«, entgegnete Salome und sah ihn an. »Ich war nur in Gedanken.«

Hector legte ein Set, eine Serviette samt Besteck, vor Salome und bat sie, sich zu bedienen.

»Ich habe an Palmer Fordham gedacht«, sagte Salome. »An dem Tag, an dem er ins Perfume Mansion eingezogen ist, haben wir hier ein Glas Wein getrunken.«

»Es gefällt mir gar nicht, dass da draußen ein Verrückter rumläuft, der Leute umbringt«, sagte Hector. »Außerdem ist es schlecht fürs Geschäft.« Dann fügte er mit einem zynischen Lächeln hinzu: »Aber ich will ehrlich zu dir sein, Salome. »Ich hätte keine Träne vergossen, wenn ihm jemand vor zwei Jahren eine Tracht Prügel verpasst hätte.«

»Warum? Was ist damals passiert?«, fragte Salome, strich Butter auf eine Scheibe Brot, sprach stumm ihr persönliches Tischgebet und dankte der Natur für die Vielfalt, aus der Hector so köstliche Speisen zubereiten konnte.
Hector deutete mit dem Kopf auf das Gemälde, das an der Wand hinter der Bar über dem verspiegelten Regal mit Schnapsflaschen und Gläsern hing. Darauf tanzte seine Frau Dolores in einem rot-schwarzen Flamencokostüm auf einer dunklen aufgewühlten See. Die Rüschen des Kleids sahen wie schäumende Wellen aus. Das schwarze Haar trug sie in einem im Nacken geschlungenen Knoten. Um ihr Ohr ringelte sich ein Seepferdchen wie eine Schmachtlocke. In ihren hoch über dem Kopf erhobenen Händen hielt sie Kastagnetten aus Muschelschalen. Das Bild strahlte so viel Leidenschaft und Vitalität aus, dass nicht zu erkennen war, ob Dolores zur Melodie des Meeres tanzte oder ob sich die Wellen nach ihrem Rhythmus bewegten.
»Das ist ein atemberaubend schönes Bild«, sagte Salome. »Von allen Bildern, die ich von Palmer gesehen habe, hat es mir immer am besten gefallen.«
»Atemberaubend, o ja«, sagte Hector und holte so tief Luft, dass sich die Schürze über seiner Brust spannte. »Es hätte mir beinahe den letzten Atem geraubt.«
Dann neigte er den Kopf zur Seite, sah Salome liebevoll an und sagte mit zuckersüßer Stimme, seine Frau nachahmend: »›Hector, Palmer Fordham möchte mich malen.‹ Na gut, sage ich, sieh nur zu, dass du die Farbe wieder abwaschen kannst. Dolores lacht nicht. Dolores ist eine schöne Frau, also denke ich: warum nicht? Das Bild hänge ich aber ins Restaurant, sage ich. Ist gut fürs Geschäft ...«
Hector verstummte abrupt. »Oh!«, sagte er dann. »Möchtest du vielleicht ein Glas Wein? Wie schmeckt es dir?«
»Ausgezeichnet!«, entgegnete Salome. »Nein, danke, keinen Wein.«

»Also, wie dem auch sei«, fuhr Hector in seiner Erzählung fort, »ein paar Wochen später bringen Palmer und Dolores mir das Bild. Großartig, atemberaubend. Dann verdirbt mir Dolores die Freude daran und sagt: ›Hector, du schuldest Palmer zwanzigtausend Dollar.‹«
Hector machte eine Pause und schenkte sich ein Glas Merlot ein, Wein von einem einheimischen Winzer. Er trank einen Schluck, schmatzte und redete weiter. »Nachdem mich fast der Schlag getroffen hätte und ich Mühe hatte, wieder auf die Beine zu kommen, schnappte ich mir den Baseballschläger, der immer unter dem Tresen liegt, und ging auf die beiden los.«
Obwohl Salome plötzlich der Anblick von Palmers übel zugerichteter Leiche durch den Kopf schoss, löffelte sie unbeirrt weiter ihre Suppe, fragte sich jedoch, ob ein Baseballschläger vielleicht die Tatwaffe und Hector der Mörder sein könnte. Sie bezweifelte allerdings, dass er derart offen von seinem Wutanfall gesprochen hätte, wäre er tatsächlich schuldig.
»Und dann?«, hakte Salome nach.
»Ich Dummkopf jagte die beiden auf die Straße hinaus. Es war September, heiß, viele Touristen, viele Zeugen. Dolores schrie, Palmer blieb stehen. Er fragte Dolores, warum sie mir nicht gesagt habe, was das Bild kostet. Sie schrie ihn an, sie schrie mich an. Palmer blieb ganz ruhig, sagte, sein Rechtsanwalt werde sich mit mir in Verbindung setzen, und stolzierte davon. Dolores stieg in ihr Auto, raste los und überfuhr beinahe ein paar Touristen. Ich kam nachts nach Hause, Dolores war nicht da, nur ein Zettel. Sie sei zu ihrer Mutter nach Half Moon Bay gefahren. Ich rief an. Wir redeten. Sie wollte sich scheiden lassen, wenn ich Palmer nicht bezahle. Ich rief meinen Anwalt an. ›Ja, Hector‹, sagte er. ›Nehmen Sie einen Kredit auf, der ist billiger als eine Scheidung, und Sie können Ihr Restaurant behalten.‹«
Er trank noch ein Glas Wein, den Blick auf die Brandung

hinter Salome gerichtet. Vielleicht sehnte er sich nach einem einfacheren Leben, nach einem Tag am Strand, einem sonnigen Tag am Strand.
»Na, es freut mich jedenfalls, dass du noch immer in deiner Küche stehst und so wundervolle Sachen kochst«, sagte Salome.
»Verdammt noch mal, was anderes habe ich doch nicht gelernt. Ob du es glaubst oder nicht: Ich arbeite seit fast fünfzig Jahren in diesem Lokal. Als Tellerwäscher und Hilfskellner habe ich angefangen. Damals gehörte das Restaurant noch meiner Mom.«
Er fischte eine Packung Zigaretten ohne Filter aus der Brusttasche seines Hemds, schnickte eine Zigarette heraus, steckte sie in seinen Mundwinkel und zündete sie mit einem alten Zippo an.
»Du wirst mich doch nicht bei den Bullen verpetzen, oder?«, fragte er, ironisch lächelnd, da das Rauchen in öffentlichen Gebäuden, einschließlich Bars und Restaurants, in Kalifornien seit mehreren Jahren verboten war.
»Ich finde, dass man innerhalb der eigenen vier Wände tun und lassen kann, was man will.«
»Big Brother beobachtet uns nicht nur, er ist bei uns auch eingezogen«, sagte Hector, seufzte, trank sein Glas leer und füllte es wieder. »Möchtest du nicht doch einen Schluck mit mir trinken?«
Salome zögerte. Zusammen Wein zu trinken führte oft zum Austausch von Vertraulichkeiten. Hector war zwar sehr gesprächig, aber vielleicht wurde er dann noch gesprächiger. »Warum nicht?«, sagte sie deshalb nach einigem Zögern.
Er holte ein Glas, stellte es vor sie hin und füllte es mit dunkelrotem Merlot. Ich nippe nur daran, nahm sich Salome vor.
»Seitdem ist zwischen Dolores und mir nichts mehr wie früher«, sagte Hector traurig.

»Du meinst, seit sie sich von Palmer hat malen lassen?«
Hector nickte. »Gott sei Dank sind die Kinder schon erwachsen.«
»Musst du den Kredit noch abbezahlen?«
»Den stottere ich wahrscheinlich für den Rest meines Lebens ab«, schimpfte er. »Aber ich muss schon sagen, dieser Palmer Fordham hatte *cojones*.
Nachdem ich ihn bezahlt hatte – er hat nur einen Barscheck akzeptiert –, kam er mindestens einmal die Woche ins Restaurant und hat sich vier bis fünf Mal im Monat Essen nach Hause liefern lassen. Mit dem Catering-Service für seine beiden letzten Halloween-Partys – und der kostet eine Stange Geld – hat er mich beauftragt. Trotzdem, wie gesagt, zwischen Dolores und mir stimmt's nicht mehr. Sie hätte mir sagen müssen, was es kostet, ihm Modell zu sitzen. Klar, er war ein berühmter Maler, und ich schätze, seine Signatur allein macht neunzig Prozent des Preises aus.«
»Rita hat mir erzählt, dass die Cops Pappkartons aus deinem Restaurant und eine Quittung im Perfume Mansion gefunden haben.«
»O Mann, haben die mich erschreckt! Ja, ich habe das Essen selbst hingebracht. Gegen Mitternacht habe ich einen Anruf bekommen, ein bisschen spät, aber weil die Bestellung aus dem Perfume Mansion kam, habe ich mein Bestes getan und die Sachen zusammengestellt und hingebracht.«
»War Palmer am Telefon?«
»Nein. Eine Frau. Palmer weiß, wann ich mein Restaurant schließe, aber manchmal, wenn er zu viel getrunken hatte, hat er die Zeit vergessen.«
»Hast du die Stimme der Frau erkannt?«
»Darauf habe ich nicht geachtet, sondern nur die Bestellung notiert – immerhin war's eine Order über sechzig Dollar.«
»Hast du zurückgerufen, um dich zu vergewissern, dass der Auftrag vom Perfume Mansion kam?«

»Nein, verdammt. Warum hätte ich das tun sollen? Wie auch immer, ich fuhr da hin. Im Haus brannte kein Licht. Ich tastete im Dunkeln nach der Türglocke, da sah ich, dass an einer der Doppeltüren ein Umschlag lehnte. *Beach Bistro* stand drauf. Ich öffnete den Umschlag, und darin lagen sechzig Dollar plus zwanzig Prozent Trinkgeld – der exakte Preis für die Bestellung. Ich habe ein paarmal geläutet, niemand hat aufgemacht, also habe ich das Essen vor die Tür gestellt und bin zum Restaurant zurückgefahren.«

Da Salome heute Morgen keine Lieferung vor der Tür hatte stehen sehen, musste jemand die Tüte in die Küche gebracht haben, wo die Polizei die leeren Pappkartons und die Quittung gefunden hatte.

Salome fragte sich, ob Palmers Mageninhalt mit dem Essen aus dem Beach Bistro übereinstimmte. Wenn ja, hatte er irgendwann nach Mitternacht gegessen. Dann konnte der Zeitpunkt seines Todes exakter bestimmt werden.

»Wann hast du die Bestellung hingebracht?«

»Das muss so gegen Viertel vor eins gewesen sein.«

»Hast du den Umschlag, in dem das Geld war, der Polizei gegeben?«

»Niemand hat mich danach gefragt«, sagte Hector stirnrunzelnd. »Hm. Da fällt mir ein, dass ich den Cops gesagt habe, das Geld hätte vor der Tür gelegen.«

»Hast du den Umschlag noch?«

»O Mann, keine Ahnung. Wahrscheinlich habe ich ihn weggeworfen, als ich in der Nacht noch Kasse gemacht habe. Er könnte für die Ermittlungen wichtig sein, wie? Ich sehe gleich mal nach. Vielleicht finde ich ihn. Du bleibst doch noch? Soll ich dir nachschenken?«

»Nein, danke, Hector.«

Als er gegangen war, dachte Salome wieder über Palmer nach. Dann erinnerte sie sich, dass er ihr erzählt hatte, auf welch ungewöhnlichem Weg er berühmt geworden war.

8

Wie viele an der Westküste lebende Maler hatte sich Palmer zu Beginn seiner Karriere auf Meerespanoramen spezialisiert.

»Man malt, was man sieht, nicht wahr?«, hatte er gesagt.

Aber es gab zu viele Spezialisten für dieses Genre und zu wenig zu verdienen. Er wandte sich der Porträtmalerei auf Bestellung zu. Doch damit konnte er sich nur wenig mehr als seine Miete leisten. Dann versuchte er es mit Aktmalerei, was sich als lukrativer erwies, aber das meiste Geld musste er nun für die Modelle ausgeben. Also suchte er nach einem Gag, einem Aufhänger, um seinen Namen ins Gespräch zu bringen. Den fand er schließlich in Botticellis berühmtem Gemälde *Geburt der Venus* – und der zufälligen, ihm Glück bringenden Begegnung mit einer Amerikanerin chinesischen Ursprungs namens Rose Tang.

Rose studierte in San Francisco und hatte einen Tag die Vorlesungen geschwänzt, um am Holyrood Beach zu schwimmen. Da die Saison schon vorbei war, versahen die Rettungsschwimmer ihren Dienst nicht mehr. Doch es herrschte kaum Seegang, also hielt Rose es für ungefährlich, etwa hundert Meter weit hinauszuschwimmen – bis sich ihr langes, offenes Haar in einem dichten Placken Seetang verfing. Sie strampelte, um freizukommen, und je mehr sie strampelte, umso mehr verfing sie sich in den Pflanzen, bis sie drohte vor lauter Panik und Erschöpfung zu ertrinken.

Doch Palmer, der in der Nähe surfte, hatte ihre Hilfeschreie gehört, sie befreit, und war mit ihr auf seinem Surfbrett zum Strand gepaddelt.

Rose wollte ihm aus Dankbarkeit für ihre Rettung Geld geben, aber er bat sie, ihm stattdessen Modell zu sitzen. Die Sitzung dauerte dann drei Tage, während der sie auch miteinander schliefen.

Palmer malte sie als aus einem jadegrünen Meer steigende Venus, deren langes schwarzes Haar sich ab der Taille in opake, ihre Arme und Beine umwindende Tangstränge verwandelte, während sich ihr perfekter, straffer Körper gegen den Sog des Meeres stemmte.

Doch das war noch nicht genug: Die Schaumkronen der Wellen malte er wie zierliche Rosenknospen.

»Es war das aussagestärkste Bild, das ich je gemalt habe«, hatte Palmer behauptet. »Ein Sinnbild weiblicher Schönheit und Stärke und der Wille, in einem schönen, aber gefährlichen Meer zu überleben.«

Rose ging an die Uni zurück und versprach wiederzukommen, wenn sie Zeit hatte. Palmer zeigte das Gemälde, das er nun *Rose steigt aus dem Meer* nannte, Rita Van Horn. Seit etwa einem Jahr stellte sie seine Meerespanoramen aus, ohne viele davon zu verkaufen. Er arbeitete auch in ihrer Galerie und vertrat Rita, wenn sie auf eine ihrer Verkaufsreisen ging.

Damals hatte sie sich wenig für dieses Bild interessiert, denn sie bereitete sich auf eine einwöchige Verkaufsreise nach New York vor, und zu seiner noch größeren Enttäuschung hatte sie keines seiner Gemälde dabei.

Doch als Rita abgereist war, stellte Palmer *Rose steigt aus dem Meer* ins Schaufenster der Galerie, obwohl er wusste, dass ihn das seinen Job kosten konnte.

Zwei Tage später betrat ein großer Mann mittleren Alters das Geschäft und wollte wissen, wie er mit dem Künstler des ausgestellten Gemäldes in Kontakt treten könne. Palmer gab sich sofort als Maler zu erkennen.

»Ich bin Arthur Rush«, sagte der Mann.

Der Name des ketzerischen Filmemachers war Palmer natürlich bekannt. Im Jahr zuvor hatte er eine Oscar-Nominierung als bester Regisseur für seinen Film *Epiphania* bekommen, einen Science-Fiction-Thriller mit übernatürlichen Elementen, in dem ein Atomwissenschaftler glaubte, der Antichrist zu sein – ein weiterer Erfolg in einer Reihe von Kassenhits. Sofort sah sich Palmer für Arthur Rushs nächsten Film arbeiten.

»Ich möchte nur wissen, ob Sie nach der Natur gemalt haben. Existiert Ihr Modell so wie auf dem Bild?«

Palmers Vision zerplatzte wie eine Seifenblase. Rush wollte nur mit Rose in Kontakt treten. Trotzdem bot er Palmer tausend Dollar für das Bild – und für Roses Telefonnummer.

Palmer lehnte ab. Er sagte dem Regisseur, er müsse erst mit Rose reden. Rush solle später wiederkommen. Rush stimmte zu. Er sei sowieso gerade in der Gegend, weil er für einen Film, den er weiter südlich an der Küste in Big Sur drehe, auf der Suche nach zusätzlichen Locations sei, und wohne im Otter Haven Resort.

Als Rush gegangen war, brachte Palmer sein Bild sofort in eine Graphikhandlung und bestellte zweihundert Drucke davon.

Dann rief er Rose an und erzählte ihr alles.

Rose und Arthur Rush trafen sich am nächsten Tag in der Galerie. Der Regisseur engagierte sie auf der Stelle für eine Nebenrolle, obwohl sie noch nie vor der Kamera gestanden hatte. Zu Rushs Ehrenrettung muss gesagt werden, dass er Palmer einen Scheck über tausend Dollar plus Versandkosten für das Bild gab und seine Adresse in Los Angeles, wohin der Maler es schicken sollte.

Rose war wie elektrisiert, und ehe sie mit Rush ging, versicherte sie Palmer ihrer ewigen Liebe.

Er sah sie nie wieder. Jedenfalls nicht in Fleisch und Blut. Als der Film neun Monate später in die Kinos kam, war Rose überall in den Medien präsent, meistens in Begleitung von Arthur Rush. Obwohl es Palmer schmerzte, dass sich Rose nicht mehr bei ihm gemeldet hatte, hoffte er, finanziell an ihrem Erfolg teilhaben zu können, wenn er seine Drucke von *Rose steigt aus dem Meer* in der Galerie verkaufte. Aber das verbot Rita ihm. Sie nannte das Bild ein billiges Botticelli-Plagiat.

Etwa zur selben Zeit tauchte plötzlich Rushs Frau, Millie, in der Galerie auf und wollte Palmer kennen lernen. Sie brachte zwei Dinge mit: den Wunsch, ihren Mann aus den Krallen dieser »Rose-Tang-Nutte« zu befreien und ihn zurückzugewinnen, und ihr Scheckheft. Sie wollte, dass Palmer sie ebenfalls wie die *Geburt der Venus* malte.

Zuerst konnte sich Palmer nicht vorstellen, wie er diese fünfundfünfzigjährige Frau mit dem zu oft gefärbten, kurz geschnittenen platinblonden Haar in diesem Stil malen sollte. Von ihrem nicht unbedingt perfekten Körper ganz zu schweigen.

Aber sie bot ihm das Zehnfache von dem, was ihr Mann für *Rose steigt aus dem Meer* bezahlt hatte. Er bat um Zeit, weil er eine Inspiration haben müsse. Sie sagte, sie wohne im Otter Haven Resort, er könne sich mit ihr in Verbindung setzen, wenn er bereit sei, und dass sie die Stadt nicht ohne das Bild verlassen werde.

Palmer zerbrach sich den Kopf, ohne eine spezielle Lösung des Problems für Millie zu finden. Dann stolperte er eines Morgens über ein himmelblaues seidenes Negligé, das Rita gehörte und das sie letzte Nacht getragen hatte. Er hob es auf, betrachtete es kurz und rief Millie Rush aufgeregt an.

Als das Werk vollendet war, stand Millie Rush, in ein weites, ihren Körper weich umfließendes Cape gehüllt, das Teil des Wassers wurde, auf der Oberfläche des Meeres. Ihre zierlichen Füße standen auf weißen Chrysanthemenblüten, und unter der schimmernden Robe konnte man einen üppigen, sinnlichen Körper ahnen, der eine geheimnisvolle Erotik versprach. So als wäre sie gerade vom Meeresgrund emporgetaucht, betrachtete sie eine Koralle in ihrer rechten Hand, von der noch Wasser perlte. Am Horizont türmten sich grauschwarze Wolken auf. Doch das schien diese Venus nicht zu stören; sie machte den Eindruck, schon viele Stürme des Lebens durchgestanden zu haben.

In diesem Bild war nichts mehr von dem Kampf um Leben und Tod zu spüren wie in *Rose steigt aus dem Meer*. Nein, diese Frau fühlte sich wohl, sie war weise geworden und strahlte eine selbstsichere Zufriedenheit aus, offen für alles, was ihr das Leben noch bringen mochte.

Als Palmer sein Gemälde enthüllte, füllten sich Millie Rushs Augen mit Tränen. Sie schwor, Palmer berühmt zu machen.

Obwohl Palmer selbst nicht ganz fassen konnte, was er da zustande gebracht hatte – es war ihm immerhin mit seinem Bild gelungen, einer nicht mehr jungen, von ihrem Mann gedemütigten Frau ihre Würde zurückzugeben –, zweifelte er an dem Gelingen ihres Vorhabens. Aber er bat sie, ihre Freundinnen auf sich aufmerksam zu machen, weil er glaubte, mit »Meeresgöttinnen« dieses Stils vielleicht seinen Lebensunterhalt verdienen zu können.

Doch er hatte Millie falsch eingeschätzt, denn sie war nicht nur die Ehefrau eines berühmten Regisseurs. Da sie jahrelang als Journalistin gearbeitet hatte, verfügte sie über ein Netzwerk wichtiger Kontakte.

Ehe sie aus Holyrood abreiste, ließ sie von dem Gemälde fünfhundert Drucke anfertigen und nummerieren, die er alle signierte. Die ersten zwanzig schenkte sie Palmer, einen ließ sie rahmen und bestand darauf, dass Rita den Druck in ihrer Galerie aufhängte. Rita gehorchte, weil Millie gedroht hatte, Palmer sonst an einen anderen Kunsthändler zu vermitteln.

Dann schickte Millie die Drucke an alle bedeutenden Leute in der Medienbranche, und bald pendelte Palmer zwischen

Holyrood und L.A. hin und her und wurde als Maler der Meeresgöttinnen berühmt. Sie wurden sein Markenzeichen. Er malte ein paar Filmsternchen, aber meistens Damen mittleren Alters, ehemalige Stars, Ehefrauen von Stars und Top-Managerinnen der Filmbranche. Innerhalb von sechs Monaten waren seine Porträts ein absolutes »Muss« in Hollywood. Es dauerte nicht lange, bis andere Reiche im ganzen Land sich ebenfalls malen ließen, bis dann *People* einen Artikel über ihn brachte. Er hatte den Gipfel des Ruhms erklommen.

In dem Interview erklärte Palmer, er sei es leid, ständig im Land herumzureisen und so viel Zeit damit zu verschwenden, aber jede Frau, die es wolle, könne zu ihm kommen und sich malen lassen. Jetzt konnte er es sich endlich leisten, Perfume Mansion zu mieten, um darin zu leben. Das war sein größter Wunsch, seit er das Haus zum ersten Mal gesehen hatte.

Salome war so in Gedanken versunken gewesen, dass sie aufschrak, als Hector zurückkam.

»Möchtest du dem Feuerwehrmann noch immer das Mittagessen bringen?«

»Natürlich. Und, Hector, ich möchte mein Essen bezahlen.«

»Nein, nein!«, wehrte er ab und schüttelte den Kopf. »Ich habe nur eine Bitte. Da du doch sowieso rausmusst, würde es dir etwas ausmachen, auch Rita etwas zu essen vorbeizubringen? Ich würde es ja selbst tun, aber wir kommen nicht besonders gut miteinander aus. Sie hat mich nur um Hilfe mit den Sandsäcken gebeten, weil niemand anders da war. Außerdem habe ich mir überlegt, dass Palmers Bild von Dolores jetzt eine ganze Menge wert sein müsste, wo er doch tot ist und so. Ich könnte es ihr in Kommission geben, wenn sie nicht zu viel dafür verlangt. Vielleicht findet sie einen Käufer. Ich will es mir nicht mit ihr verderben, verstehst du?«

»Natürlich. Kein Problem. Aber was ist mit Dolores?«

»Ich könnte ja auch eine Kopie oder so was davon machen lassen. Das würde sie überhaupt nicht merken. Und sie kommt ja sowieso nicht mehr hierher. Aber dann wäre ich endlich diese Sorgen los und würde vielleicht noch etwas für den ganzen Ärger entschädigt.«

»Hast du diesen Umschlag gefunden?«

»Nein. Der muss heute früh im Müll gelandet sein. Oder er ist noch in Dolores' Auto. Das musste ich gestern Nacht nehmen, weil bei meinem die Batterie leer war. Ich habe mir gleich heute Morgen eine neue gekauft, denn sie mag es nicht, wenn ich ihr Auto fahre. Sie behauptet, ich ruiniere die Sitze«, sagte Hector, schaute auf seine dreckige Schürze und lachte.

Ein paar Minuten später verabschiedete sich Salome körperlich und geistig gestärkt von Hector mit zwei Thermosschüsseln voller Suppe in einer Plastiktüte. Sie fragte sich, ob er mit dem Tod des Malers etwas zu tun hatte, denn er war beim Haus gewesen und hätte die Gelegenheit gehabt, den Mord zu begehen. Außerdem hatte er ein Motiv. Also passte er in das Bild eines Tatverdächtigen. Trotzdem zweifelte Salome daran, dass er der Mörder war. Hätte Hector Palmer umgebracht, der Tatort hätte wie ein Schlachtfeld ausgesehen.

Salome ließ den Motor laufen und rannte durch den strömenden Regen mit Hectors Suppe zu Clay Bethune.

»Wow! Damit habe ich wirklich nicht gerechnet«, sagte der Feuerwehrmann überrascht. »Schmeckt das auch?«

»Die Suppe ist köstlich. Ich habe eben eine Portion gegessen.«

»Prima. Ich wollte mich nach einem guten italienischen Restaurant umsehen, denn ich bin erst vor kurzem aus San Francisco hierher gezogen.«

»Das Beach Bistro kann ich Ihnen wirklich empfehlen. Es ist ein Familienbetrieb, der schon seit den dreißiger Jahren existiert. Die Männer waren früher Fischer aus der Half Moon

Bay. Sie kennen sich mit Fischen und Krustentieren wirklich aus.«

Clay schien es eilig zu haben, deshalb verzichtete Salome auf weitere Erklärungen, obwohl sie gern noch mit diesem gut aussehenden Mann geredet hätte.

»Na, wenn das so ist, werde ich dort bestimmt bald Stammgast.«

Wieder in ihrem Pick-up, überlegte Salome, an wen der Mann sie erinnerte. Doch es wollte ihr nicht einfallen.

Sie fuhr zur Strandpromenade zurück und parkte neben Ritas Lincoln. Die *Sand and Sea*-Galerie war als einziges Geschäft erleuchtet, was die ausgestellten Bilder in der dunklen Umgebung noch besser zur Geltung brachte.

Ein handgeschriebener Zettel an der Eingangstür verwies sie zur Hintertür. Kurz darauf klopfte sie an die graue Metalltür.

Rita öffnete und starrte Salome verwundert an.

»Hector bat mich, Ihnen etwas zu essen zu bringen«, sagte Salome und schwenkte die Plastiktüte.

»Wie seltsam. Ich habe gerade an Sie gedacht.«

»Liebevoll genug, um mich nicht draußen im Regen stehen zu lassen?«

Rita trat beiseite und sagte: »Hängen Sie Ihren Regenmantel an den Ständer im Bad.« Dann nahm sie Salome die Tüte aus der Hand.

Hector war mitteilsam und offen gewesen, doch Rita würde nicht so zuvorkommend sein. Aber Salome hatte eine Idee.

Als sie die Badezimmertür hinter sich schloss und ins Büro ging, saß Rita an ihrem alten Metallschreibtisch, der mit Akten und Papierstapeln übersät war, und löffelte gierig die heiße Suppe in sich hinein. Sie war wesentlich freundlicher geworden. Vielleicht wegen des guten Essens.

»Entschuldigen Sie, dass ich vorhin so barsch war. Nehmen Sie sich einen Stuhl. Ich hatte ganz vergessen, wie gut Hector

kocht«, sagte sie und fügte dann hinzu: »Ich muss etwas mit Ihnen besprechen.«
Rita wischte sich den Mund mit einer Serviette ab und schob ihren Teller beiseite. »Ich habe versucht, alle Meeresgöttinnen, die Palmer gemalt hat, aufzuspüren. Mein Gott, die Liste ist ellenlang.«
Salome fiel auf, dass Ritas Augen funkelten und dass die falschen Wimpern noch immer schief über ihrem linken Auge hingen. Da sie sonst sehr eitel war, musste sie außerordentlich beschäftigt gewesen sein, weil sie nicht einmal einen Blick in den Spiegel geworfen hatte.
»Rita, die Wimpern über Ihrem linken Auge haben sich gelöst«, sagte Salome und fuhr dann schnell fort: »Ich weiß nicht, wie ich Ihnen helfen könnte, diese Bilder aufzufinden.«
Geistesabwesend entfernte Rita die falschen Wimpern und sagte währenddessen: »Nein, das habe ich auch nicht gemeint. Aber Sie suchen doch jetzt sicher so schnell wie möglich einen neuen Mieter.«
»Na ja, ich ...«
Rita hob Schweigen gebietend die Hand. »Bitte, lassen Sie mich ausreden. Ich möchte eine Ausstellung mit Palmers Werken machen. So viele Bilder, wie ich kriegen kann. Und dafür suche ich einen passenden Ort. Meine Galerie ist einfach zu klein. Gäbe es einen besseren Ort als Perfume Mansion dafür? Schließlich hat er dort gelebt.«
»Und er ist dort gestorben«, erinnerte Salome sie.
»Das auch«, redete Rita unbeirrt weiter. »Und es bedeutet eine zusätzliche Attraktion, nicht wahr? Wenn man mal die kulturelle und ästhetische Seite außer Acht lässt, ist der Kunsthandel ein mörderisches Geschäft. Jemand, der nichts damit zu tun hat, könnte es sogar als amoralisch bezeichnen. Also lassen wir diesen Aspekt beiseite.«
Rita räusperte sich. »Diese Ausstellung würde jedenfalls

Käufer wie Verkäufer gleichermaßen interessieren und wahrscheinlich die gesamte amerikanische Presse. Ich rede hier vom großen Geschäft, Salome. Und ich würde Sie prozentual am Gewinn beteiligen und Ihnen natürlich eine entsprechende Miete für Ihr Haus zahlen.«

»Das ist ein Wohnhaus, Rita. Kein Geschäftshaus ...«

»Ja, ja. Natürlich. Das ist es ja gerade. Denn ich möchte Ihre nächste Mieterin sein. Einen Teil des Hauses kann ich dann als Galerie nutzen – nur für geladene Besucher –, und in dem anderen wohne ich. Natürlich würde der geschäftliche Teil hier abgewickelt, da Perfume Mansion nicht als Geschäftshaus deklariert ist. Und Sie müssen zugeben, dass Perfume Mansion das perfekte Ambiente für die Präsentation von Palmers Werken ist. Außerdem möchte ich Drucke seiner Bilder in hohen Auflagen verkaufen. Ein Teil des Profits könnte dann sogar in irgendeinen Fonds für Stipendien fließen.«

Nach einer kleinen Pause sprach sie weiter. »Ganz offen gesagt, ich möchte Ihren Besitz gern mit der Klausel des Vorkaufsrechts mieten. Was ist er jetzt wert? Acht, zehn Millionen? Natürlich sind die Preise im Moment wegen des vielen Geldes im Silicon Valley völlig überhöht. Deshalb kann ich Ihnen eine solche Summe auch nicht gleich auf den Tisch legen. Noch nicht. Aber ich bin Teilhaberin einer Galerie in New York, und dann gehört mir noch eine in La Jolla, die meine Schwester leitet.«

Salome schwieg.

»Na, kommen Sie schon! Ich weiß, dass Sie mein Angebot reizt. Denken Sie mal eine Minute darüber nach. Ich habe mich hier etabliert. Jeder kennt mich, und ich kann Ihnen garantieren, den Charakter eines solchen Anwesens zu bewahren.« Rita atmete tief ein und fuhr fort: »Ich weiß auch, wie Ihr Vater über einen solchen Verkauf denkt und dass er Perfume Mansion am liebsten im Familienbesitz erhalten würde.«

Jetzt schien Salome der Augenblick gekommen zu sein, das Thema anzusprechen – den Gedanken zu äußern, der ihr vorhin im Bad gekommen war.
»Blair Farrell hat mir auch schon ein Angebot gemacht!«
»Herrgott noch mal, dieses Miststück!«, sagte Rita und lehnte sich in ihrem Stuhl zurück, als wäre sie geschlagen worden.
Also kannte Rita Blair, so viel war aus ihrer Reaktion ersichtlich.
»Sie wissen doch, was sie dabei im Hinterkopf hat, oder?«
»Nein, eigentlich nicht.«
»Seit Palmer sie gefeuert hat, versucht sie mit allen Mitteln, ihn wieder in ihre Fänge zu kriegen. Ich wette mein letztes Hemd, dass sie – sollte sie Perfume Mansion kaufen – den Besitz im Handumdrehen für den doppelten oder dreifachen Preis an irgendwelche Investoren verkauft, die den Leuten in der Stadt eine Menge Geld versprechen, das Haus abreißen und billige Eigentumswohnungen dahin stellen oder die Dependance irgendeiner Hotelkette, was Holyrood ruinieren würde. Als Nächstes kämen dann T-Shirt-Shops und Souvenirläden mit Haien und Ottern aus Plastik, die ganze Palette dieser Ramschgeschäfte, die wir uns bisher mit viel Mühe vom Hals gehalten haben. Um Gottes willen, verkaufen Sie nicht an sie!«, beschwor Rita Salome mit derselben Vehemenz, die ihr Vater bei diesem Thema an den Tag legte.
»Warum hat Palmer sie eigentlich gefeuert? Ich habe gehört, dass sie es war, die ihn in *People* platzierte.«
Zwar hatte Salome das nicht gehört, aber es war gut möglich.
»Oh, dafür hat sie gern die Lorbeeren eingeheimst. Aber ich habe ihn berühmt gemacht. Doch das ist eine andere Geschichte. Warum er sie gefeuert hat? Weil sie ihn zu viel kontrollierte – man könnte sagen, weil sie versuchte, ihm ein völlig neues Image zu verpassen, vom Haarschnitt bis zu sei-

nen Unterhosen. Aber das klappte nicht richtig. Also bat sie ihn, sie zu heiraten.«

Rita lachte laut. »Als Antwort feuerte er sie. Das Beste, was er seit Jahren getan hatte.«

Es sei denn, es brachte ihn um, dachte Salome. »Und wann war das?«

»Im letzten Sommer.«

»Vielleicht liebte sie ihn.«

»Machen Sie Witze? Blair Farrell liebt Blair Farrell, Punktum. Sie hätte gern vom kalifornischen Ehegesetz profitiert. Als seine Frau hätte ihr die Hälfte seines Vermögens gehört.«

»Woher wissen Sie das?«

»Von Palmer natürlich. Und außerdem hat sie versucht, Palmer dahin zu bewegen, mich auszubooten, und wollte ihn allein managen. Exklusivverträge nur mit großen Galerien. Palmer und ich hatten Höhen und Tiefen in unserer Beziehung – er ließ mich ein paarmal fallen, und ich ließ ihn ein paarmal fallen –, aber so geht's eben im Kunsthandel zu. Palmer vertraute mir seit Jahren. Es war kein Geheimnis, dass er Perfume Mansion kaufen wollte. Ich möchte seinen Namen nicht in den Dreck ziehen, aber als Ihr Vater letztes Jahr Weihnachten einen Herzinfarkt hatte, glaubte Palmer, dass es nur noch eine Frage der Zeit sei, bis Sie verkaufen würden. Das muss Blair herausgefunden haben, und sicher wollte sie ihn überbieten. Sie weiß genau, wie hoch seine Einkünfte waren. Das alles aus Rache. Für sie ist Rache eine Geschäftsmethode.«

»Glauben Sie, dass sie irgendetwas mit dem Mord zu tun haben könnte?«

»Ich hätte nichts dagegen, wenn ich mit dem Finger auf sie zeigen könnte«, sagte Rita und schwieg dann gedankenverloren. »Mir fällt gerade etwas ein. Etwas, das ich gehört habe.« Sie rieb sich die Schläfen.

»Was haben Sie gehört?«, fragte Salome.

Rita starrte eine Weile auf ihren Schreibtisch. Konzentrierte sich. »Irgendwas über irgendjemand, der jemanden in der Stadt gesehen hat. Himmel noch mal, warum fallen mir die Einzelheiten nicht ein? Ich glaube, es war an Halloween. Auf Palmers Party. Was für eine betrunkene Meute! Ja. Palmer erzählte, er habe einen alten Freund aus San Francisco getroffen. Besonders glücklich schien er darüber nicht zu sein.«

»Fühlte er sich von dieser Person bedroht?«

»Nein, nur genervt oder so. Er war verärgert. Wer ...«

In diesem Moment läutete das Telefon. Die beiden schraken zusammen. Salome seufzte enttäuscht, denn sie hatte das Gefühl, dass Rita kurz davor gewesen war sich zu erinnern.

Doch Rita griff sofort zum Hörer und sagte mit professionell höflicher Stimme, ohne die vorherige Anspannung erkennen zu lassen: »*Sand and Sea*-Galerie, Rita Van Horn am Apparat ... Peter! Ja ... schrecklich! Einen Moment, bitte. Bleib dran, ich habe gerade einen Kunden hier ... nein, nein, wir haben bereits alles Nötige besprochen.«

Dann drückte sie auf einen Knopf und sah Salome flehend an. »Würde es Ihnen was ausmachen? Mein Partner in New York will mich sprechen. Kann ich Sie später anrufen? Wir könnten gemeinsam zu Abend essen oder was anderes vereinbaren.«

»Gut.«

»Nur noch eins. Würden Sie mit Phyl reden? Ich muss unbedingt ins Haus, denn Palmer arbeitete an einem neuen Bild, und ich möchte herausfinden, was es ist. Und dann gibt es da noch eine Menge Bilder, die inventarisiert werden müssen.«

»Ich glaube nicht, dass ich Ihnen dabei helfen kann.«

»Aber versuchen können Sie es doch.«

Dann drehte sie sich abrupt um und sprach mit dem Anrufer.

Während der Fahrt nach Hause ging Salome das Bild eines um Perfume Mansion streichenden Fremden nicht aus dem

Sinn, der Palmer beobachtete. Und wenn er nicht der Täter war, so hatte er vielleicht den Mord beobachtet. Natürlich konnte Rita diese Geschichte auch erfunden haben, um den Verdacht auf eine unbekannte Person zu lenken – und von sich abzulenken.
Als sie in die Sea Horse Lane einbog, sah sie etwas, das sie selbst auf mörderische Gedanken und – was sonst selten geschah – zum Fluchen brachte.

9

Salome setzte rückwärts in den Dolphin Way und hoffte, dass Emily Harkin ihren Pick-up wegen der hohen Hecke und des strömenden Regens nicht gesehen hatte. Dann fuhr sie direkt zum Otter Haven Resort. Die Klatschkolumnistin hatte unter ihrem rot-weißen Schirm in ihrer Zufahrt gestanden und mit einem Reporter des lokalen Fernsehsenders gesprochen.
Salome warf einen Blick in den Rückspiegel – niemand folgte ihr. Nur knapp war sie den sensationslüsternen TV-Leuten noch einmal entkommen.
Sie bog in den lang gestreckten Carport direkt hinter dem Eingangstor ein. Dort stand, vor dem Regen geschützt, nur eine Hand voll Autos. An der Nordseite des weitläufigen Geländes gab es zwar einen großen Parkplatz, aber sie hatte keine Lust, den weiten Weg zur Lodge zurückzugehen. In dieser Jahreszeit frequentierten nur wenige Gäste das Otter Haven, aber das würde sich bald ändern.
Schon nächste Woche, wenn das jährliche AT&T-Pebble-Beach-National-Pro-Am-Golfturnier stattfand, würde das Resort ausgebucht sein. Per Shuttle-Service würden die Gäste dann die Küste entlang zu den weltberühmten Golfplätzen von Carmel und zurück transportiert werden. Der kleine Laden in der Lodge würde dann ein gutes Geschäft mit dem Verkauf von Schlechtwetterkleidung machen. Für das Turnier verdreifachte das Resort stets seinen Vorrat an billigen Schirmen, Regenmänteln und Stiefeln. Zusammen mit den pazifischen Stürmen kamen saisonbedingt auch die Reichen und Berühmten an die Küste. Und wie jedes Jahr würde Salome helfen, wo es nötig war.

Als sie den Motor ausschaltete, fragte sie sich, wer das TV-Team zu ihrem Cottage geschickt hatte. War bereits bekannt geworden, dass die Polizei sie verdächtigte? Bestimmt waren die Reporter zuerst im Perfume Mansion gewesen. Hatte Phyllis sie zu Salome geschickt, um sich den Rücken freizuhalten?

Sie stieß die Fahrertür auf, schnappte sich ihre Handtasche und ihren Regenschirm und bereitete sich innerlich darauf vor, die Überbringerin schlechter Nachrichten zu sein. Vielleicht war die Polizei noch nicht hier gewesen, um die Schlüssel zum Perfume Mansion abzuholen. Sie konnte sich nicht vorstellen, dass jemand bereit war – nicht einmal Emily Harkin traute sie das zu –, Reggie Waterhouse zu sagen, dass im Perfume Mansion ein Mensch ermordet worden war. Ganz gleich, wer das Opfer war, ihr Dad würde reagieren, als wäre ein Anschlag auf sein eigen Fleisch und Blut verübt worden. Salome legte sich auch eine Erklärung zurecht, warum sie die Ersatzschlüssel zu ihrem Cottage brauchte, und eine andere für das Pflaster an ihrer Stirn.

Als sie etwas Mut gefasst hatte, spannte sie ihren Schirm auf und machte sich auf den Weg.

Satomi und Reginald Waterhouse waren seit vierundfünfzig Jahren verheiratet und lebten fast ebenso lange im Nordflügel des weitläufigen, gelb-weißen viktorianischen Hauses mit Blick auf die normalerweise stillen Gewässer der Otter Bay. Auf dem fünf Hektar großen Gelände wuchsen Zypressen, die viel älter als Holyrood waren, und breiteten ihre Äste über die Dächer der im Gelände verstreut liegenden Gäste-Cottages.

Salome und ihre vier Schwestern waren hier aufgewachsen und hatten von Kindesbeinen an ihren Eltern bei allen anfallenden Arbeiten geholfen.

Joshua Waterhouse, ihr Großvater, hatte 1916 das feudale

alte Herrenhaus auf dem damals halb so großen Gelände von einem reichen Bankier aus San Francisco erworben, nachdem dessen Frau und Sohn bei einem Bootsunfall ertrunken waren. Der Bankier hatte weit unter Marktpreis verkauft. Während das Herrenhaus in eine Lodge mit zwanzig Schlafzimmern umgebaut wurde, hatte Joshua angrenzende Grundstücke aufgekauft und seine charakteristischen Bilderbuch-Cottages darauf gesetzt. Nur einen Nachbarn hatte er nicht überreden können, an ihn zu verkaufen. Und da dieses kleine Haus mit dem Schindeldach in dem vernachlässigten, von Unkraut überwucherten Garten direkt neben dem Haupttor stand, war dieser Anblick für Joshua immer ein Schandfleck gewesen. Schließlich verkaufte der Besitzer das Anwesen doch – aber an Joshuas Erzrivalen, Kevin O'Kelly, der boshaft Haus und Garten weiter verkommen ließ.
Salome stieg die Holzstufen zur Veranda hoch und spähte durch die ovale Glasscheibe in der Haustür, während sie ihren Regenschirm ausschüttelte. In dem dämmrigen Licht konnte sie den rot-schwarzen Orientteppich auf dem Fußboden aus Hartholz, den Spiegel über der kleinen japanischen *Tansu*-Kommode und die Tür zur Garderobe in dem weiträumigen Foyer erkennen. Sie fragte sich, ob ihre Eltern zu Hause waren. Das Auto hatte nicht im Carport gestanden. Da beide jedoch ständig irgendwo auf dem Gelände unterwegs waren und nach dem Rechten sahen, konnte es natürlich auch sein, dass einer der Angestellten mit dem Auto eine Besorgung machte. Der Messingknauf ließ sich nicht drehen, die Tür war abgeschlossen. Auf Zehenspitzen stehend, griff Salome nach oben, ertastete den Hausschlüssel auf dem Türrahmen und schloss beunruhigt auf. Seit ihr Vater einen Herzinfarkt gehabt hatte, machte sie sich ständig Sorgen um die Gesundheit ihrer Eltern. Obwohl über achtzig, dachten weder Satomi noch Reginald Waterhouse daran, sich zur Ruhe zu setzen. Zu Weihnachten hatten Salome und ihre

Schwestern darauf bestanden, dass die beiden wenigstens Urlaub machten.
»Wo sollen wir denn hinfahren?«, hatte ihre Mutter protestiert. »Es gibt doch kein schöneres Fleckchen auf Erden als hier.«
Womit sie Recht hatte. Und wegen des Herzinfarkts ihres Vaters hatten sich die Reisepläne dann von selbst erledigt.
Salome legte den Schlüssel in sein Versteck zurück, trat ins Foyer und sperrte von innen wieder ab.
»Mom? Dad?«, rief sie und zog ihre Stiefel aus. »Ich bin's!«
Sie hängte ihren Regenmantel an einen Ständer neben der Tür – nur trockene Kleidungsstücke kamen in die Garderobe.
Auf einer niedrigen Bank stand ein Dutzend Paar Pantoffeln. Mit Schuhen durfte die Wohnung nicht betreten werden. Andere Schuhe oder Stiefel standen nicht neben der Haustür.
»Mom? Dad?«
Noch immer keine Antwort.
In schwarzen Pantoffeln ging Salome zum Spiegel und stöhnte auf. Die abgeschnittenen Fäden hatten sich durch das von Schweiß und Regen aufgeweichte Pflaster gebohrt. Sie sah aus wie Frankensteins Braut, ein Anblick, der ihre Eltern sicher erschrecken würde.
Links vom Foyer lag das geräumige Wohnzimmer, und etwas weiter den Korridor hinunter führte eine gewundene Treppe zu den Schlafzimmern in den oberen drei Stockwerken. Hinter dem Treppenabsatz lag das Arbeitszimmer mit Blick über das ganze Gelände. Die Tür war geschlossen. Auf dem Weg zur Lodge war Salome schon aufgefallen, dass auch die Vorhänge zugezogen waren.
Sie schlurfte ins Wohnzimmer. Vor tief eingelassenen Fenstern mit Blick auf die Veranda stand ein langes Sofa. Darunter fiel der Rasen wie ein Ballen saphirgrünen Samts sanft bis zu den Klippen hinab. An klaren Tagen waren in der Ferne

die beinahe sinnliche Biegung des weißen Strands und das hellgrüne Meer zu sehen. Salome konnte nie diesen Raum betreten, ohne einen Augenblick vor den Fenstern stehen zu bleiben und diese wunderbare Aussicht zu genießen.
»Mei!« Obwohl Salome nach ihrer Großmutter väterlicherseits benannt worden war, hieß sie im engsten Familienkreis nur »Mei«.
Als Salome die Stimme ihrer Mutter hörte, drehte sie sich schnell um, strahlte vor Freude und rief: »Mom! Hi!«
Satomi trug ein hellrosa Twinset aus Kaschmirwolle, eine Halskette aus Barockperlen und eine graue, mit Seide gefütterte Wollhose, die bei jeder Bewegung raschelte.
Mutter und Tochter umarmten sich, wobei sich Salome leicht bücken musste, denn Satomi war kaum einen Meter fünfzig groß. Aber diese zierliche Frau besaß eine Ausstrahlung, die Salome ein Gefühl von Sicherheit, Geborgenheit und absolutem Vertrauen vermittelte. Und nur ihre Mutter verströmte diesen einzigartigen feinen Duft, der – könnte man ihn als Parfüm herstellen – beruhigender als jedes Psychopharmakum wirken würde. Ihr Haar roch noch nach Elfenbeinseife, weißem Ingwer-Parfümöl und Kiefernnadelöl von den Räucherstäbchen, die sie bei ihrem Morgengebet verbrannt hatte.
Als sich die beiden wieder voneinander lösten, fragte sich Salome kurz, ob sie mit derselben Anmut und Würde wie ihre Mutter altern würde. Silberne Fäden durchzogen Satomis schwarzes Haar. Ihre Stirn war hoch und glatt, und neben den Winkeln ihres leicht geschwungenen Mundes hatte sie tiefe Grübchen. Salomes Nase war etwas länger, ihre Augen waren nicht dunkel-, sondern haselnussbraun, und die sichelförmige Lidfalte war weniger ausgeprägt als die ihrer Mutter.
Da Salome zu viel Zeit in der Sonne verbracht hatte, bezweifelte sie, dass sie sich bis ins hohe Alter einen so perfekten,

faltenlosen, schimmernden Teint wie ihre Mutter bewahren konnte. Satomi verdankte ihr gutes Aussehen nicht nur ihren Genen, sondern pflegte ihre Haut mit einer teuren Creme aus zerstoßenen Perlen und besuchte regelmäßig Aerobic-Kurse im Senioren-Zentrum der Stadt.

Salome hatte seit ihrer Scheidung wenig für ihren Körper getan. Plötzlich musste sie an den gut aussehenden Feuerwehrmann denken und fragte sich, ob sie mehr auf ihr Äußeres achten sollte.

»Du lieber Himmel, was ist dir denn passiert?«, fragte Satomi und deutete auf Salomes Stirn.

»Na ja ... hm ... ich bin in meinem Arbeitszimmer gestürzt.«

»Ach du meine Güte!«

»Es ist nur ein kleiner Schnitt, Mutter. Leider ist bei diesem Sturz Kuan Yin zu Bruch gegangen«, wechselte Salome schnell das Thema. »Und das tut mir wirklich weh.«

Satomi holte tief Luft, lächelte dann fast so heiter wie Kuan Yin und sagte: »Aber die Göttin können wir doch ersetzen, nicht wahr?«

Denn vor vielen Jahren hatte Salomes Großmutter unter anderem eine große Anzahl exquisiter Porzellan-Statuetten, die alle die Göttin der Barmherzigkeit darstellten, aus China mitgebracht.

Da Salome nicht wollte, dass ihre Mutter dachte, sie sei nur gekommen, um sich eine neue Statue zu erbitten, sagte sie schnell: »Mom, ich bin aus einem anderen, etwas dramatischeren Grund gekommen ...

»Ja, ich weiß. Palmer Fordham wurde ermordet.«

»Ihr habt es also schon erfahren.«

»Phyl hat angerufen«, entgegnete Satomi gelassen. »Sie hat gesagt, du hättest die Leiche gefunden. Und dann hat ein Polizeibeamter die Schlüssel geholt.«

Satomi hatte in ihrem Leben so viele Demütigungen und Er-

niedrigungen erlebt, dass sie kaum noch etwas aus der Fassung brachte.
»Wie kommt Dad damit zurecht?«
»Diese schreckliche Nachricht scheint ihm paradoxerweise gut getan zu haben, denn sie hat ihn aus seiner Lethargie gerissen. Ich fürchtete schon, er würde im Kittchen landen, so hat er sich gesträubt, dem Polizeibeamten die Schlüssel auszuhändigen.« Dann griff sie nach Salomes Arm und sagte: »Komm mit, Mei. Wir haben schon versucht, dich anzurufen. Dein Vater ist im Arbeitszimmer und streitet sich mit einer bei uns sehr unbeliebten Person.«
»Phyl ist hier?«
Satomi blieb abrupt stehen und sah ihre Tochter tadelnd an. »Wir haben deine Cousine sehr gern! Ihr Problem ist, dass sie zu sehr deinem Vater ähnelt. Beide lieben Perfume Mansion derart, als wäre es kein Haus, sondern ein Mensch.«
»Aber wer ...«
Satomi zerrte ihre Tochter am Ärmel ins Arbeitszimmer, das Salome nach den Prinzipien der Feng-Shui-Lehre umgestaltet hatte. Der Mahagonischreibtisch ihres Vaters stand jetzt in einem günstigen, diagonalen Winkel zur Tür in der Macht-Position des Raums. Reginald Waterhouse saß in seinem hochlehnigen Drehsessel dahinter. Er trug einen eierschalfarbenen Pullover mit Zopfmuster und hatte die knochigen Hände vor dem Bauch gefaltet. Als seine Frau und seine Tochter ins Zimmer traten, warf er ihnen nur einen flüchtigen Blick aus seinen eisblauen Augen zu und richtete sie dann wieder auf die Person, die in einem der beiden roten Ledersessel vor seinem Schreibtisch saß. Er hatte ein kantiges, wettergegerbtes Gesicht und sah gelangweilt aus, obwohl seine Augen vor unterdrückter Wut funkelten.
Auf dem Schreibtisch brannte eine Tischlampe mit grünem Schirm und beleuchtete zwei kleine Gegenstände neben dem Messingfuß. Erst bei näherem Hinsehen war zu erkennen,

dass die zwei aus Holz geschnitzten Otter Salome und ihre Schwester Willow im Alter von sieben respektive sechs Jahren darstellten. Auf der rechten Seite stand nur noch ein Telefon.
Links hinter Salomes Vater warf eine hohe Standleuchte mit pfirsichfarbenem, gefälteltem Seidenschirm sanftes Licht auf seine breiten Schultern und sein schütteres, graublondes Haar.
Ihr Vater hatte ständig über Nacken- und Schulterschmerzen geklagt, ehe Salome sein Arbeitszimmer nach den Regeln der Feng-Shui-Lehre eingerichtet hatte. Die bis dahin hinter seinem Stuhl von der Mitte der Wand bis zur Decke reichenden Bücherregale waren entfernt und an der gegenüberliegenden Seite des Raums angebracht worden. In die frei gewordene Ecke hatte sie die Bodenleuchte gestellt. Fast augenblicklich hatten sich seine verkrampften Nacken- und Schultermuskeln entspannt. Seitdem hatte er keine Schmerzen mehr.
Vor dem nach Westen liegenden Erkerfenster hingen schwere, dunkelgrüne mit Goldfäden durchwirkte Brokatvorhänge. Davor stand ein Plüschsofa, zu beiden Seiten von Beistelltischchen aus Rosenholz mit rötlich braunen Vasenlampen flankiert – Tische und Lampen stammten aus China. Eine flache braune Schale auf dem Couchtisch zierte ein von ihrer Mutter arrangiertes Ikebana. Mit ein paar anmutigen Sansevieria-Blättern und winzigen roten Sibirischen Schwertlilien ähnelte das Arrangement einem Segel und einem Ruder – Salomes Vater war früher ein leidenschaftlicher Segler gewesen.
In den wenigen Freiräumen zwischen den deckenhohen Regalen mit Büchern über Grundstücks- und Eigentumsrecht und Management hingen ein paar von ihrer Mutter gemalte Meerespanoramen. Ein stets verschlossenes Wandschränkchen enthielt die penibel geführten Tagebücher von Salomes Großvater – Aufzeichnungen eines ganzen Lebens. Auch ihr

Vater bewahrte dort seine Tagebücher auf, doch nicht so viele, da er erst nach dem Tod seines Vaters damit angefangen hatte, in dem für ihn charakteristischen knappen Stil Tagebuch zu führen.
In dem Kamin neben der Tür knisterte ein Feuer und wärmte die davor stehenden Polstersessel und das kleine Sofa. Da niemand vor dem angenehmen Feuer saß, ging es bei diesem Gespräch wahrscheinlich um geschäftliche Dinge.
Erst als Satomi ihre Tochter drängte, in dem zweiten roten Ledersessel vor dem Schreibtisch Platz zu nehmen, sah Salome, wer die Besucherin war.
Mavis Hicks-Dulane war eine kleine, stämmige Frau Ende siebzig. Wie eine Kappe umrahmten kurze weiße Locken ihr faltiges Gesicht mit dem entschlossenen Ausdruck. Mavis sah Salome kurz an, als sie sich in den Sessel setzte. Satomi ließ sich auf dem Sofa nieder.
»Sie sind genau die Person, die wir jetzt brauchen«, zwitscherte Mavis fröhlich mit falschem englischem Akzent. Vor etwa dreißig Jahren hatte sie die Britischen Inseln bereist und sich bei dieser Gelegenheit die Ausdrucksweise und Hochnäsigkeit einer gewissen britischen Gesellschaftsschicht angeeignet. Sie hatte auch einen Ehemann mitgebracht – Dulane –, der aber bald nach ihrer Rückkehr spurlos verschwand. Vielleicht hatten ihn das pittoreske Dorf und Mavis' Bilderbuch-Cottage zu sehr an seine Heimat erinnert, und er war in das für ihn aufregendere glitzernde Halbweltmilieu der Staaten abgetaucht. Satomi hatte damals einen weitaus unheilvolleren Verdacht gehegt, weil Mavis weder enttäuscht noch gekränkt gewesen war. Sie hatte damit geprahlt, dass sie wegen ihrer doppelten Staatsangehörigkeit jetzt zur Linie der Thronanwärter gehöre, wobei es sie nicht im Geringsten störte, dass vor ihr Millionen britischer Staatsbürger an der Reihe waren. Nein, Satomi vermutete, dass Dulane – nachdem er seinen Zweck erfüllt hatte – nicht

aus Holyrood weggegangen war, sondern mit Mavis' preisgekrönten Rosen eins geworden war.
Da Mavis die Vorsitzende des *Historical Society's Preservation Program* war, wusste Salome genau, was jetzt kommen würde. Jedes Mal, wenn das Gerücht im Umlauf war, Perfume Mansion stünde zum Verkauf, tauchte Mavis auf – und das schon seit Jahren.
»Wir haben gerade darüber gesprochen, dass Perfume Mansion in Form einer Stiftung der *Historical Society* übereignet werden sollte.«
Höflichkeitshalber tat Salome erstaunt und sagte: »Ach ja, tatsächlich?«
Ihr Vater runzelte die Stirn, als wollte er ausdrücken: Um Himmels willen, ermutige sie nicht auch noch!
»Wir können einfach nicht zulassen, dass in unserer ehrbaren Stadt grässliche Morde begangen werden. So etwas passiert nur, wenn man Außenseitern der Gesellschaft erlaubt, hier zu wohnen.«
»Hat der Stadtrat nicht gerade beschlossen, Ihrem Verein das ehemalige Polizeirevier zur Verfügung zu stellen?«
»Nun ja«, sagte Mavis, leicht errötend, »aber wir brauchen ein unserem Status entsprechendes repräsentatives Gebäude. Als Frau eines Bestsellerautors sind Sie doch gut situiert, nicht wahr, Salome?«
»Ich bin geschieden.«
Mavis schien nicht auf dem Laufenden zu sein. Obwohl Salomes Scheidung landesweit kaum beachtet worden war, hatte sie in Holyrood dank Emily Harkin Schlagzeilen gemacht. Vielleicht war Mavis damals in London gewesen und hatte mit tausenden anderer Touristen den Buckingham Palace bewundert. Oder sie hatte es einfach vergessen.
»Schon seit fünf Jahren«, fügte Salome hinzu.
»Dann bekommen Sie also Unterhaltszahlungen ...«, redete Mavis unbeirrt weiter.

»Ich glaube, Sie werden etwas zu persönlich, Mavis. Nur zu Ihrer Information: Ich bekomme kein Geld von meinem Exmann.«

»Wie läuft denn Ihr Geschäft – diese Feng-Sache?«

Im Raum wurde es totenstill. Dann kicherte Satomi leise, Salome biss sich auf die Unterlippe, und ihr Vater drehte seinen Sessel um.

»Mavis«, sagte Salome schließlich, »Dad und ich sind zwar der Meinung, dass wir keinen passenderen Mieter für Perfume Mansion finden können als die *Historical Society*, aber ich finde es doch ziemlich vermessen, dass Sie glauben, wir würden ein Anwesen, das mehrere Millionen Dollar wert ist, ihrem Verein« – einer Clique schrulliger alter Ladys, hätte Salome beinahe hinzugefügt – »übereignen, damit Sie dort die Gastgeberin für Tee-Partys spielen können.«

»Unser Verein ist von entscheidender Bedeutung – nicht nur für die Stadt, sondern für ganz Kalifornien! Und wir trinken nicht nur Tee, wie Sie unverschämterweise behaupten«, sagte Mavis beleidigt und bückte sich nach ihrer Handtasche.

»Wie haben Sie denn so schnell von dem Mord erfahren?«

Einen Augenblick lang sah Mavis tatsächlich schuldbewusst aus, ehe sie sagte: »Dora hat mich angerufen. Dora ist Mitglied unseres Vereins, obwohl sie nur Haushälterin ist. Wie auch immer ... ein paar Mal die Woche putzt sie bei mir. Heute Morgen hätte sie kommen sollen, aber ... hm, unter den gegebenen Umständen war sie verhindert.«

»Hat Dora mit dem Perfume Mansion nicht genug zu tun?«

»Ich glaube, sie will Urlaub machen und braucht einen zusätzlichen Verdienst.«

Dann stand Mavis auf, warf sich in die Brust, umklammerte ihre Handtasche und sagte abschließend: »Reggie, wann übergibst du endlich die Tagebücher deines Vaters unserem Verein? Diese Quelle einzigartiger historischer Daten darf Forschern nicht vorenthalten werden.«

Reginald erhob sich langsam aus seinem Sessel, machte aber keine Anstalten, Mavis zur Tür zu begleiten. »Du meinst wohl Schnüfflern, Mavis«, sagte er. »Ich wünsche dir noch einen schönen Tag.«

Satomi schenkte ihr zum Abschied ein Lächeln. Salome geleitete Mavis aus dem Arbeitszimmer ins Foyer.

»Nein, nein«, sagte Mavis. »Ich treffe mich in der Lodge mit ein paar Mitstreiterinnen zum Tee. Und bei dieser Gelegenheit habe ich bei Ihren Eltern vorbeigeschaut.«

»Wie schön«, sagte Salome und ging den Flur entlang auf die Verbindungstür zur Lodge zu. Auf halbem Weg hing an der Decke ein Windspiel, um den Energiestrom zwischen der Haustür und der Tür zur Lodge zu neutralisieren.

»Salome, Sie sollten es sich wirklich noch einmal überlegen. Nur unser Verein kann Ihnen die Gewissheit geben …«

Salome öffnete einfach die Tür, weil sie den Sermon nicht mehr hören wollte. Mavis zog ihre Pantoffeln aus und schlüpfte in ein Paar schwarze Pumps, die auf einem Bänkchen neben der Tür gestanden hatten.

»Ich wünsche Ihnen viel Spaß beim Tee mit Ihren Freundinnen, Mavis«, sagte Salome, sperrte die Tür wieder ab und ging ins Arbeitszimmer zurück. Sie hoffte, dass ihr Vater ihr keine Vorwürfe machen würde, weil in seinem geliebten Perfume Mansion ein Mord geschehen war.

10

»Was ist denn mit deinem Kopf passiert?«, fragte Salomes Vater, als sie und ihre Mutter sich in die roten Ledersessel gesetzt hatten.

Salome erzählte von ihrem »Einbruch« in ihr Cottage mit Ralph Blues Hilfe. Dann bat sie ihren Vater um die Ersatzschlüssel. Er öffnete eine Schreibtischschublade, nahm den Bund heraus und gab ihn ihr.

»Danke, Dad. Wie geht es dir?«

»Mir geht's gut«, antwortete er, aber seine Hände fingen leicht an zu zittern, als er etwas Unverständliches murmelte.

»Wie bitte?«

Er zögerte und fragte dann mürrisch: »Was für Pläne hast du jetzt für Perfume Mansion?«

»Noch gar keine.«

»Sehr gut. Da du sowieso in ein paar Wochen wieder in Washington lebst, kann ich mich ja darum kümmern. Dieses Haus sollte von einer Familie bewohnt werden. Es war ein Fehler, es an einen allein stehenden Mann zu vermieten. Ja, ja, ich weiß. Du hast dich von seinen ausgezeichneten Referenzen in finanzieller Hinsicht beeindrucken lassen. Aber damals, kurz nach deiner Scheidung, hattest du nicht genügend Durchblick.«

»Reggie!«, schalt Satomi ihren Mann.

Salomes Vater warf seiner Frau einen kurzen Blick zu und wandte sich dann wieder an seine Tochter: »Wenn du Geld brauchst, schieße ich dir die Miete vor. Und da die Immobilienpreise zur Zeit sehr hoch sind, können wir die Miete des Hauses sicher in einem vernünftigen Rahmen erhöhen.«

»Schade, dass es beim letzten Erdbeben nicht eingestürzt ist«, meinte Satomi. Eine Bemerkung, die keinen Zweifel an ihrer Einstellung gegenüber dem Haus ließ.

Seit Jahrzehnten schon trotzte Perfume Mansion allen Unbilden des Wetters sowie Naturkatastrophen, ein Beweis für seine solide Konstruktion.

»Ich habe keine finanziellen Probleme«, sagte Salome.

»Du hast ihn doch nicht umgebracht, oder?«, fragte Reggie. »Denn so, wie das Mietrecht heutzutage aussieht, kann man als Vermieter kaum noch einen unerwünschten Mieter loswerden.«

Reggie machte oft dergleichen verwirrende Äußerungen, von denen man nie wusste, ob sie ernst gemeint waren oder nicht.

Salome ignorierte sie einfach und berichtete, was sie im Büro von Waterhouse Properties in Erfahrung gebracht hatte.

»Als ich mir die Perfume-Akte vornahm, fehlte die Warteliste anderer eventueller Mieter oder Käufer.«

»Diese verdammte Beth McCormick! Am liebsten würde ich sie feuern. Ständig liegt sie mir in den Ohren und drängt zum Verkauf des Besitzes. Sie war wahnsinnig enttäuscht, dass ich nicht den Löffel abgegeben habe. Es heißt, sie habe mit Palmer Fordham ein Verhältnis gehabt. Und sie hat ihn nur nicht umgebracht, weil sie scharf auf die Provision war. Wahrscheinlich hat sie die Warteliste verschwinden lassen. Trotzdem sollte es nicht schwer sein, einen Mieter zu finden. Ich rufe sie an.«

»In meiner Auffahrt parkt ein TV-Aufnahmewagen, und natürlich treibt sich auch Emily da rum.«

»Bleib doch hier«, schlug Salomes Mutter vor. »Wenn du nicht nach Hause kommst, geben sie auf.«

»Ich hatte mir überlegt, dass ich meine alte Zimmermädchenuniform anziehe und über den Patio in mein Cottage gehe. Sollte jemand dahinten sein, behaupte ich, zum Putzen gekommen zu sein. Emily wartet nämlich vor der Haustür auf mich.«

Als Reggie nach dem Telefon griff, standen Satomi und Salome auf. An der Tür hörten sie Reggie sagen: »Wenn Sie Ihren Job behalten wollen, Mrs. McCormick, dann sind Sie in einer halben Stunde hier in meinem Büro zu Hause. Und bringen Sie diese verdammte Warteliste mit!«

Salome ging in den dritten Stock, in ihr ehemaliges Mädchenzimmer, das sie mit ihrer Schwester Willow geteilt hatte, während ihre Mutter sich auf die Suche nach einem Ersatz für die Göttin der Barmherzigkeit, Kuan Yin, machte.

Da Salome noch immer gelegentlich im Otter Haven Resort aushalf, hing eine frisch gebügelte Uniform in ihrem Schrank. Schnell zog sie das blassgelbe Kleid an und band die weiße gestärkte Schürze um. Dann schlüpfte sie in einen leichten Regenmantel und bequeme weiße Schuhe. Sie ging wieder nach unten.

»Du kannst gern zum Abendessen bleiben«, sagte Satomi.

»Danke, Mom. Aber ich habe noch viel zu tun.«

»Vergiss nur das Essen nicht. Und sei vorsichtig, vor allem mit der Polizei. Phyl hörte sich richtig erfreut an, als sie verkündete, du habest die Leiche gefunden.«

»Wie sehe ich aus?«

Satomi legte den Kopf schief und runzelte die Stirn. Aus der Schublade einer zierlichen japanischen Kommode nahm sie eine zusammengefaltete Regenhaube aus rosa Plastik, die sie ihrer Tochter aufsetzte.

»Da. Jetzt ist es besser. Brauchst du einen Schirm?«

»Meiner steht vor der Tür.«

Die beiden küssten sich zum Abschied. Salome atmete den herrlichen Duft ein, den ihre Mutter verströmte.

»Mein Auto und meine Kleider hole ich später.« Sie hob die Tüte mit der Statue auf und fügte hinzu: »Und vielen Dank für die neue Göttin, Mom.«

Dann eilte sie, in der einen Hand den Schirm, in der anderen ihre kostbare Tüte, über den aufgeweichten Rasen zum südlichen Ende der Ferienanlage bis zu dem schmalen Pfad entlang des Zauns an der Klippe. Es war schon dunkel und der Pfad schlüpfrig. Über sich konnte sie nur undeutlich das fahle gelbe Licht der Straßenlaternen erkennen. Es nieselte nur noch, aber sie wusste, dass der Regen bald wieder mit unverminderter Stärke einsetzen würde. Nur ein paar Schritte hinter dem Zaun donnerte die Brandung an die Felsen.

Vor ihrem Grundstück angekommen, blieb sie kurz stehen. Da sie niemanden hinter ihrem Cottage entdeckte, kletterte sie über den niedrigen Holzzaun. Dann schlenderte sie möglichst unauffällig zum Patio, obwohl sie am liebsten gelaufen wäre.

Den ganzen Tag hatte sie trotz des Stresses die Nerven bewahrt. Doch als sie jetzt zu ihrer Linken eine Bewegung wahrnahm, ließ sie vor Schreck ihre Schlüssel fallen.

»Wer ist da?«, rief sie.

»Jemand ist an der Hintertür!«, schrie ein Mann. Dann wurde sie von einem Lichtstrahl erfasst.

Salome tastete nach den Schlüsseln und versuchte hektisch, den richtigen ins Schloss zu stecken. Ihr Vater hatte ihr die falschen Schlüssel mitgegeben! Von drinnen konnte sie das Telefon läuten hören. Das Geräusch zerrte noch mehr an ihren Nerven.

Jetzt konnte sie nur noch eins tun.

Mit gesenktem Kopf und den Schirm schützend vor sich haltend, ging sie in Richtung Lichtquelle.

Irgendjemand ging zu dem Mann neben ihr, aber sie konnte nur einen Regenmantel und Stiefel erkennen.

»Wer sind denn Sie?«, fragte die ihr bekannte Stimme einer Nachrichtensprecherin des Lokalsenders.

»Das Dienstmädchen.«

»Wo ist Salome Waterhouse? Wir müssen mit ihr reden.«

Ohne zu antworten, lief Salome zu ihrer Haustür.
»Wenn Sie zu Hause ist, würden Sie sie bitten, herauszukommen?«
Der penetrante Reporter folgte ihr bis zur Tür. »Kann ich nicht mit reinkommen? Ich habe es satt, hier im Regen rumzustehen.«
Was für eine Frechheit!, dachte Salome, antwortete aber nicht.
»Es ist sehr wichtig. Ich muss mit ihr reden. Ich bringe sie ins Fernsehen.«
Wenig verlockend, dachte sie und drehte den Türknauf.
Dann hörte sie jemanden über die Straße rennen.
»Salome!«, rief Emily. Sie musste mal kurz in ihr Haus gegangen sein. »Salome!«, rief sie wieder.
Ihren Schirm als Schutzschild benutzend, schlüpfte Salome durch die Tür, knallte sie zu und schloss ab.
Von draußen konnte sie Emily hören. »Das war sie. Das war Salome.«
»Nein. Das war das Dienstmädchen.«
»Das Dienstmädchen? Sie hat kein Dienstmädchen.«
Dann wurde gegen die Tür gehämmert. Salome lief schnell zu der Glaswand, die ihren Patio begrenzte, und zog die Vorhänge zu.
Das Läuten des Telefons hatte mit dem Einschalten des Anrufbeantworters aufgehört. Salome ging durch alle Räume und schloss die Vorhänge. Im Arbeitszimmer drehte sie den Klingelton des Telefons leiser. Auf dem Display konnte sie lesen, dass sie fünfzehn Anrufe bekommen hatte. Ein Rekord.
Sie ging in die Küche und schenkte sich ein Glas Kirin-Bier ein.
Dann zog sie im Flur ihre Regenkleidung aus. Während sie ihr Bier trank, hörte sie, wie Emily mit dem Reporter vor ihrer Tür stritt.

»Wie oft soll ich Ihnen das noch sagen? Ich bin eine Freundin von ihr. Mit mir wird sie reden. Aber ihr habt sie erschreckt.«

»Ich bin hier, weil ich eine Stellungnahme von ihr haben will. Und vorher gehe ich nicht.«

»Verschwinden Sie mit Ihrem Van! Lassen Sie mich allein mit ihr reden.«

Stille.

Nach einer Weile bat Emily: »Salome! Ich weiß, dass Sie da drin sind. Bitte, reden Sie mit mir. Es ist zu Ihrem eigenen Besten – damit die Gerüchte aufhören.«

Gerüchte! Was für Gerüchte?, dachte Salome.

»Wissen Sie schon, dass die O'Kellys die Zeitung verkaufen wollen? Und Michael O'Kelly ist in der Stadt, weil er sich darum kümmern will. Doch diese Story könnte uns das Überleben sichern, Salome. Was wäre Holyrood ohne das *Echo*. Reden Sie mit mir. Ich brauche Ihre Version der Geschichte jetzt, damit sie noch morgen in der Zeitung steht. Aber Redaktionsschluss ist um zehn. Wir haben nicht mehr viel Zeit.«

Jetzt begriff Salome, dass Emily mit den Fernsehleuten konkurrierte.

Eigentlich hätte sie sich einfach mit ihrem Bier ins heiße Wasser in die Badewanne setzen können und die Medienvertreter draußen im Regen verschimmeln lassen. Aber Emily hatte magische Worte gesprochen, nein, mehr als magische Worte – eher traumagische, wenn es einen solchen Terminus gab.

Denn Michael O'Kelly war ihre erste große Liebe gewesen und eine verbotene dazu. An der High School waren sie zusammen gewesen, natürlich heimlich. Bis sein jüngerer Bruder von ihrer Beziehung erfahren und seinen Bruder bei seinem Vater, Brian O'Kelly, verpetzt hatte.

Brian war den jungen Leuten in einer Dezembernacht gefolgt,

hatte sie auf dem Parkplatz im Auto am Strand überrascht und brutal aus dem Wagen gezerrt.
Und während der Bruder Michael nach Hause fuhr, hatte Brian – der Rassist – Salome nach Otter Haven gefahren, wo ihre Eltern gerade eine Weihnachtsparty gefeiert hatten. Außer sich vor Wut hatte er die weinende Salome hinter sich hergezerrt und inmitten der Gäste eine Kaskade hässlichster, fremdenfeindlicher Beschimpfungen losgelassen. Hätte damals Hector Gonzaga nicht geistesgegenwärtig mit einem Freund den pöbelnden O'Kelly gepackt und in sein Auto verfrachtet, wäre sicher Blut geflossen.
Am nächsten Tag hatte Brian Michael in ein Internat in Massachusetts gesteckt, und Salome hatte ihn nie wieder gesehen.
Die Zeit heilt alle Wunden, heißt es so schön. Doch als Salome jetzt wusste, dass er irgendwo in der Nähe war, ja als sie nur seinen Namen gehört hatte, war ihr ganz heiß geworden, und ihr Mund fühlte sich wie ausgetrocknet an.
Schnell trank sie einen Schluck Bier.
»Wenn Sie nicht über diese Geschichte reden, werden die Leute glauben, dass Sie etwas zu verbergen haben. Jeder, der irgendwann mal mit Palmer oder dem Perfume Mansion zu tun hatte, wird interviewt. Wenn Sie mir jetzt ein Exklusiv-Interview geben, garantiere ich Ihnen, dass ich mit meiner Berichterstattung zu Ihnen und Ihrer Familie halte. Sie wollen doch sicher nicht, dass Ihr Vater diesem Rummel ausgesetzt wird. Vor allem nicht nach seinem Herzinfarkt.«
Emilys erpresserischer Versuch, die Gesundheit ihres Vaters ins Spiel zu bringen, gefiel Salome nicht. Aber sie war ihr für die Information, dass sich Michael in der Stadt aufhielt, dankbar. Über dreißig Jahre waren seitdem vergangen. Er war nicht einmal zur Beerdigung seines Vaters gekommen, wie sie gehört hatte.
Doch Emily hatte auch Recht. Ihr Dad war zu angegriffen,

um das alles durchzustehen. Sie musste ihn schützen, sozusagen als Puffer wirken.
Also riss Salome trotz aller Ängste und Befürchtungen die Tür auf und zog Emily schnell herein.

11

Diese Geste hatte Emily momentan die Sprache verschlagen. Wie angewurzelt stand sie mit großen Augen da, während Salome die Tür verschloss.

»Seien Sie so nett und ziehen Sie Ihre Schuhe aus. Im Wandschrank im Flur stehen Pantoffeln«, sagte Salome, nahm ihr Bier und marschierte in Richtung Arbeitszimmer. Dann änderte sie ihre Meinung. Sie wollte Emily nicht in ihrem Heiligtum haben.

»Möchten Sie ein Bier oder lieber Kaffee?«, fragte sie.

»Kaffee wäre schön.«

Vom Flur aus gelangte man direkt in das weiträumige Wohnzimmer. Vor dem nach Süden gehenden Panoramafenster hingen schwere eierschalenfarbene Vorhänge, die jetzt die herrliche Sicht nach draußen versperrten. In regelmäßigen Abständen hatte sie bei ihrem Einzug vor fünf Jahren neun miteinander verbundene rote Quasten aufgehängt, um das Ruhm-Feld ihres Zimmers besser zu gestalten, denn sie wollte die Vorhänge nicht durch rote ersetzen.

Die Nordwand des Raums beherbergte einen aus örtlichem Flussgestein gemauerten Kamin. Darüber hing ein echter Andrew Annenberg: eine phantastische Unterwasserszenerie mit Delphinen und einer Pyramide im Hintergrund.

Auf einem dicken Berberteppich standen rechts und links vom Kamin zwei mit wassergrüner Seide bespannte Sofas. Neben den Sofas standen zwei zierliche japanische *Tansu*-Kommoden mit polierten Messingbeschlägen, die als Tische dienten, darauf zwei in Blassgrün und Gold glasierte Porzellanlampen mit dazu passenden silbernen Schirmen.

Zwischen den Sofas stand ein niedriger Couchtisch aus Teakholz mit nach innen gekrümmten Beinen. Auf die glänzend polierte Oberfläche hatte Satomi in einer ovalen durchsichtigen Glasschüssel mit opaken weißen Steinen am Boden ein Ikebana arrangiert: ein knospender Baumbuszweig und zwei Wasserlilien.

Im Familien-Gua, an der Ostwand, stand ein langes Sideboard mit Familienfotos, von zwei bequemen Polsterstühlen flankiert. Darüber hing ein Wandbild, eine Darstellung des japanischen Drachenpferds, Kirin. Symbol großen Glücks und Reichtums, in lebhaften Rottönen auf goldene Seide gemalt.

Salome warf einen Blick auf den Drachen und bat stumm um Schutz für ihre Familie. Dann ging sie in die Küche. Dort kam ihr eine Idee.

Kurz darauf kehrte sie mit einem Tablett ins Wohnzimmer zurück. Darauf standen ein frisches Glas Bier und ein Becher mit altem Kaffee von gestern Abend.

Nie hätte ihre Mutter einem Gast abgestandenen Kaffee angeboten, nicht einmal Emily. Doch Salome dachte anders darüber. Ihrer Meinung nach konnte Emily froh sein, dass sie sie überhaupt ins Haus gelassen hatte. Außerdem hegte Salome noch einen alten Groll: Sie hatte Emily nie verziehen, dass die Journalistin Salomes Scheidung in die Schlagzeilen gebracht hatte.

Emily stand vor dem Kamin und betrachtete das Gemälde. »Wo haben Sie denn dieses Bild aufgetrieben? Noch nie habe ich etwas Ähnliches in hiesigen Galerien gesehen.«

»In San Francisco. Bitte, nehmen Sie Platz«, antwortete Salome. Sie hatte keine Lust, über Malerei zu reden. Schließlich war Emily nicht deswegen gekommen.

»Das ist ein sehr schöner Raum«, sagte Emily mit einem leichten Vorwurf in der Stimme. Denn seit Salome das Haus von ihren Eltern gekauft hatte, war Emily nicht mehr hier gewesen.

»Danke.«
»Ich kann mich noch erinnern, Ihre Großmutter hatte überall im Haus Telefone, sogar im Badezimmer.«
»Ja, das war eine ihrer Marotten«, entgegnete Salome mit einem Lächeln. Mit jedem anderen und zu jeder anderen Zeit hätte sie gern über ihre Großmutter gesprochen, aber nicht jetzt, unter diesen Umständen.
Emily hielt einen kleinen Recorder hoch und fragte: »Macht es Ihnen etwas aus, wenn ich unser Gespräch aufnehme?«
»Eigentlich wäre es mir lieber, Sie würden sich nur Notizen machen«, antwortete Salome seufzend. »Aber es ist wohl besser so. Dann kann ich nicht falsch zitiert werden.« Und muss vorsichtiger sein mit dem, was ich sage, dachte sie. »Sie bekommen jetzt Ihr Exklusiv-Interview, Emily. Doch nur zu meinen Bedingungen. Wenn Sie die nicht akzeptieren, reden wir noch eine Weile übers Wetter. Und das war's dann.«
»Wie lauten Ihre Bedingungen?«
»Ich möchte gern, dass Sie einen Artikel über meine Mutter als Künstlerin schreiben. Über ihr Ikebana und ihre Aquarelle. Und dass Sie erwähnen, dass bisher keine einzige Galerie in Holyrood ihre Bilder ausgestellt noch der einzige Blumenladen ihre Arrangements präsentiert hat. Verstehen Sie, worauf ich hinauswill?«
Emily fuhr sich übers Gesicht und schüttelte dann den Kopf. Sie saß in der Klemme.
»Sie wissen doch, dass den O'Kellys die Läden gehören, die die Galeristen gemietet haben. Und der Florist ist auch ein O'Kelly. Muss ich noch das *Echo* erwähnen? Wenn ich eine solche Geschichte schreibe, kann ich meinen Job vergessen.«
»Habe ich Sie nicht vorhin sagen hören, dass die Zeitung verkauft werden soll und dass Michael O'Kelly deshalb in der Stadt ist ...«
Noch ehe Salome es genießen konnte, seinen Namen laut auszusprechen, unterbrach Emily sie.

»Ich arbeite noch bis Ende Februar, dann ist mit der Zeitung Schluss. Außer dieser erscheinen nur noch zwei Ausgaben. Und die Artikel werden kontrolliert. Das wurden sie immer.«

»Vielleicht ist es an der Zeit, dass *Sie* endlich mal die Kontrolle übernehmen. Rütteln Sie Ihre Leser auf, und schreiben Sie einen richtig guten Artikel über diesen Mord – und die Hintergründe. Über Fakten, die schon jahrelang unter den Teppich gekehrt wurden. Kommen Sie, Emily. Sie haben lange genug gekuscht. Wachen Sie auf! Jetzt haben Sie die einmalige Gelegenheit, ihr Können zu beweisen. In einem Monat soll Schluss sein, haben Sie gesagt? Sie haben es sogar in der Hand, aus dieser Zeitung, die ja nur alle vierzehn Tage erscheint, eine Wochenzeitung zu machen.«

Emily nippte an ihrem Kaffee, verzog das Gesicht und stellte ihren Becher wieder hin. Salome konnte sehen, wie der Ehrgeiz in ihr erwachte.

»O Mann!«, sagte Emily. »Das erinnert mich an die schreckliche Zeit, als ich Volontärin beim *Berkeley Barb* war.«

Sie starrte Salome eine Weile an und fuhr dann fort: »Wissen Sie, wie ich mich jetzt fühle: völlig verwirrt. In meinen kühnsten Träumen hätte ich nie an eine solche Möglichkeit gedacht.«

Darauf schüttelte sie ihren grauen Kopf, als müsste sie ihre einstigen Ideale wie Integrität und Wahrhaftigkeit von jahrelangem Staub befreien, und platzte dann heraus: »Soll ich in dem Artikel über Ihre Mutter auch Fotos bringen?«

Innerhalb einer Viertelstunde hatten die beiden Frauen die Richtlinien für die Story festgelegt, und Emily hatte eine neue Freundin gewonnen.

Salome korrigierte auch das Gerücht, sie habe Perfume Mansion um halb acht verlassen statt zu diesem Zeitpunkt dort eingetroffen zu sein. Doch sie weigerte sich strikt, etwas über den Zustand des Leichnams auszusagen.

»Das kann ich erst, wenn Phyl ihr Okay dazu gibt.«
»Haben Sie eine Ahnung, wer Sie zu einer Feng-Shui-Beratung in Ihr Haus geschickt haben könnte?«, fragte Emily.
»Nein, nicht die geringste.«
»Wer sind Ihre Klienten hier am Ort?«
Das war natürlich eine gute Frage, die Salome aber nicht beantworten würde. Vielleicht würde Phyl darauf bestehen, dass sie diese Namen preisgab, was sie jedoch nicht hoffte. So etwas war ihr noch nie passiert, und sie würde eher ins Gefängnis gehen, als ihre Klienten zu verraten.
»Die Namen meiner Klienten sind vertraulich. Ich kann sie nicht nennen, es sei denn, sie autorisieren mich dazu.«
»Treiben Sie das nicht etwas auf die Spitze, Salome? Schließlich sind Sie doch nichts anderes als eine exklusive Innenarchitektin.«
Die Bemerkung verletzte Salome, aber es stand zu viel auf dem Spiel. Deshalb beherrschte sie sich und lachte, ein probates Feng-Shui-Mittel gegen die Geringschätzung ihres Metiers.
»Was ist daran so lustig?«, fragte Emily.
»Wahrscheinlich ist Ihnen der Unterschied zwischen meinem Beruf und dem einer Innenarchitektin nicht ganz klar. Während die Letztere Architektur und Design studiert hat, gründet sich mein Wissen auf eine uralte chinesische Naturlehre, die die Harmonie von Geist, Seele und Körper der Menschen anstrebt.«
Die Antwort schien Emily kurz zu verwundern, doch dann fragte sie: »Glauben Sie, dass Drogen bei diesem Mord eine Rolle spielten?«
»Wie ich schon sagte, ich weiß nichts über Palmers Privatleben«, antwortete Salome und zuckte mit den Schultern.
»Palmer hatte mit richtig zwielichtigen Typen Umgang.«
»Woher wissen Sie das?«
»Ich habe natürlich mit Dora geredet. Und das Perfume Mansion ist in dieser Hinsicht ja auch nicht ganz astrein.«

»Wie? Das höre ich zum ersten Mal.«

»Das können Sie mir doch nicht weismachen, Salome! Ich bin zwar erst seit fünfzehn Jahren hier, aber ich kenne alle Geschichten. Während der Prohibition hat Ihr Großvater Schnaps geschmuggelt. Damals landeten unten in der Bucht Schiffe, dann wurde das Zeug mit einem Boot den Fluss hoch transportiert und in den Kellerräumen des Hauses gelagert. Dasselbe passierte in den sechziger Jahren, nur da wurde Marihuana aus Mexiko geschmuggelt.«

»Das sind doch alles nur Gerüchte, keine Tatsachen.«

»Ich will ja nicht behaupten, dass Ihr Großvater davon *wusste*. Es wäre leicht gewesen, sich einen Schlüssel zu der flussabwärts gelegenen Tür zu besorgen und das Gras dort nachts zu lagern, während der alte Joshua oben schlief. Jeder, der dort arbeitete, hätte sich einen Schlüssel besorgen können.«

»Und das schließt Doras Eltern, ja sogar sie selbst mit ein.«

»Dora ist eine grundehrliche Haut. Aber es gab damals eine Menge Illegale, meistens Mexikaner, die im Garten arbeiteten. Die Whalens kümmerten sich ums Haus; Mrs. Whalen arbeitete als Haushälterin und Köchin; Mr. Whalen war für alle übrigen Arbeiten zuständig, also auch für die Gärten. Natürlich sprachen beide fließend Spanisch. Da hätte sich leicht mit seinem Wissen ein Dealer einschleichen können.«

»Wenn das der Fall war, warum sind sie dann als Hausangestellte geblieben? Mit den Drogen hätte er doch viel mehr Geld verdienen können.«

»Wäre er gegangen, hätten sich die Umstände völlig verändert, dann hätte er die Gans verloren, die goldene Eier legt. Außerdem zahlten die beiden keine Miete. Es könnte interessant sein, das alles mal zu überprüfen.«

»Die O'Kellys würden sich wie die Geier auf diese Geschichte stürzen, weil sie auf meine Familie ein schlechtes Licht wirft.«

»Sie haben mir doch vorgeschlagen, dass ich den Tatsachen

auf den Grund gehen soll«, sagte Emily, warf einen Blick auf ihre Armbanduhr und steckte ihren Recorder wieder ein. »Ich gehe jetzt besser in die Redaktion und schreibe meine Geschichte, damit sie rechtzeitig erscheint.«
Als Salome Emily zur Tür brachte, sagte sie so beiläufig wie möglich: »Wird Michael von seiner Frau begleitet?«
»Michael?«
»Michael O'Kelly.«
»Ach so. Nicht dass ich wüsste. Ich habe ihn erst kennen gelernt und weiß nur, dass er einen Harvard-Abschluss hat.«
»Wissen Sie zufällig, wo er wohnt?«, fragte Salome. Die Frage war ihr entschlüpft, ehe sie sich bremsen konnte.
»Na, sicherlich nicht im Otter Haven, oder?«, antwortete Emily und lachte. Dann warf sie Salome einen argwöhnischen Blick zu. »Warum wollen Sie das wissen, Salome?«
»Er war immer ein anständiger Junge. Nicht wie die anderen O'Kellys.«
»Ach, ich dachte schon, Sie hätten ihn auf dem Kieker.«
»Nein. Ich bin nur neugierig. Ich habe mich immer bemüht, mich aus den Zwistigkeiten herauszuhalten.«
»Er wohnt in der Frühstückspension seiner Tante. Bei der Konkurrenz, falls man diese Bruchbude so nennen kann. In dieser Hinsicht können die O'Kellys wahrhaftig nicht mit den Waterhouses mithalten. Dabei ist das Haus auch phantastisch gelegen, mit Sicht über die ganze Stadt.« Plötzlich kam ihr ein Gedanke, und ihre Augen wurden ganz groß. »Von dort aus kann man Perfume Mansion perfekt einsehen. Vielleicht hat jemand was bemerkt. Das könnte zu einer Spur führen.«
Während Emily ihren Regenmantel anzog, bat Salome: »Bitte geben Sie den Fernsehleuten keine näheren Auskünfte, wenn sie noch da sein sollten.«
»Oh, die sind sicher noch da. Aber das ist überhaupt kein Problem. Sie kannten Ihren Mieter ja kaum. Natürlich wer-

den sie wissen wollen, warum ich so lange bei Ihnen geblieben bin. Ich erzähle ihnen einfach, dass wir darüber geredet haben, was nun mit Ihrem Besitz geschehen soll. Das ist von keinem öffentlichen Interesse und hat mit dem Verbrechen nichts zu tun.« Dann schloss Emily stolz: »Das Wesentliche können die Jungs dann morgen früh im *Echo* lesen. Das ist jetzt *meine* Story.«

Moralisch gestärkt und gegen den Regen gewappnet sah Emily Salome lange an. »Danke, Salome«, sagte sie aufrichtig. »Vielleicht haben Sie eben die Zeitung und meinen Job gerettet.«

»Vergessen Sie unsere Abmachung nicht.«

»Wie könnte ich? Und ich verspreche Ihnen, dass die Journalisten Ihren Vater in Ruhe lassen.«

Als Sprecherin der Besitzerin des Perfume Mansion redete Emily mit den Fernsehleuten in der Auffahrt. Später war sie bei den Zehn-Uhr-Nachrichten zu sehen und gab sich wortkarg. Salome hätte sich wegen Emily keine Sorgen zu machen brauchen, das war Emilys Story.

Salome ging in ihr Arbeitszimmer und hörte den Van davonfahren. Sie seufzte erleichtert und hatte das Gefühl, dass die Ströme negativer Energien nun wichen und den positiven wieder Platz machten.

Doch sie wusste, dass ihr nur eine Atempause blieb, denn Palmer war ein berühmter Maler gewesen und das Interesse an seinem gewaltsamen Ende dementsprechend groß – bis sich die Medien für ein neues spektakuläres Unglück interessierten.

Salome setzte sich an ihren Schreibtisch, hörte ihren Anrufbeantworter noch einmal ab und notierte die Namen der Anrufer, die sie zurückrufen wollte: Janelle, Barbara Boatwright und zwei Klienten in San Francisco. Von den restlichen elf Anrufen waren zwei von ihrer Mutter, zweimal klickte es nur, weil der Anrufer aufgelegt hatte, ohne sich zu

melden, und sieben vom *Bay Area TV* und von Zeitungsreportern.
Die Klienten rief sie zuerst an, obwohl beide ohne Angabe von Gründen ihre Termine abgesagt und auch nicht um einen Rückruf gebeten hatten.
»Hi, Alice«, sagte sie betont fröhlich. »Salome Waterhouse am Apparat.«
»Hmm, ja ... hm ... ich habe im Moment so viel zu tun und möchte die Feng-Shui-Beratung lieber aufschieben.«
»Ich kann Sie auch am Telefon beraten, falls Sie das wünschen. Sie faxen mir einfach den Grundriss Ihrer Wohnung, und ...«
»Danke, aber ich verzichte lieber darauf, Salome. Tut mir Leid.«
»Okay«, entgegnete Salome honigsüß. »Dann rufen Sie mich eben wieder an, wenn Sie es sich anders überlegen sollten.«
Salome legte auf und rief den zweiten Klienten an, einen jungen schwulen Banker, den sie durch Mandy kennen gelernt hatte. Nach zweimaligem Läuten schaltete sich der Anrufbeantworter ein. Salome fing gerade an zu erklären, dass sie auch telefonische Beratungen durchführe, als der Banker sich meldete.
»Sehen Sie, Mrs. Waterhouse, ich habe erfahren, dass Ihnen das Haus gehört, in dem ein schwuler Maler ermordet wurde. Und Sie wollen mir weismachen, Feng Shui wirkt, wenn auf Ihrem Besitz ein Mord geschieht? Dass ich nicht lache.« Er legte auf.
Das tat weh. Aber Salomes Unbehagen schwand, als ihr bewusst wurde, was der Banker gesagt hatte. Schwuler Maler? Palmer Fordham schwul? Mandy hatte gesagt, er habe ihn gekannt. Aber Mandy kannte auch eine Menge Heterosexuelle. Was sollte sie davon halten?
Eine Weile saß sie untätig an ihrem Schreibtisch, weil sie Angst vor weiteren Absagen hatte. Dieser Mord konnte für ihren

Beruf ruinös sein. Sie bekam Kopfschmerzen und war den Tränen nahe. Nicht einmal der Gedanke, Michael O'Kelly ganz in der Nähe zu wissen, konnte sie heiterer stimmen.

12

Ein paar Blocks weiter entfernt saß Michael O'Kelly ebenfalls an einem Schreibtisch, doch im Turmzimmer des dritten Stocks der vergammelten Pension seiner Tante Livia. Er nippte an seinem Whisky und starrte durch die vom Regen gepeitschten Fenster hinaus auf die Stadt.
Vorhin hatte ihm seine Tante ein Tablett mit einer Flasche Glenlivet, einem Eiskübel und einem Glas gebracht, es auf den Nachttisch neben dem Bett gestellt und die Vorhänge zugezogen. Ziemlich förmlich hatte sie ihn zum Fernsehen unten in der Lounge eingeladen, ganz so, als wäre ihr Neffe ein gewöhnlicher zahlender Gast. Er hatte mit dem Hinweis auf seine zu erledigende Arbeit dankend abgelehnt und die Vorhänge wieder aufgezogen, sobald sie gegangen war.
Er konnte es noch immer nicht fassen, dass er jetzt nach fünfunddreißigjähriger Abwesenheit wieder in Holyrood war; und seine Gedanken und Gefühle galten der Vergangenheit und vor allem Salome Waterhouse.
Am Abend zuvor hatte er die Fernsprechauskunft angerufen und erfahren, dass eine Salome Waterhouse dort nicht aufgeführt war. Doch heute hatte er Emily Harkin beiläufig gefragt, ob sie Salome kenne.
»Sie wohnt in derselben Straße wie ich, im Haus gegenüber«, hatte Emily geantwortet. In der Redaktion hatte er dann im Ortsverzeichnis ihre Telefonnummer gefunden.
Als er endlich den Mut aufgebracht hatte, sie anzurufen, und ihre Stimme hörte, die ihn bat, eine Nachricht zu hinterlassen, hatte er keinen Ton herausgebracht und mit zitternden Händen wieder aufgelegt. Er hasste sich wegen seines pubertären

Verhaltens und fragte sich, ob seine so sorgfältig während dreißig langer Jahre aufgebaute Fassade jetzt zusammenbrechen würde – und falls das geschah, ob dann überhaupt noch etwas übrig blieb.

Von Zweifeln geplagt, stand er auf und ging über den fadenscheinigen Teppich zum Fenster. Er fuhr mit der Hand durch sein struppiges graues Haar und dachte: Du lieber Himmel, nur zwei Anrufe, und du stellst dein ganzes Leben in Frage.

Früher einmal hatte er die Aussicht von diesem viktorianischen Haus seiner Tante geliebt. Holyrood war ihm wie verzaubert vorgekommen. Doch jetzt erinnerte ihn der Anblick der Kleinstadt im Regen an schlecht gemalte Aquarelle, die er während der Hochzeitsreise widerstrebend auf Drängen seiner Frau in Paris gekauft hatte. Damals hatte er es noch nicht gewusst, aber seine Frau war mehr an den Malern als an ihren Werken interessiert gewesen und kaum ein Jahr nach der Hochzeit nach Paris zurückgekehrt. Und dank des Vermögens ihres Vaters hatte er weder sie noch die hässlichen Bilder jemals wiedergesehen.

Er leerte sein Glas, füllte es mit Eiswürfeln und einem gehörigen Schuss Scotch und ließ seinen Blick über die schäbige Einrichtung wandern.

Gleich nach seiner Ankunft war er durch den Ort geschlendert und hatte halb gehofft, halb gefürchtet, Salome zu begegnen. Zwar hatte er sie nicht gesehen, aber der Kontrast zwischen dem Otter Haven und der Pension seiner Tante sowie dem heruntergekommenen Cottage seines Onkels Damon gleich vor der eleganten Lodge machte ihm bewusst, welch ein Unterschied zwischen den beiden Familien bestand, und hinterließ das Gefühl der Scham, ein O'Kelly zu sein.

Vor fünfunddreißig Jahren war das Victorian mit seinen neun Zimmern ein einladendes Haus gewesen, proper und gepflegt, mit blitzblanken Fenstern und einem mit silbernen Kugeln und Lametta geschmückten Weihnachtsbaum, unter

dem sich die liebevoll verpackten Geschenke hoch auftürmten.
Umso schockierender war für ihn der jetzige Zustand des Hauses gewesen. Außen wie innen blätterte die Farbe von Mauern und Wänden, oder die Tapeten lösten sich ab. Die Fenster starrten vor Schmutz. Im von Unkraut überwucherten Garten lagen umgestürzte Plastikstühle.
Wo einst ein Kronleuchter in der Lobby gehangen hatte, klebte eine flache, runde Plastikleuchte voller toter Insekten unter der Decke und spendete trübes Licht, doch nicht so trübe, dass er nicht erkennen konnte, dass der Boden anstatt mit Teppichen jetzt mit abgetretenem Linoleum bedeckt war. Es roch muffig und nach Schimmel – ein deprimierender Ort.
Doch seine Tante schien diese niederdrückende Atmosphäre nicht zu bemerken, als sie ihn willkommen hieß. Falls man ihren kühlen Empfang so nennen konnte.
»Hallo, Michael«, hatte sie gesagt. »Du siehst gut aus.«
»Tante Livie!« Er wollte sie umarmen, hielt aber sofort in der Bewegung inne, als sie zurückwich und er den Ausdruck in ihren Glupschaugen sah. Da wusste er: Sie hatte ihm nie vergeben, dass er sich in eine Waterhouse verliebt hatte – oder dass er nicht zur Beerdigung seines Vaters, ihres Bruders, gekommen war.
»Deine Mutter sagte mir, sie wisse nicht, wie lange du bleibst«, sagte Livia und stellte sich hinter die kleine Empfangstheke. »Sie hat das Zimmer auf *ihre* Kreditkarte reservieren lassen.«
Michael griff in die Innentasche seines marineblauen Kaschmirmantels und zog seine Brieftasche hervor. Er entnahm ihr eine Platin-Kreditkarte. Wenn sie ihm auch keine freundschaftlichen Gefühle entgegenbrachte, auf sein Geld war sie scharf.
»Nimm die hier. Und gib mir das Formular, das du für Mutter ausgefüllt hast.«

Als seine Tante ihm seine Kreditkarte zurückgab, umspielte ein zuckersüßes, aber hartes Lächeln ihren Mund. Sie reichte ihm dann das Visa-Formular mit dem Namen seiner Mutter, Mary Jane O'Kelly. Er zerriss es und steckte die Papierfetzen ein.

Nachdem Livia einen Schlüssel vom Haken in einem kleinen Wandschrank genommen hatte, ging sie zur Treppe. Er folgte ihr über die knarrenden Stufen in den dritten Stock und vermied es, auf ihren ausladenden Hintern in dem grauen Wollrock zu starren. Doch er hörte bei jedem Schritt das Kratzen ihres härenen Hemdes – spitze Stacheln, die sich in die Hüfte bohrten; eine katholische Erfindung, die die Gedanken der sündigen Trägerin stets auf Jesus Christus und nicht auf die Sinnenlust lenken sollte.

Das muss ausgezeichnet wirken, dachte Michael. Denn seiner Tante fehlte jegliche Lust, einschließlich der Lebenslust.

»Auf Anweisung deiner Mutter habe ich ein paar Flaschen Scotch gekauft, die ich dir natürlich auf die Rechnung setze, plus Lieferkosten. Für alle Telefonate gilt der Tarif für Ferngespräche, also wundere dich nicht, wenn du die Rechnung bekommst.«

Auf dem ersten Treppenabsatz wandte sie sich schwungvoll nach rechts. Der derart erzeugte Luftstrom roch penetrant nach Urin.

Michael starrte weiter auf den abgetretenen alten Teppich mit dem verblassten Blumenmuster.

»Mary hat für dich die Hochzeitssuite reserviert. Die ist pro Tag fünfundzwanzig Dollar teurer und hat ein eigenes Bad. Frühstück gibt's zwischen sieben und neun Uhr. Nicht eine Minute länger.«

»Ich esse außerhalb.«

»Die Bettwäsche wird nicht gewechselt, und frische Handtücher gibt's nur, wenn du welche verlangst.«

»Auch zu einem Extratarif?«

Jetzt lachte Tante Livia krächzend.
Nachdem Michael allein im Zimmer war und sie ihm versprochen hatte, in einer Stunde den Whiskey, zu bringen – was sie extra berechnen würde –, hatte er als Erstes das Handy aus seiner Aktentasche genommen und die Nummer des weitläufigen Hauses in den Bergen hinter dem Highway gewählt.
»Sag mal, Mom. Was habe ich eigentlich getan, derartig bestraft zu werden?«

Michael trank seinen zweiten Scotch, zog seinen Mantel an und griff nach dem Regenschirm, den er gekauft hatte. Er hatte Hunger. Obwohl die rosa Neonreklame des Beach Bistro seinen Appetit nicht besonders anregte, sah es so aus, als wäre es das einzige Restaurant, das geöffnet hatte. Nach dem Essen wollte er einen langen Spaziergang machen. Der Regen störte ihn nicht – daran hatte er sich in Neuengland seit langem gewöhnt.
Vielleicht würde er sogar bei Emily Harkin vorbeischauen. Um übers Geschäft zu reden, sagte er sich.

Aufräumen und Putzen waren für Salome keine lästigen Pflichten, sondern eine Art und Weise, das Haus zu ehren und sich zwangsläufig damit selbst zu ehren. Außerdem waren sichtbare Resultate schnell zu erzielen und erhöhten das Wohlbefinden. In einem sauberen und ordentlichen Haus konnte die Chi-Energie ungestörter fließen und sorgte somit für eine harmonische Atmosphäre. Wären mehr Menschen – und vor allem Männern – diese Prinzipien vertraut, würden sie derartige Arbeiten auch nicht mehr als eine lästige Pflicht betrachten.
Deshalb zündete sie ein Räucherstäbchen mit Kieferndutt an, legte ein Band mit Taiko-Trommeln in die Stereoanlage und korrigierte den Chi-Fluss in ihrem Arbeitszimmer.

Als sie die zerbrochenen Teile Kuan Yins aufsammelte, dankte sie der Göttin für ihren jahrelangen Schutz und entschuldigte sich für das jähe Ende.
Sie nahm die polierten Steine aus dem Zimmerbrunnen und beschloss, ihn auf die andere Seite des Raums in den Bereich »Hilfreiche Menschen« zu stellen. Sie musste auch den Bereich »Anerkennung/Ruhm« stärken, entschied sich aber, dieses Mal nur eine rote Kerze auf die Fensterbank zu stellen.
Als sie den aus Harz geformten Boden des Brunnens umdrehte, entdeckte sie das dort klebende Label. Die Schrift auf rotem Grund schien ihr geradezu in die Augen zu springen.
MADAME WUS HAUS DER WEISHEIT.
Ein angenehmes Prickeln überlief ihre Haut. Madame Wu hatte ihr diesen Brunnen geschenkt, ein Dank an eine Schülerin, die sich mit großer Hingabe dem Feng-Shui-Studium gewidmet hatte.
Nachdem sie den Brunnen und die neue Kuan-Yin-Göttin auf einem kleinen Tisch arrangiert hatte, schaltete sie die Musik aus und segnete den Raum.
Nachdem das Ritual beendet war, ging sie zu ihrem Schreibtisch und suchte die Telefonnummer ihrer Mentorin heraus.
Salome hatte Madame Wu vor fast zehn Jahren in Arlington, Virginia, anlässlich eines Vortrags über Feng Shui kennen gelernt, den sie im Rahmen einer Konferenz über östliche Philosophie gehalten hatte. Nach dem Vortrag hatte Salome Madame Wu angesprochen, weil sie in ihr einen Menschen vermutete, der ihr geistig verwandt war. Die beiden Frauen hatten zusammen Tee getrunken und fast drei Stunden miteinander geredet.
Salome hatte ihr erzählt, dass sie schon von frühester Jugend an den Ausstrahlungen der Häuser gelauscht und intuitiv begriffen habe, dass es gute und schlechte Räume gebe, dass sowohl ihr Großvater als auch ihr Vater Häuser gebaut hatten

und dass sie es geliebt habe, mit ihrem Vater durch die Neubauten zu gehen, sie zu spüren, zu fühlen, ihren Geruch einzuatmen, und dass sie dann immer das Gefühl gehabt habe, sich im Innern eines geheimnisvollen Wesens zu befinden.
Daraufhin hatte Madame Wu geantwortet: »Wenn Sie bereit für den Lehrer sind, wird der Lehrer Sie finden«, und sich erboten, Salome zu unterrichten.
Weiterhin hatte sie erklärt, dass sie ihren Beruf sowohl an der Ostküste in Washington, D.C., als auch in San Diego ausübe.
Fortan war Salome bei Madame Wu vier Jahre in die Lehre gegangen, manchmal in ihrem Haus in der Nähe des Dupont Circle, manchmal hatte sie sie bei ihren Konsultationen begleitet. Außerdem hatte Salome jede erreichbare Literatur über diese Lehre gelesen und Freunde in Washington und New Orleans beraten, wo Gabriel für seine Kriminalromane Recherchen anstellte.
Madame Wu betrachtete Salome in der Kunst des Feng Shui als Naturtalent und hatte nach dieser langen Lehrzeit schließlich erklärt, ihre Schülerin sei fähig, auf eigenen Füßen zu stehen.
Etwa um diese Zeit hatte Madame Wu ihre Dependance in San Diego eröffnet und Salome so weit vertraut, dass sie ihr einen Teil ihrer Klienten in Washington übergeben hatte.
Jetzt wählte Salome Madame Wus Nummer, in der Hoffnung, ihre ehemalige Lehrerin möge zu Hause sein. Wenn es jemanden gab, der ihr raten konnte, dann war es Grace Wu.

13

Dafür, dass Madame Wu in San Diego anstatt in Washington, D.C., eine Feng-Shui-Schule mit einem angegliederten Geschäft eröffnete, war nicht das milde Klima, sondern allein das Bagua ausschlaggebend gewesen. Da New York als Gateway zu den Vereinigten Staaten galt, wurde es von Feng-Shui-Praktikern als der »Mund des Chi« bezeichnet. Und da New York im Gua Hilfreiche Menschen/Reisen lag, besetzte San Diego den Bereich Wohlstand/Reichtum – eine gute Position für geschäftlichen Erfolg.

Als Madame Wu den Telefonhörer abnahm, hörte Salome im Hintergrund leise chinesische Musik.

Während der nächsten Viertelstunde erzählte Salome ihrer Mentorin, was an diesem Tag alles geschehen war: dass sie eine Leiche gefunden hatte, wie stark die Ausstrahlung negativer Energie mit der Kraft des Bösen im Perfume Mansion sei, dass sie die Göttin Kuan Yin zerbrochen habe, dass potenzielle Klienten in San Francisco ihre Beratungstermine abgesagt hatten und dass sie Angst davor habe, einen Haus-Exorzismus zur spirituellen Reinigung durchzuführen.

Nachdem Madame Wu geduldig zugehört hatte, sagte sie mit leicht britischem Akzent, weil sie mehrere Jahre in Hongkong gelebt hatte: »Meine Liebe, natürlich dürfen Sie Ihr Haus weder vermieten noch verkaufen, ehe Sie es einer spirituellen Reinigung mittels eines Haus-Exorzismus unterzogen haben. Sie haben dieses Ritual noch nie vollzogen, nicht wahr?«

»Nein. Deshalb möchte ich Sie um Hilfe bitten.«

»Rufen Sie mich an, wenn Sie wieder frei über Ihr Haus verfügen können. Nächste Woche fliege ich zu einer Konferenz nach Neuseeland, aber ich hinterlasse Telefonnummern, unter denen Sie mich erreichen können.

In der Zwischenzeit gilt es Vorkehrungen zu treffen. Als Erstes rate ich Ihnen, die Suche nach dem Mörder der Polizei zu überlassen. Ich weiß, dass Sie sich wegen Ihrer jahrelangen Zusammenarbeit mit einem Krimiautor für eine fähige Detektivin halten, aber lassen Sie die Finger davon. Ich spüre bereits, dass Sie in Gefahr sind.«

»Ich wüsste nicht, von welcher Seite mir Gefahr drohen könnte.«

»Zum einen haben Sie sich bei der Entdeckung der Leiche in den Bereich eines ungeheuer starken Shas begeben, das bewirkt hat, dass sie gestürzt sind, sich am Kopf verletzt und Kuan Yin zerstört haben. Zum anderen haben Sie vielleicht etwas gesehen, was dem Mörder entgangen ist. Wenn er bis jetzt nicht weiß, dass Sie die Erste am Tatort waren, wird er es bald erfahren.

Wir können gewisse Maßnahmen zu Ihrem Schutz ergreifen, aber darauf komme ich gleich zurück. Sie müssen sich alle Informationen über Ihr Haus verschaffen, einschließlich des Datums, an dem es bezugsfertig war – denn das ist der Geburtstag des Hauses.«

»Warten Sie bitte einen Augenblick, Madame Wu.«

Salome ging zu ihrem Zeichentisch und warf einen Blick auf die Baupläne. In der oberen rechten Ecke des ersten Plans standen der Name ihres Großvaters und ein Datum.

»Ich weiß nicht, ob an diesem Tag das Haus bezugsfertig war, aber auf dem Plan steht das Datum 9. September 1919. Wie oft die Neun darin vorkommt!«

Madame Wu schnappte hörbar nach Luft, ehe sie verkündete: »Das ist ein sehr günstiges Datum.«

Nach einer kurzen Pause fuhr sie fort: »Finden Sie so viel wie möglich über die Bewohner des Hauses heraus, vor allem über die Menschen, die als Erste dort gewohnt haben. Denn auf ihren dort hinterlassenen Spuren gründen sich alle weiteren Geschehnisse. Wichtig ist auch, was in der unmittelbaren Umgebung des Hauses passiert ist. Denn die negativen Energien, die Kräfte des Bösen, die Sie dort gespürt haben, können auf eine schreckliche Tat hinweisen, die irgendwann entweder auf Ihrem Grundstück oder in der Nähe geschehen ist.«

Da erzählte Salome Madame Wu ihr Kindheitserlebnis und dass sie fest an die Existenz dieses Kellerraums glaube, obwohl auf dem Grundriss kein Hinweis darauf zu sehen sei.

»Das ist ja sehr interessant«, sagte Madame Wu. »In so einem Raum würde Sha stagnieren und sich schädlich auf die Bewohner auswirken. In welchem Gua liegt die Küche?«

»In der Sektion Reichtum.«

»Hmm. Eine sehr günstige Position für finanzielle Sicherheit. Und wo steht der Herd?«

»Leider war ich seit fünf Jahren nicht mehr im Haus, Grace. Ich weiß also nicht, ob irgendwelche Veränderungen vorgenommen worden sind. Aber ich frage die Haushälterin. Ihre Familie hat sich von Anfang an um das Haus gekümmert. Sie kann mir auch sagen, in welchem Zimmer der Ermordete geschlafen hat, wo sein Bett steht und so weiter.«

»Denken Sie daran, dass die Geschichte eines Hauses für die Vorbereitung eines Exorzismus und einer spirituellen Reinigung von essenzieller Bedeutung ist, sonst könnte es böse Überraschungen geben. Wenn es dort jedoch ein geheimes Gelass gibt, könnte man die negative Energie durch Einreißen der Wände freisetzen. Unter gewissen Umständen genügt es allerdings auch, die Tür einfach zu versiegeln.«

In der Feng-Shui-Praxis wurde die »Versiegelung einer Tür« mit einer Mischung aus Arsendisulfid und Alkohol vorgenommen. Damit wurden bestimmte Punkte an der Innenseite der Schlafzimmer- und aller Haustüren betupft und anschlie-

ßend eine transzendentale Segnung vorgenommen. Der Rest dieser Mischung wurde im Zentrum der Zimmer verspritzt und die Wirkung durch weitere Segnungen verstärkt.
»Und jetzt zu Ihnen, Salome«, fuhr Madame Wu fort. »Als Erstes müssen Sie Ihr Haus von Grund auf reinigen und kleinere Reparaturen vornehmen. Schaffen Sie vor allem im Bereich Hilfreiche Menschen, Karriere und Anerkennung/Ruhm Ordnung. Diese Regel gilt für das Grundstück, das Haus und jeden einzelnen Raum.«
Daran hatte Salome natürlich schon gedacht, aber es wäre unhöflich gewesen, Madame Wu darauf hinzuweisen.
»Haben Sie eine Garage?«
»Ja. Aber sie ist nicht an das Haus angebaut.«
»Gut. Unterziehen Sie die Garage demselben Ritual. Und danach widmen Sie sich Ihrer transzendentalen Arbeit. Ich weiß, dass ich Ihnen das alles eigentlich nicht sagen müsste, aber ich möchte Sie in Ihrem Vorhaben bestärken, indem ich diese Punkte noch einmal betone.«
Dann sprachen die beiden noch eine Weile über verschiedene Energieverstärker wie Kristallkugeln, Windspiele, Pflanzen und Farben.
»Es tut mir Leid, dass Ihnen etwas so Schreckliches passiert ist, meine Liebe. Aber Sie müssen sich jetzt vor allem selbst schützen, Ihren Ruf retten und Fakten über die Vorgeschichte von Perfume Mansion sammeln.«
»Ich werde mich darum kümmern.«
»Denken Sie immer daran, dass wir an jedem Tag unseres Lebens gutes Chi empfangen können.«
»Grace, ich danke Ihnen, dass Sie sich so viel Zeit für mich genommen haben.«
»Mein Segen möge Sie begleiten.«
Salome legte auf und holte tief Luft.
Sie überlegte kurz, ob sie Madame Wus Rat befolgen und keine Ermittlungen auf eigene Faust anstellen sollte. Aber sie

konnte nicht mehr zurück, denn jetzt bot sich ihr zum ersten Mal seit zwanzig Jahren die Gelegenheit, die Kenntnisse, die sie als Assistentin ihres Exmannes erworben hatte, anzuwenden. Und wenn sie Informationen über die Vorgeschichte von Perfume Mansion sammelte, könnte sie währenddessen unauffällig auch Fragen zur jüngsten Vergangenheit einstreuen.

Obwohl sie das Gespräch mit Madame Wu geistig angeregt und ihr Mut gemacht hatte, war sie körperlich erschöpft. Um die Nachrichten auf ihrem Anrufbeantworter würde sie sich morgen kümmern. Aber es war wohl besser, Phyllis den Namen, die Anschrift und Telefonnummer von Palmers Schwester mitzuteilen, da ihre Cousine seine nächste Verwandte benachrichtigen musste.

Als Salome das Klicken von Phyllis' Anrufbeantworter hörte, atmete sie erleichtert auf, da sie glaubte, nicht die Kraft zu haben, der Polizeichefin zu erklären, wie und warum sie an diese Daten gekommen war.

»Phyl, hier spricht Salome. Palmer hat eine Schwester – Babette Fordham – in Houston«, sprach sie auf das Band und fügte noch die Telefonnummer hinzu. Als sie auflegen wollte, fiel ihr noch etwas ein. »Ach, und vielen Dank, dass du mir erlaubst, zu Mandy zu fahren. Ich melde mich im Polizeirevier ab und wieder an, wenn ich zurückkomme.«

Dann schaltete sie das Licht in ihrem Arbeitszimmer aus und tappte zu ihrem Schlafzimmer. Als sie die Tür – im Bereich Wissen – öffnete und die Deckenlampe einschaltete, blieb sie so abrupt stehen, als wäre sie gegen eine Wand geprallt. Vielleicht lag es daran, dass Michael O'Kelly in der Stadt war, denn sie betrachtete zum ersten Mal seit fünf Jahren ihr Zimmer mit professionellem Auge. Ihr war plötzlich ziemlich klar, warum sie kein Liebesleben hatte, obwohl ihr Schlafzimmer im Partnerschafts-Gua des Hauses lag.

Tatami-Matten bedeckten den Boden, in der hinteren, rechten Ecke lag zusammengerollt ein Single-Futon und alte, verblichene weiße Vorhänge hingen an den Fenstern – es war ein farbloser, uninteressanter Raum. Das Futon lag zwar im Partnerschafts-Gua, aber dicht an der Wand.

Hätte sie im Haus eines Klienten ein ähnliches Schlafzimmer betreten, wäre ihr sofort klar geworden, wie das Liebesleben ihres Klienten aussah, und ihre Analyse hätte gelautet: Ein größeres, von beiden Seiten zugängliches Futonbett gehört hierher; runde Nachttische mit dazu passenden Lampen; dekorative Gegenstände immer paarweise, zum Beispiel zwei Wandbilder, zwei Figurinen, aber weder Spiegel noch Fernsehgerät. Ein Schlafzimmer, in dem wir etwa ein Drittel unseres Lebens verbringen, sollte nur zwei Zwecken dienen: dem Schlafen und der Erotik. Obwohl manche Menschen Spiegel sexuell anregend finden, kann der Anblick des eigenen Körpers beim plötzlichen Erwachen nachts das persönliche Chi erschrecken. Ein Erlebnis, als würde man einen Geist sehen. Und das führt mit der Zeit zu seelischen und physischen Problemen.

Salome war auch dagegen, Fernsehgeräte in Schlafzimmer zu stellen, riet aber den Leuten, die unbedingt im Bett fernsehen wollten, das Gerät abzudecken, wenn es nicht benutzt wurde.

Und sie würde ihrem Klienten zu Pastellfarben raten. »Ein sanfter Pfirsichton für diese eintönig weißen Wände.«

Da prasselte ein Regenguss gegen die Fenster und riss Salome aus ihren Gedanken. Sie holte ein Kissen und eine Steppdecke aus dem Schrank und rollte das Futon auf. Sie musste innerlich darüber lachen, dass sie ausgerechnet in ihrem Schlafzimmer an Michael O'Kelly hatte denken müssen. Hauptsache war doch, dass sie in diesem Raum gut schlief. Außerdem war er wahrscheinlich glücklich verheiratet und hatte in all den Jahren nicht einmal an sie gedacht.

Auf der gegenüberliegenden Straßenseite ging Emily Harkin in ihrem Haus geschäftig von Zimmer zu Zimmer. Sie prüfte den Inhalt ihrer Hausbar, plusterte die Sofakissen auf, bereitete eine Käseplatte mit Crackers vor und hatte ein ganz anderes Chi im Kopf. Michael O'Kelly hatte sie in der Redaktion des *Echo* angerufen und um ein Treffen in ihrem Haus gebeten. Warum kommt er nicht einfach in die Redaktion?, hatte sie sich gefragt, war der Bitte des Sohns des Besitzers jedoch gern nachgekommen. Da ihr Artikel fertig war, hatte sie ihn ihrem Redaktionsassistenten zur Korrektur gegeben, damit er rechtzeitig in Druck gehen konnte. Michael O'Kelly hatte am Telefon gesagt, er wolle sich mit ihr zusammen ein paar »Kniffe« überlegen.

Natürlich war damit der Verlag gemeint, aber diese Bemerkung hatte unterschwellige Gefühle in ihr geweckt. Warum wollte er sich mit ihr in einer intimen Umgebung treffen? Sie beide waren Erwachsene in den besten Jahren, und auch Michael war geschieden, wie sie heute erfahren hatte. Außerdem war er im Gegensatz zu seinen Verwandten, diesen Ratten, mit denen sie seit Jahren zu tun hatte, sehr attraktiv und sexy.

Emily ging ins Bad und zog sich aus. Im Spiegel über dem Waschbecken musterte sie kritisch ihren Oberkörper.

Wie seltsam, dachte sie. War ich nicht vor kurzem noch eine schöne Frau mit einer guten Figur? Was ist passiert? Warum hängt mein Busen jetzt?

Sie stellte sich auf den Toilettendeckel, drehte sich um und betrachtete über die Schulter ihren Hintern. Nicht schlecht. Pobacken und Oberschenkel waren noch straff, die Beine schlank und wohlgeformt, weil sie jeden Tag von ihrem Haus zum Verlag und zurück zu Fuß ging.

Sie stieg vom Toilettendeckel, steckte ihre Haare unter eine rosa Badekappe und trat in die Duschkabine. Anstatt weiterhin über die Auswirkungen der Zeit auf ihren Körper nachzugrübeln, schweiften ihre Gedanken zur *Historical Society*, die jetzt im ehemaligen Polizeirevier, um die Ecke vom Verlag, untergebracht war. Der Verein hatte bestimmt genügend Material für ihre zukünftige Artikelserie, denn im Archiv des *Echo* befanden sich natürlich keine Unterlagen, in denen Nachteiliges über die O'Kellys stand. Aber Mavis Hicks-Dulane, die Vorsitzende der *Historical Society*, würde wissen, wo die Leichen vergraben waren, und war womöglich auch im Besitz von Dokumenten, die als Beweise dienen konnten.

Wie Salome ihr vorgeschlagen hatte, würde sie von nun an unerbittlich recherchieren und sich als kämpferische Journalistin profilieren. Solange die O'Kellys noch die Besitzer des Verlags waren, konnte sie ihre Artikel natürlich nicht veröffentlichen. Das wäre beruflicher Selbstmord. Sie musste sehr vorsichtig sein und durfte ihre persönlichen Dateien nur auf ihrem Computer zu Hause speichern. Michael hatte auch erwähnt, dass sich ein »richtiger« Zeitungsverlag weiter unten an der Küste für das *Echo* interessiere. Vielleicht sollte sie eine Kehrtwendung um hundertachtzig Grad machen, nicht mehr über einen Verkauf jammern, sondern ihm dazu raten. Dann müsste sie natürlich um ihren Job kämpfen und den neuen Besitzer davon überzeugen, die Integrität des *Echo* zu wahren und die Zeitung nicht wie viele andere zu einem Käseblatt verkommen zu lassen.

Und wer weiß? Vielleicht stieß sie bei ihren Nachforschungen auf Palmer Fordhams Mörder? Tatsächlich würde sie nicht einmal ausschließen, dass ein Mitglied des O'Kelly-Clans diesen Mordplan ausgeheckt hatte …

Da erstarrte Emily plötzlich. Großer Gott! Was war, wenn die Familie Michael als Killer nach Holyrood geholt hatte und diese Geschichte über den Verkauf des *Echo* nur als Vorwand diente? Michael war zwar kein besonders warmherziger Mann – aber um einen Menschen derart brutal zu erschlagen,

musste man entweder verrückt oder absolut skrupellos sein. Emily entspannte sich wieder und seifte ihren Körper mit stark duftender Lavendelseife ein. Dann überlegte sie, ob Damon O'Kelly, der in dem heruntergekommenen Cottage direkt neben dem Eingangstor zum Otter Haven Resort wohnte, als Mörder in Frage käme. Verrückt und skrupellos war er, aber wahrscheinlich viel zu trottelig, um eine derartige Tat zu begehen.
Dann wandte sich Emily angenehmeren Phantasien zu. Sie dachte an Michael O'Kelly und überlegte, wo er sie verführen würde. Auf dem Sofa? Auf dem Lammfell vor dem Kamin? Seltsamerweise fand sie die Vorstellung, er könne ein Mörder sein, höchst erregend.
Sie drehte das Wasser ab, schnappte sich ein Handtuch und blieb auf dem Weg ins Schlafzimmer noch einmal vor dem Spiegel stehen.
»Nehmt euch in Acht, Woodward und Bernstein, Watergate ist lange her. Jetzt ist Harkin an einer heißen Story dran.«
Und gegen den Anblick ihres Hängebusens gab es ein einfaches Mittel: Sie würde den Spiegel höher hängen.

14

Ich habe jedes Recht, hier zu sein, jedes Recht, jedes Recht, murmelte Phyllis vor sich hin, so wie Salome ihr Mantra, nachdem sie Palmers Leiche gefunden hatte. Aber statt beruhigend zu wirken, weckten diese Worte in ihr widersprüchliche Empfindungen. Einerseits hatte sie das Gefühl, Perfume Mansion widerrechtlich zu betreten, andererseits hatte sie als die in diesem Mordfall die Ermittlungen leitende Beamtin jedes Recht, hier zu sein – sogar allein und nach Mitternacht.

Ihre Dienststelle hatte nicht genug Personal, um vor dem Haus einen Polizisten zu postieren – ein Grund mehr für Phyllis, hier zu sein und sich zu vergewissern, dass niemand im Schutz der Dunkelheit widerrechtlich in das Haus eindrang.

Jetzt stand sie in der Eingangshalle im hellen Licht des Lüsters. Wie eine finstere Höhle öffneten sich vor ihr der Flur und das Treppenhaus. Sie trug noch dieselbe Kleidung wie am Morgen, hatte Latex-Handschuhe übergestreift und ihren kleinen Notfall-Kit zur Spurensicherung und eine Taschenlampe dabei.

Erst gegen Viertel nach elf hatte sie ihr Büro im neuen Polizeirevier verlassen, war nach Hause gefahren und hatte nach einem kleinen Imbiss und einem Martini schlafen gehen wollen. Aber irgendwie waren all die kleinen braunen Umschläge mit den Schlüsseln zum Perfume Mansion in ihrer Aktentasche gelandet, und sie hatte nach einem Schluck eisgekühlten Bombay-Gins nicht widerstehen können, diese Schlüssel auszuprobieren.

Selbstverständlich musste sie überprüfen, ob Dora Whalen,

Beth McCormick von Waterhouse Properties und Reggie Waterhouse der Polizei die richtigen Schlüssel ausgehändigt hatten. Und tatsächlich, die Ersatzschlüssel in dem mit *Otter Haven* beschrifteten Umschlag passten in kein Schloss. Natürlich unterstellte sie ihrem Onkel Reggie, er habe dem Beamten absichtlich die falschen Schlüssel ausgehändigt, aber angesichts seines Alters könnte er sich auf momentane Geistesabwesenheit berufen.
Da Palmer Fordhams Schlüssel noch nicht gefunden worden waren, hatte Phyllis noch einen Grund für ihren nächtlichen Besuch hier. Außerdem waren ihr jetzt nicht die Leute von der Spurensicherung und andere Beamte im Weg, und sie konnte sich ungestört auf die Suche nach eventuell übersehenen Indizien machen.
Da auch Fordhams Brieftasche unauffindbar war, konnte man bei der Tat eventuell von einem schweren Raubdelikt mit Todesfolge ausgehen. Vielleicht waren ein oder mehrere Fremde beim Einbruch von Palmer Fordham überrascht worden. Von der Kfz-Meldestelle hatte sie Palmers Geburtsdatum erfahren, womit Salomes Aussage – auch durch den von ihr vorgelegten Brief – bestätigt wurde, warum sie an diesem Tag ins Perfume Mansion gekommen war. Doch bei zu vielen scheinbar logischen Hinweisen schrillten bei Phyllis immer die Alarmglocken.
Nachdem sie ihre widersprüchlichen Gefühle überwunden hatte, ließ sie jetzt die Atmosphäre des Hauses auf sich wirken und redete sich ein, Perfume Mansion würde sie willkommen heißen. Sie hatte immer geglaubt, das Haus würde eines Tages ihr gehören. Im Gegensatz zu ihrer Cousine weckte das alte Gebäude keine irrationalen Ängste in ihr. Ihr Großvater musste gewusst haben, wie sehr sie Perfume Mansion liebte und wie stark Salomes Aversion gegen diesen Besitz war. Trotzdem hatte er es Salome vermacht. Dieser perverse Scheißkerl!

Doch jetzt, wo es ein Tatort war, gehörte Perfume Mansion ihr – ihr ganz allein. Da sie jahrelang als Detective bei der Mordkommission in San Francisco gearbeitet hatte, wusste sie natürlich, wie gefährlich eine emotionale Verbindung zum Mordopfer war. Und genau die ging sie im Augenblick ein, wenn auch auf sehr primitiver territorialer Ebene, denn für sie war das Haus das Opfer. Andererseits konnte gerade dieses intensive Gefühl für Perfume Mansion ihre Sinne schärfen und ihr bei den Ermittlungen helfen.

Es sei denn, wandte da die kleine Stimme ein, du missbrauchst dein Recht als Polizeichefin und zögerst die Ermittlung hinaus, damit du jederzeit und solange du willst Zugang zu diesem Haus hast.

Da hörte sie plötzlich ein leises, dumpfes Geräusch. War eine Tür zugefallen? Hatte eine Stiege unter einem leichten Schritt geknarzt? Oder seufzte das Haus unter der Bürde des Todes? Eine Bö konnte es nicht gewesen sein, denn draußen herrschte absolute Windstille, auch hatte es inzwischen aufgehört zu regnen.

Phyllis tastete hinter sich und schaltete das Licht aus. Dann zog sie ihre Waffe und merkte erst jetzt, wie dumm und leichtsinnig es von ihr gewesen war, sich praktisch als Zielscheibe zu präsentieren. Denn Mörder zog es oft an den Tatort zurück.

Lange blieb Phyllis reglos stehen. Sie lauschte und war wütend auf sich, weil ihre Gefühle stärker als ihr gesunder Menschenverstand gewesen waren.

Nach einer Weile war sie überzeugt, dass das Geräusch natürlichen Ursprungs gewesen war – vielleicht huschte eine Maus durchs Treppenhaus.

Die Waffe noch immer in einer Hand, das Notfall-Kit und die Taschenlampe in der anderen, ging sie leise die mit Teppich bespannte Treppe zum Wohnzimmer hinunter.

Unten angekommen, stellte sie ihr Notfall-Kit ab, ließ den

Strahl der Taschenlampe über die Wände gleiten und zuckte zusammen, als das Licht zwei Augen erfasste, die von der Veranda hereinstarrten.

Phyllis spürte ein Prickeln auf ihrer Haut, doch bei näherem Hinsehen erkannte sie, dass ein Waschbär ins Zimmer gespäht hatte, der jetzt über die Veranda tappte und unter den Bäumen verschwand.

Phyllis lachte nervös und verstummte dann abrupt. Wenn Salome die Wahrheit gesagt hatte und die Flügeltür bei ihrer Ankunft offen gestanden hatte, dann war sie wahrscheinlich nicht die ganze Nacht offen gewesen, sonst wären im Haus Spuren von nachtaktiven Tieren entdeckt worden.

Anhand der Ergebnisse der Autopsie – sie war für acht Uhr morgens angesetzt – würde sich der Zeitpunkt des Todes näher bestimmen lassen. Der Gerichtsmediziner hatte nach einer flüchtigen Begutachtung des Bluts unter Palmers Oberkörper, des Grads der Leichenstarre und der Körpertemperatur nur einen Zeitraum zwischen Mitternacht und drei oder vier Uhr morgens angeben können, da die gegebenen Umstände – der Tote hatte an der offenen Tür gelegen – entscheidenden Einfluss hatten.

Jetzt ließ Phyllis den Lichtstrahl über den Kamin wandern. Seltsam, dass Palmer am Abend zuvor kein Feuer gemacht hatte, obwohl Indizien darauf hinwiesen – leere Essenskartons in der Küche, die halbe Flasche Wein und zwei Gläser auf dem Couchtisch –, dass er Besuch gehabt hatte. Die Nacht war kalt gewesen. Der Thermostat war auf dreizehn Grad eingestellt gewesen – eine sehr niedrige Zimmertemperatur. Palmer hatte nur ein Paar halblange Shorts getragen – weitere Kleidungsstücke waren im Wohnzimmer nicht vorhanden gewesen. Ließ diese spärliche Bekleidung darauf schließen, dass ihn eine andere Person gewärmt hatte?

Hätte er jedoch in diesem Fall nicht ein romantisches Feuer im Kamin entzündet? Schon wegen der Atmosphäre? Bei sei-

nem Ruf als Frauenheld? Phyllis seufzte. Was wusste sie schon über die modernen Paarungsgewohnheiten der Männer?
Noch andere – oberflächlich betrachtet – bedeutungslose Einzelheiten machten Phyllis zu schaffen. Den kleinen Raum neben dem Wohnzimmer hatte Palmer als Büro benutzt. Im Gegensatz zu seinem Atelier oben war er ordentlich aufgeräumt und nur sparsam mit einem Eichenschreibtisch, einem Sessel und einem Aktenschrank mit zwei Schubladen eingerichtet. Hinter dem Ledersessel hing an der Wand ein digitales Telefon mit Anrufbeantworter, aber das schnurlose Mobilteil war nicht in der Halterung. Alle Nachrichten waren gelöscht, und der Klingelton war abgestellt worden, was darauf schließen ließ, dass Palmer nicht hatte gestört werden wollen. Warum hatte das Mobilteil dann unter dem Sofa und nicht daneben oder auf dem Couchtisch gelegen? Jemand musste es darunter gestoßen haben. Und warum hatte er es überhaupt mit ins Wohnzimmer genommen?
Jetzt ging Phyllis zu dem L-förmigen, aus einzelnen Sitzelementen bestehenden Sofa. Es war abgesaugt worden, um Haare und Fasern sicherzustellen. Phyllis überprüfte es noch einmal, drehte alle Kissen um und suchte nach den Schlüsseln und der Brieftasche. Dabei ließ sie der Gedanke an das Telefon nicht los.
Eine Frau hatte im Beach Bistro angerufen. Mit Hilfe der Wiederholtaste war festgestellt worden, dass als letzte Telefonnummer von diesem Apparat die des Restaurants gewählt worden war. Warum war die Frau nicht einfach ins Büro gegangen und hatte von dort aus angerufen? Schließlich hatte die Speisekarte in der Schreibtischschublade gelegen. Hätte sie die Speisekarte zusammen mit dem Telefon zu Palmer ins Wohnzimmer gebracht, damit er die Speisen auswählen konnte, hätte nach ihrem Anruf im Restaurant auch die Speisekarte noch im Wohnzimmer liegen müssen. Da die Speisekarte jedoch in der Schublade gefunden worden war – war-

um hatte sie dann nicht auch das Telefon wieder mit ins Büro genommen? Oder einfach vom Büro aus angerufen?
Und dann war da noch diese Akte auf seinem Schreibtisch – eine Lebensversicherungspolice über eine Million Dollar zu Gunsten seiner Schwester, Babette Fordham. War es ein Zufall, dass diese Police auf dem Schreibtisch gelegen hatte, nachdem sein Leichnam gefunden worden war? Oder hatte Palmer kürzlich noch einen Blick in die Police geworfen und es dann versäumt, sie in den Aktenschrank zurückzulegen, ehe er seinem Mörder begegnete?
Phyllis rief sich noch einmal ihr Gespräch mit Babette Fordham, der in Houston, Texas, lebenden älteren Schwester Palmers, ins Gedächtnis zurück.
Babette hatte zunächst völlig schockiert reagiert, als sie erfahren hatte, dass ihr Bruder unter rätselhaften Umständen gestorben sei – wie Phyllis sich ausgedrückt hatte –, und sich dann geweigert, über ihren Bruder zu sprechen. Und sie hatte Phyllis nicht geglaubt.
»Wer sind Sie überhaupt? Etwa eine Journalistin von der Boulevardpresse? Oder jemand, der einen perversen Sinn für Humor hat?«
»Ich gebe Ihnen die Telefonnummer des Polizeireviers in Holyrood. Sie können mich zurückrufen und sich vergewissern.«
»Quatsch! Das heißt doch überhaupt nichts. Es könnte trotzdem eine Falle sein.«
»Dann sagen Sie mir doch wenigstens, ob Sie im Besitz einer Lebensversicherung sind. Ausgestellt von« – Phyllis nannte die Gesellschaft und die Nummer der Police – »und datiert am 17. Dezember letzten Jahres.«
Schweigen am anderen Ende der Leitung.
»Ms. Fordham?«
Phyllis hörte ein Schluchzen und redete schnell weiter: »Wann haben Sie Ihren Bruder zum letzten Mal gesehen?«
»Zu Weihnachten. Ich war während der Feiertage bei ihm«,

sagte Babette, holte tief Luft und fragte dann: »Wie ist er gestorben?«
Phyllis ging auf diese Frage nicht ein, sondern hakte sofort nach: »Könnte Ihr Bruder Feinde gehabt haben?«
»Nein.«
»Wie lange waren Sie in Holyrood?«
Phyllis hörte Babette schniefen, ehe sie mit tränenerstickter Stimme sagte: »Zwei Wochen, glaube ich. Hören Sie, ich kann jetzt nicht weiter mit Ihnen reden.«
»Gibt es noch andere Verwandte ...«
Aber Babette hatte bereits aufgelegt.
Während des ganzen Tages hatte Phyllis versucht, Babette noch einmal zu erreichen, aber stets war das Telefon besetzt gewesen; sie hatte nicht einmal eine Nachricht auf dem Anrufbeantworter hinterlassen können. Dann hatte sie im Polizeirevier von Houston angerufen und gebeten, jemand möge zu Ms. Fordham gehen und mit ihr reden. Aber die Stadtpolizei hatte größere Probleme und weder Zeit noch genügend Beamte oder die Absicht, ihr zu helfen. Und da Phyllis dort keinen Kollegen kannte, konnte sie auch niemanden um einen Gefallen bitten.
Zudem war die Nutznießerin einer Lebensversicherung über eine Million Dollar nicht als Verdächtige auszuschließen, nur weil Phyllis telefonisch mit ihr in Houston Kontakt aufgenommen hatte – falls es tatsächlich Babette Fordham gewesen war, mit der sie gesprochen hatte.
Dann hatte Phyllis Britta damit beauftragt zu überprüfen, welche Flugverbindungen es morgens vom San Jose International und dem Monterey Airport nach Houston gebe. Sie hatte erst gegen Mittag mit Babette telefoniert, und – den zweistündigen Zeitunterschied zwischen der Küste und Houston eingerechnet – Babette hätte genügend Zeit gehabt, um von Holyrood zum nächsten Flughafen zu fahren und nach Houston zurückzufliegen.

»Überprüf auch die privaten Fluggesellschaften«, hatte sie Britta befohlen. »Jeder Flug muss angemeldet werden.«
Noch am Morgen hatte sie Britta angerufen und ihre Anordnung, Salome dürfe die Stadt nicht verlassen, aufgehoben. Als sie mit einem der Vertreter des Sheriffs sprach, hatte sie erfahren, dass der Oberboss im Urlaub war. Da sie wusste, dass er ein Pedant war, hatte sie den Vorwurf der Begünstigung einer Verwandten vermeiden wollen und deshalb zunächst auf strikter Einhaltung ihrer Anordnung beharrt.
Vom Wohnzimmer aus ging Phyllis die Treppe hoch zum Atelier im obersten Stockwerk des Hauses. In der Tür blieb sie stehen und wunderte sich aufs Neue über den seltsamen Anblick.
Wie schön dieser Raum früher gewesen ist, dachte sie. Von hier aus konnte man herrliche Sonnenauf- und Sonnenuntergänge betrachten. Jetzt standen überall nicht zusammenpassende Secondhandmöbel. Auf einer alten Ottomane mit verschlissenem rosa Samtbezug mitten im Zimmer hätte in den dreißiger Jahren die Schauspielerin Jean Harlow posieren können, den Kopf mit dem platinblonden Haar und dem grellrot geschminkten Mund auf der Lehne. Neunzehn Couchtische in allen Größen und Formen, manche zerlegt, waren überall verstreut. Dazwischen lagen etwa ein halbes Dutzend verschieden großer Plexiglasscheiben. Und etwa drei Meter von der Tür entfernt lag die Doppelmatratze.
Im Verlauf des Tages war Phyllis durch die fünf mit teuren Möbeln ausgestatteten Schlafzimmer geschlendert. In jedem stand ein französisches Bett mit prächtiger Tagesdecke und dicken Kissen. Aber Palmer hatte in diesen eleganten und bequem eingerichteten Zimmern nicht gewohnt und lieber auf dieser fleckigen Matratze mit der schmutzigen Steppdecke geschlafen.
Noch immer roch es im Zimmer nach Schweiß und Terpentin. Phyllis ging zu dem grob behauenen Holztisch an der

hinteren Wand. Er war mit Schachteln, Kohlestückchen, ausgequetschten Tuben mit Acryl- und Ölfarbe, Mayonnaisegläsern voller Pinsel und Zeichenblöcken übersät.
An der Wand lehnte eine Staffelei, darauf lag ein Zeichenblock. Auf allen Blättern waren Skizzen von Meeresgöttinnen in unterschiedlichen Posen zu sehen: schwimmend, ruhend, liegend mit aufgestütztem Kopf.
Rechts vom Tisch hatte eine seltsame Skulptur gestanden – der ein Meter fünfzig lange Unterleib eines Fischs mit Flossen, in den Farben Rosa, Grün, Blau und Gold schillernd. Die Skulptur war ins Labor gebracht worden. Als Phyllis sie zum ersten Mal gesehen hatte, war sie von den in schillernden Farben gemalten Schuppen fasziniert gewesen. Das Innere war so geformt, dass die Beine und der Unterleib eines Menschen hineinpassten. Phyllis hatte die Spurensicherung angewiesen, die Außenseite auf Fingerabdrücke zu untersuchen und von der Innenseite eventuell vorhandene Haare und Fasern zu entnehmen, ohne diese wundervolle Skulptur zu beschädigen. Vielleicht hatte jemand darin gesteckt. Mit wem auch immer Palmer Fordham seine letzte Nacht verbracht hatte – mit den Fingerabdrücken auf den Weingläsern und auf den Essenskartons würde sich die Identität dieser Person leicht feststellen lassen.
Unter dem Tisch lagen die Pappdeckel der Zeichenblöcke. Phyllis stellte sich vor, wie Palmer Skizzen angefertigt und die, die ihm nicht gefielen, weggeworfen hatte.
Wieder schweifte ihr Blick prüfend durch das Atelier. Neben der Tür hatte ein Haufen schmutziger Wäsche gelegen – die Wäsche von fünf Tagen, nicht allzu viel, gemessen an der Schlampigkeit eines ganz normalen Mannes –, der in einem Sack ins Labor gebracht worden war. Vielleicht befanden sich darunter Kleidungsstücke einer anderen Person. Palmer hatte das Badezimmer im zweiten Stock neben der Treppe benutzt. Über der Duschkabine hatte ein moderig riechen-

des Handtuch gehangen. Das Arzneischränkchen über dem Waschbecken war leer gewesen. Auf dem Beckenrand hatten ein mit Farbe verschmiertes Stück Seife und ein Wegwerfrasierer gelegen.

Aber die Spurensicherung hatte nirgends einen Hinweis auf Drogen gefunden. Nicht einmal in dem Labyrinth der Kellerräume – nur Säcke mit Gips und fischförmige Gipsformen, aber keine so schön modelliert wie der Fischleib im Atelier.

Dora hatte ihr erzählt, dass sich Palmer schon seit ein paar Wochen in seinem Atelier eingesperrt hatte. Wenn sie ihm das Abendessen brachte, musste sie an die Tür klopfen und dann das Tablett auf den Treppenabsatz stellen. Zweimal hatte er seine Schmutzwäsche in den Flur gelegt. Sie wusste nur, dass er an einem neuen Projekt gearbeitet hatte und von niemandem gestört werden wollte.

»Und das Telefon?«, hatte Phyllis gefragt. »Hat er den Apparat mit ins Atelier genommen?«

»Es hat immer auf der Anlage in seinem Büro neben dem Arbeitszimmer gelegen. Er hatte es so eingestellt, dass sich der Anrufbeantworter gleich nach dem ersten Läuten eingeschaltet hat. Und er hat mir gesagt, ich solle nicht drangehen.«

Phyllis verbrachte noch ein paar Minuten damit, in dem Chaos auf dem Tisch nach der Brieftasche, den Schlüsseln und irgendwelchen Spuren von Drogen zu suchen. Sie prüfte noch einmal gründlich die Ottomane und die Matratze. Es ärgerte sie ungemein, dass dieser früher so schöne Raum derart verschandelt worden war. Der Fußboden aus Hartholz war schmutzig und voller Farbkleckse, die Fenster mit dem herrlichen Ausblick waren mit schäbigen, alten Laken verdeckt, die er nur teilweise zur Seite geschoben hatte, um während des Malens Licht ins Atelier zu lassen.

Phyllis dachte an den mit Lebensmitteln voll gestopften Kühlschrank in der Küche. Trotzdem hatte er sich Essen kommen

lassen. Nein, korrigierte sie sich selbst, *jemand anders* hat die Bestellung aufgegeben. Eine Frau.
Und wie immer, wenn irgendetwas nicht stimmte, summte es in ihrem Hinterkopf.
Ein paar Minuten später ging Phyllis die Treppe hinunter zur Tür hinaus. Sie schloss hinter sich ab und verstaute Notfall-Kit und Taschenlampe im Kofferraum ihres alten Mercedes 190 SL. Sie setzte sich hinters Steuer, streifte die Latex-Handschuhe ab und warf sie auf den Boden vor dem Beifahrersitz.
Der Zustand von Palmers Leichnam, der Fundort des Toten – das alles deutete auf eine Inszenierung hin, eine Inszenierung, die die Polizei verhöhnte, weil der Täter sie unterschätzte. Denn Inszenierungen verrieten den Cops oft mehr über den Täter, als ihm lieb sein konnte.
Phyllis klappte das Handschuhfach auf und kramte aus dem Versteck zwischen Straßenkarten eine Schachtel verbotener Zigaretten und das alte Zippo hervor, das Mandy ihr vor Jahren geschenkt hatte und auf dem eingraviert war: PHYL DIE PEST.
Nachdem sie die Zigarette angezündet hatte, lehnte sie sich entspannt zurück und rief sich ihr Gespräch mit Dora ins Gedächtnis. Die Befragung hatte gestern Morgen gegen Viertel nach neun in ihrem kleinen Cottage am Perfume Creek stattgefunden.

Dora war nicht sehr gesprächig gewesen, vor allem, was Besucherinnen im Perfume Mansion betraf.
»Ein paarmal habe ich eine junge Frau aus dem Badezimmer im zweiten Stock kommen sehen, als ich ihm das Abendessen vor die Tür gestellt habe. Er wollte nicht, dass ich mich in diesem Teil des Hauses aufhalte. Und der Schimmel im Bad …«
»Wann war das?«
»Vor ein paar Wochen.«

»Wer war die Frau?«
»Das weiß ich nicht.«
»Wie hat sie ausgesehen?«
Diese Frage war Dora sichtlich unangenehm gewesen, denn sie war auf ihrem Stuhl hin und her gerutscht, ehe sie geantwortet hatte: »Ach, ich weiß nicht ... *vulgär.*«
»Könntest du dich etwas präziser ausdrücken?«
»Na ja, sie hat wie ... hm, wie ein Flittchen ausgesehen.«
»Du meinst wie eine Hure?«
Dora war sofort förmlich in sich zusammengesunken, weil sie dieses Wort offensichtlich verabscheute. Schon lange hatte Phyllis keine derartige Reaktion mehr erlebt. Sie hatte Dora verwundert angeschaut, wie sie sich über ihre Stopfarbeit gebeugt und sorgfältig Faden für Faden durch die Wolle gezogen hatte.
Sie stopft!, hatte Phyllis gedacht. Haben Frauen mit solchen Arbeiten nicht spätestens nach dem Sezessionskrieg aufgehört?
»Dora, ich möchte dich nicht in Verlegenheit bringen, aber wir haben es hier mit einem Mord zu tun. Alles, was du über die Personen weißt, die im Perfume Mansion ein und aus gegangen sind, kann sehr wichtig sein. Verstehst du das?«
Daraufhin hatte Dora die Lippen geschürzt, das Stopfei in den Schoß sinken lassen und genickt.
»Sie war klein und hatte kurze blonde Haare. Sie ist immer an bestimmten Abenden gekommen – in Begleitung eines großen, gemein aussehenden Mannes. Auch er war blond und ist manchmal, während sie oben war, auf die Veranda gegangen. Aber vor ihr gab es noch andere.«
»Was meinst du damit?«
»Erst musst du mir versprechen, dass du alles, was ich sage, streng vertraulich behandelst.«
»Natürlich.«
»Nein, mir ist es ernst damit, Phyllis. Ich bin hier zu Hause,

und weil Waterhouse Properties mich immer neuen Mietern empfiehlt, muss ich auf meinen Ruf achten. Obwohl es bisher noch nie passiert ist, könnte mich einer der Mieter entlassen. Wie stehe ich denn da, wenn bekannt wird, dass ich Geheimnisse ausplaudere?«

Dora hatte ihr Stopfei wieder aufgenommen und die Nadel durch die Socke gezogen.

»Alles, was du mir erzählst, bleibt unter uns«, hatte Phyllis gesagt. Was nicht ganz der Wahrheit entsprach, denn sie zog stets Ralph Blue ins Vertrauen. Aber der Sergeant konnte schweigen wie ein Grab.

Dora hatte einen tiefen Seufzer ausgestoßen und gesagt: »Na ja, Barbara Boatwright ist seit Dezember regelmäßig gekommen. Ihr Mann hält sich im Ausland auf, weißt du.«

Als Dora sich wieder ihrer Arbeit gewidmet hatte, war Phyllis von dieser altmodischen Tätigkeit derart fasziniert gewesen, dass sie ihr eine Weile zugesehen, dann aber den Blick abgewandt hatte, weil sie sich nicht hatte ablenken lassen wollen.

»Barbara Boatwright?«, hatte sie gefragt. »Hat Palmer sie gemalt?«

»Von *Malen* kann keine Rede sein. Stell dir nur vor! Eine Frau in ihrem Alter macht sich völlig zum Narren und kommt zu jeder Tages- und Nachtzeit. Eines Abends, als Beth McCormick von Waterhouse Properties hier war, hat jemand an der Tür geläutet, und ich habe aufgemacht. Es war Barbara, und ich sagte ihr, Mr. Fordham habe zu tun, denn Beth und Mr. Fordham haben gerade zu Abend gegessen. Und was macht Barbara? Marschiert ums Haus herum und stürmt über den Patio direkt ins Esszimmer. Mr. Fordham hat ihr gedroht, wenn sie ihn nicht in Ruhe lasse, werde er ein Unterlassungsurteil beantragen. Junge, Junge, die ist vielleicht wild geworden! Sie hat etwas von ihrem Investment geschrien und mit ihrem Anwalt gedroht. Dann ist sie davongestürmt.«

»Wann war das?«
»Kurz nach Neujahr.«
»Hast du sie seitdem wieder gesehen?«
Dora schien sich für das Thema erwärmt zu haben, denn ihre Augen hatten gefunkelt. Phyllis hatte kurz ihr noch immer schönes, fein geschnittenes Gesicht betrachtet – ein Erbe ihrer spanischen Eltern. Als junges Mädchen war Dora eine dunkelhaarige Schönheit gewesen. Aber aus irgendeinem Grund hatte sie nie geheiratet. Und sogar jetzt noch, mit über sechzig und völlig ergraut, war sie eine bewunderswert schöne Frau, obwohl sie sich wie eine Vogelscheuche kleidete.
»Ein paar Mal. Und noch jemand hat sich hier rumgetrieben?«
»Ach ja, tatsächlich? Wer?«
»Ich habe keine Ahnung. Ein paarmal habe ich im Dunkeln jemanden zwischen den Bäumen hinter dem Haus gesehen. Ob es Barbara Boatwright war, weiß ich nicht, aber zutrauen würde ich es ihr.«
»Seit wann geht das schon so?«
Dora schien sich wieder nur für ihre Arbeit interessiert zu haben, sodass Phyllis die Frage hatte wiederholen müssen.
»Ich denke nach!«, hatte Dora sie angefaucht.
Offensichtlich hatte Dora ihre Arbeit als Vorwand benutzt, um Phyllis' Blick ausweichen zu können.
»Das muss nach seiner Halloween-Party gewesen sein«, sagte sie schließlich.
»Und warum bist du nie zur Polizei gegangen?«, hatte Phyllis sichtlich verärgert gefragt.
Palmer Fordham war womöglich schon seit Monaten verfolgt worden, und Dora war nie auf den Gedanken gekommen, die Polizei zu verständigen. Die Leute beschwerten sich ständig über die wachsende Kriminalität und den mangelnden Polizeischutz, wollten aber nicht mit hineingezogen werden. Das brachte Phyllis stets in Rage.

»Aber ich hab's *ihm* gesagt! Er hätte doch Anzeige erstatten können, wenn er gewollt hätte. Vielleicht hat er im Dunkeln nur irgendwelche albernen Liebesspiele getrieben. Auch mit Billie Ruth hatte er seit ein paar Jahren ein Verhältnis. Er ist ihr zwischen den Bäumen hinterhergerannt – beide waren fast nackt. Und es gab noch andere Frauen. Beth McCormick war völlig verrückt nach ihm. Die beiden haben es gern auf dem Rasen am Kliff getrieben.«
»Am helllichten Tag?«
»Natürlich nicht!«
»Hast du eine Ahnung, wer ihn gestern Abend besucht hat?«
»Nein.«
»Wo warst du gestern Abend?«
»Ich?«, fragte Dora entgeistert.
»Das ist doch nur eine harmlose Frage, Dora. Was hast du gestern Abend gemacht?«
»Ich habe weiter an meinem Afghan-Teppich geknüpft und Mr. Boelkerkes Socken gestopft. Dann bin ich zu Bett gegangen.«
»Wann war das?«
»Gegen zehn. Wie immer.«
»Und du hast niemanden im Perfume Mansion gesehen, und dir ist nichts Ungewöhnliches aufgefallen?«
»Ich habe doch nicht nachgesehen.«
»Aber manchmal schon, nicht wahr? Hast du auch mit ihm geschlafen?«
Dora hatte Phyllis einen mörderischen Blick zugeworfen, sich aber schnell wieder gefasst. »Allein diese Unterstellung ist abscheulich«, hatte sie empört gesagt, ihr Stopfei beiseite gelegt und war aufgestanden. »Geh jetzt bitte, Phyllis.«
»Sollte dir noch etwas einfallen – ganz gleich, wie unbedeutend es dir vorkommen mag –, ruf mich jederzeit an«, hatte Phyllis gebeten und ihr ihre Visitenkarte mit mehreren Tele-

fonnummern gegeben. »Und du musst deine Aussage auf dem Revier zu Protokoll geben. Außerdem brauchen wir deine Fingerabdrücke und eine Haar- und Blutprobe.«

»Fingerabdrücke und Haare von mir findest du bestimmt im ganzen Haus. Aber gewiss nicht mein Blut!«

»Das weiß ich, Dora. Diese Prozedur dient doch nur dazu, dich als Verdächtige auszuschließen. Du kannst dich natürlich weigern. Wenn du willst, lasse ich dich von einem Streifenwagen abholen und wieder nach Hause bringen.«

»Danke für dein Angebot, aber ich gehe lieber zu Fuß.«

Dann hatte Dora Phyllis förmlich in den Garten am Fluss hinausgedrängt. Aber ehe sie die Haustür hatte schließen können, war Phyllis noch einmal zurückgekommen und hatte gerufen: »Warte, Dora! Da ist noch etwas.«

Dora hatte Phyllis halb verärgert, halb amüsiert angesehen und gesagt: »Machst du jetzt etwa Columbo nach?«

»Hast du heute Morgen Salome gesehen, als sie das Haus über die Veranda verlassen hat?«, sagte Phyllis, ohne auf Doras Bemerkung einzugehen.

»Salome?«, entgegnete Dora überrascht. »Was hätte sie da zu suchen gehabt?«

»Hast du sie gesehen oder nicht?«

»Sie kommt doch nie ins Perfume Mansion. Nein, ich habe sie nicht gesehen.«

»Wann bist du heute Morgen aufgestanden?«

»So gegen acht Uhr«, hatte Dora geantwortet und Phyllis die Tür vor der Nase zugeschlagen.

Während Phyllis gierig ihre Zigarette rauchte, überlegte sie, ob Dora vielleicht Salome deckte. Sie nahm sich vor, Britta zu instruieren, Dora gehörig in die Mangel zu nehmen. Denn sie war überzeugt, dass Dora mehr über Palmer wusste, als sie preisgab. Und Britta konnte einen Stein zum Reden bringen. Zufrieden damit, dass ihr Gedächtnis, was Einzelheiten betraf, noch immer ausgezeichnet war, startete Phyllis den Motor und fuhr die Zufahrt hinunter.

Aber etwas bereitete ihr noch Unbehagen. Gestern hatte sie im Haus eine Art Tage- und Adressbuch gefunden und hoffte inständig, dass die Medien nicht zu früh Wind davon bekämen und darin stehende Namen herausfinden könnten. Im Lauf der Jahre hatte Palmer Fordham viele bekannte und reiche Damen der High Society als Meeresgöttinnen porträtiert. Unter ihnen war sie auf einen Namen gestoßen, der ihr Angst machte. Denn Palmer hatte eine dieser Ladys gemalt, als ihr Mann nur Gouverneur gewesen war. Doch jetzt war sie die First Lady.

15

In jedem kleinen Ort gibt es einen Dorftrottel. In Holyrood spielte Damon O'Kelly diese Rolle. Seit vierzig Jahren lebte er in dem heruntergekommenen Cottage neben dem Eingangstor zum Otter Haven, und seit vierzig Jahren gab er sich alle Mühe, durch sein verrücktes Benehmen und seine »Rasen-Kunst« Touristen zu vergraulen. Und genau das hatte der O'Kelly-Clan beabsichtigt. Aber wie so oft, wenn ein böser Zweck verfolgt wird, war das genaue Gegenteil eingetreten. Denn wie der Hafen und das pittoreske Aussehen des Städtchens war auch Damon zu einer Attraktion geworden.
Als Salome am frühen Morgen unter einem wolkenverhangenen Himmel auf dem Weg zu ihren Eltern – wo sie ihren Pick-up und ihre Kleider holen wollte – war, musste sie an Damons Cottage vorbeigehen.
In seinem von Unkraut überwucherten Vorgarten, den er als Atelier und Galerie nutzte, standen seine aus Holz geschnitzten Skulpturen, seltsame Gebilde, darunter ein Hund mit dem Gesicht eines Engels und Vampirzähnen, eine Madonna mit der Nase Pinocchios und einem Punk-Baby im Arm, ein gedrungener Troll mit drei Köpfen, und zwar die der letzten drei Präsidenten, und ein kopfloser Esel mit hoch erhobenem Schwanz, aus dessen Hintern der Kopf des derzeitigen Bürgermeisters schaute.
Plötzlich kam Damon aus der Haustür geschossen. Er war ein kleiner, gedrungener Mann, der aus demselben Redwood-Holz geschnitzt zu sein schien wie seine Skulpturen, nur dass auf seinem Kopf ein Wust rötlich grauen Haars wuchs. Salome wunderte sich immer, dass er nicht schlohweiß war, wenn

sie an die Phantasmagorien dachte, die seinen Kopf bevölkern mussten.

»Was willst du?«, knurrte er und schnappte sich eins seiner Schnitzmesser, das auf dem Tisch auf der Veranda lag. Er trug eine fleckige graue Trainingshose, ein dünnes, löchriges T-Shirt und eine pfirsichfarbene altmodische Damenlederjacke mit wattierten Schultern.

Er rannte auf sie zu.

»Nichts, Damon. Ich will gar nichts von dir.«

Schon als Salome und ihre Schwestern noch Kinder waren, hatte Damon sie verhöhnt. Doch über die Jahre war er zu einer Art vertrautem Kläffer geworden.

Er blieb am Zaun stehen und starrte Salome böse an, das Schnitzmesser in der Hand. Plötzlich wurde sein Gesichtsausdruck weicher. Er legte den Kopf schief und furzte laut.

»Die Salome-Oper, Oper! *Tutti con tutti!*«, sang er mit einer schönen Baritonstimme. Er hätte Opernsänger werden können, hätte früher Drogenmissbrauch nicht sein Hirn zerrüttet.

»Damon!«, rief Livia O'Kelly. Sie stand in der Haustür. »Komm jetzt rein, und iss dein Frühstück. Und Sie, Miss Waterhouse, kümmern sich am besten um Ihre eigenen Angelegenheiten.«

Obwohl Damon von den Ärzten als harmlos eingestuft worden war, stellte Salome diese Diagnose momentan in Frage. Sie hielt die O'Kellys für durchaus fähig, den alten Damon auf jemanden zu hetzen. Einer seiner hasserfüllten Brüder hätte ihn mit dem Befehl ins Perfume Mansion bringen können, sein Schnitzmesser einmal an Palmer Fordham auszuprobieren.

»Ich wünsche dir einen guten Tag, Damon«, sagte Salome und ging unter dem Torbogen hindurch.

Von den beiden war Livia die weitaus furchterregendere Person und schien wie ihr Bruder über spezielle Sensoren zu verfügen, die Alarm schlugen, wenn jemand aus der Waterhouse-Familie in der Nähe war. Sie machte ihm jeden Tag Frühstück und brachte ihm abends sein Essen. Salome fragte sich, ob Livia Michael erzählen würde, dass sie Salome heute früh gesehen habe. Wahrscheinlich nicht. Es sei denn, sie verkündete: »Ich habe heute diese grässliche Salome Winterhouse gesehen. Du kannst dir nicht vorstellen, wie alt sie geworden ist.«

Im Haus ihrer Eltern angekommen, holte sie ihre Sachen. Weder Satomi noch Reginald waren da. Beide waren Frühaufsteher und hatten wahrscheinlich in der Lodge zu tun.

Dann ging Salome ins Arbeitszimmer ihres Vaters. Es war kalt, die Vorhänge waren noch zugezogen, und die Heizung war nicht eingeschaltet. Sie kam sich wie ein Eindringling vor.

Als sie die Schreibtischlampe anknipste, hatte sie eine Idee. Welche bessere Informationsquelle außer Dora Whalen gäbe es über das Haus als die Tagebücher ihres Großvaters? Salome hatte sie einmal flüchtig durchgeblättert, doch die antiquierte, schwer zu entziffernde Handschrift hatte sie vom Lesen abgeschreckt.

Den Schlüssel zum Wandschrank, wo die Bücher in chronologischer Reihenfolge aufbewahrt wurden, fand sie in der obersten Schublade des Schreibtischs ihres Vaters.

Sie holte einen Teil der Tagebücher und schrieb ihrem Vater einen kurzen Brief:

> »Ich will die Geschichte des Perfume Mansion näher kennen lernen und habe mir deshalb Großvaters Tagebücher von 1918–1922 ausgeliehen.
> Grüße, Mei.«

Dann fuhr sie nach Hause, stellte den Pick-up in die Garage und trug die Tagebücher in ihr Arbeitszimmer. Dort wollte sie sie später lesen.

Während das letzte Sturmtief über die Küste hinwegzog, putzte Salome das ganze Haus und segnete jeden einzelnen Raum. Als das erledigt war, ging sie nach draußen.
Sie räumte die Garage auf, entfernte Spinnweben aus den Ecken, fegte den Boden und hängte ins einzige Fenster – glücklicherweise war es im Bereich Anerkennung/Ruhm – eine Kristallkugel an einem siebenundzwanzig Zentimeter langen roten Band auf. Das würde das Chi in dem sonst düsteren Raum verstärken.
Es klarte auf. Sie ging in den Garten, befestigte eine lose Latte am Zaun, zupfte Unkraut und fischte tote Blätter aus ihrem Teich im japanischen Garten, während das Windspiel im Baum laut sang.
Zufrieden mit ihrem Werk ging Salome ins Arbeitszimmer zurück. Ehe sie sich die Tagebücher ihres Großvaters vornahm, wollte sie noch die gestern erhaltenen Anrufe beantworten.
Barbara Boatwright meldete sich nach dem ersten Läuten. Salome konnte nicht anders: Sie stellte sich ihre Freundin vor dem Teleskop sitzend vor, wie sie in Palmers Atelier starrte.
»Großer Gott, Salome! Warum hast du gestern nicht zurückgerufen?«
Salome antwortete mit einer Frage: »Hast du mir Geld geschickt, damit ich im Perfume Mansion eine Feng-Shui-Analyse mache?«
»Nein, natürlich nicht. Aber ich habe davon gehört.«
»Wann hatte Palmer Geburtstag?«
»Der Junge wurde ermordet, und du willst wissen, wann er Geburtstag hatte? Das ist doch idiotisch! Willst du damit auf unseren Altersunterschied hinweisen?«
»Weißt du, wann er geboren wurde?«, beharrte Salome.
»Nein!«, antwortete Barbara laut seufzend.
»Hast du ihn ermordet, Barbara?«, fragte Salome, fast wider Willen, doch sie musste es tun, weil die Romanfigur Pri-

vatdetektivin Antoinette de Beauharnais in den Krimis ihres Exmanns diese Frage gestellt haben würde. Gleichzeitig wünschte sie sich, sie könnte jetzt das Gesicht ihrer Freundin sehen.

»Wie kannst du es wagen, mir eine solche Frage zu stellen?«, sagte Barbara empört. »Aber du kannst sicher sein, dass ich unbedingt wissen möchte, wer es getan hat, denn man will mir was anhängen.«

»Wie denn das?«

»Deine Cousine hat mich gestern besucht und wollte etwas über meine Affäre mit Palmer wissen. Wer ihr das geflüstert hat, wollte sie mir nicht sagen ... Ich denke, das warst du. Wie konntest du mir das antun? Ich werde verdächtigt! Mein Gott, wenn Charles das erfährt ...« Ihre Stimme verebbte.

»Ich habe es Phyl nicht erzählt. Das muss jemand anders gewesen sein. Seid ihr irgendwann mal zusammen gesehen worden?«

»Dora! Ich ... ich besuchte ihn eines Abends, als er mit dieser Maklerin aß, die für deinen Vater arbeitet. Beth sowieso.«

»Beth McCormick.«

»Ich habe mich da ziemlich blöd benommen. Wahrscheinlich hat Dora oder Beth das deiner Cousine erzählt.«

»Wann hast du Palmer das letzte Mal lebend gesehen?«

»Nicht mehr, seit wir uns getrennt haben. Das war vor ein paar Wochen.«

»Hast du ihn danach weiter beobachtet?«

»Nein«, sagte sie unsicher. »Na ja, nicht oft.«

»Also hast du weder ihn noch eine andere Person in der Mordnacht gesehen?«

»Ich war bis um zehn Uhr abends im Laden, bin dann sofort nach Hause gefahren und ins Bett gegangen. Jetzt wünschte ich, ich hätte geschaut. Aber ich kann nur das Atelier sehen. Die Sicht auf den Rest des Hauses wird durch Bäume blockiert.«

»Mach dir keine Sorgen. Nicht nur du stehst unter Verdacht. Phyl hat mich ebenso im Visier, weil ich die Leiche gefunden habe.«

»Dann werden wir ja immer mehr. Vielleicht sollten wir einen Club gründen«, sagte Barbara ironisch. »Gestern haben die Cops auch Billie Ruth vernommen. Das hat sie mir gestern Abend erzählt. Du meine Güte, sie hatte jahrelang ein Verhältnis mit Palmer und musste wie ich diese unwürdige Prozedur über sich ergehen lassen – Fingerabdrücke, Blutentnahme und Haarprobe. Ich habe das zuerst abgelehnt. Doch dann wurde mir klar, dass ich mich damit noch verdächtiger machte.«

»Hast du Billie Ruth von deiner Affäre erzählt?«

»Natürlich nicht! Sie muss sich wenigstens keine Sorgen wegen eines Ehemanns machen. Du lieber Himmel! Was da für ein Dreck an die Oberfläche kommt!«

Danach rief Salome Janelle Phillips an. Der Anrufbeantworter schaltete sich ein, und gerade als Salome eine Nachricht hinterlassen wollte, nahm Janelle ab.

»Salome«, sagte sie mit schriller und nervös klingender Stimme, »haben Sie eine Liste der Schulen?«

Zuerst wusste Salome nicht, wovon Janelle redete. Dann fiel es ihr ein: Sie knüpfte an die Unterhaltung von gestern Morgen an.

»Ja. Ja, natürlich. Feng-Shui-Schulen gibt es auf der ganzen Welt. Aber Sie wollen sicher eine Liste von den hiesigen Schulen.«

»Ja. In den Staaten.« Dann sagte Janelle: »Schrecklich, dieser Mord. Wie hieß der Typ noch gleich?«

»Palmer Fordham.«

»Ach ja. Er war Künstler oder so was, nicht?«

»Ein sehr berühmter Maler.«

»Ach, wirklich?«

»Hat die Polizei Sie vernommen?«

»Warum sollte sie?«

»Janelle, Sie könnten eine wichtige Zeugin für mein Alibi gestern Morgen sein, weil ich die Leiche gefunden habe. Es wäre nett, wenn Sie der Polizei sagen würden, wann wir uns getroffen haben.«

»Hm.«

»Soll ich Ihnen die Liste vorbeibringen ...?«

Aber Janelle hatte bereits aufgelegt.

Salome starrte aus dem Fenster und bezweifelte Janelles Interesse an Feng Shui. Es war unwahrscheinlich, dass sie Palmer nicht gekannt hatte, denn schließlich war Holyrood ein kleiner Ort und der Maler ein bekannter Mann gewesen.

Als sie Janelles Haus analysierte, hatte sie keine von Palmers Meeresgöttinnen dort entdeckt, obwohl Janelle als Kundin für ein solches Bild geradezu prädestiniert war – und das nötige Geld hatte. Und diese Frau war Palmer sicher nicht entgangen. Sollte Palmer sie gemalt haben, stellte sich Salome Janelle mit einem Cowboyhut, Sporen und auf einer pferdeähnlichen Welle reitend vor.

Das Läuten des Telefons unterbrach ihre Überlegungen.

»Salome Waterhouse, Feng-Shui-Beraterin.«

»Hallo, Darling!«

»Mandy! Hi!«

»Glaubst du, dass Phyl, die Pest, dich an diesem Wochenende zu mir lässt? Bring ein paar Klangspiele mit. Eins davon möchte ich an meinen Pimmel hängen. Das wird sicher mein Sexleben verbessern, oder nicht? Natürlich muss es ein großes und lautes sein.«

»Du hörst dich fröhlich an.«

»Und ich fühle mich beschissen. Um fünf Uhr früh haben Jeremy und ich versucht, dieses Ding aufzuhängen. Fast hätte er sich dabei das Genick gebrochen, aber zum Glück gibt's ja Apotheken. Doch das Klangspiel ist dabei zu Bruch gegangen.«

»Dann machen wir jetzt einen festen Termin aus. Du solltest ihn nicht immer wieder aufschieben. Wie wär's mit morgen Nachmittag?«

»Super! Wenn du mit deiner Analyse fertig bist, machen wir was ganz Besonderes. Also richte dich darauf ein, über Nacht zu bleiben.«

»Und wenn Phyl das nicht ...«

»Sag Phyl, dass wir für sie recherchieren«, unterbrach Mandy Salome. »Palmer Fordham war in gewissen Kreisen kein Unbekannter.«

»Wann soll ich kommen?«

Mandy dachte kurz nach und sagte dann: »So gegen vier?«

»Gut. Und ich bringe meine Trittleiter mit.«

Mandy lachte schallend. »Weil du über Nacht bleibst? Ihr Feng-Shui-Leute bringt mich noch um!«

»Ganz ehrlich. Ich bin mir sicher, dass ich nicht über Nacht...«

»Ciao, Darling!«, unterbrach er sie und legte auf.

Salome entnahm ihren Unterlagen die US-Liste der Feng-Shui-Schulen und kopierte sie. Dabei konnte sie sich des Gefühls nicht erwehren, nur ihre Zeit zu verschwenden.

16

Während der Kopierer die Blätter ausspuckte, warf Salome einen Blick auf ihren Anrufbeantworter. Mehr als zwanzig. Sie seufzte, weil sie keine Lust hatte, jetzt noch mehr Zeit am Telefon zu verbringen. Sie vermutete, dass die meisten Anrufe sowieso von Journalisten stammten.

Außerdem wollte sie endlich mit Dora sprechen. Und zwar persönlich, nicht am Telefon. Und sie wollte der *Historical Society* einen Besuch abstatten.

Die Anrufer mussten warten.

Mit Stiefeln und Regenmantel angetan, war sie gegen den Nieselregen gerüstet und brauchte – da sie einen breitkrempigen Hut aufhatte – nicht einmal ihren Schirm zu öffnen. Sie mochte die nassen Winter in Holyrood, weil sie viel lieber im Regen spazieren ging als im Osten des Landes im Schnee.

In der Bayview blieb sie vor Janelles zweistöckigem Haus im Monterey-Stil mit dem roten Dach stehen. Es nahm fast das ganze Grundstück ein. Das erste Stockwerk war von einem Balkon umgeben, auf den Flügeltüren hinausgingen. Die Haustür wurde von zwei großen Fenstern mit imitierten Läden flankiert. Eine niedrige Hecke umgab den Besitz, der trotz seiner bescheidenen Größe und Erscheinung in dieser Lage ein Vermögen gekostet haben musste.

Salome ging über den mit Steinfliesen belegten Weg zur Haustür und schlug mit dem Messingklopfer dagegen.

Da sich niemand meldete, trat sie ein paar Schritte zurück und schaute empor. Alle Vorhänge waren zugezogen. Sie deponierte ihre Liste im Briefkasten und ging zur Garage. Janelles BMW stand nicht darin.

Salome setzte ihren Weg in die Stadt fort und hoffte, dass Janelle ins Revier gefahren war und ihre Aussage gemacht hatte. Als sie die Strandpromenade entlangging, beobachtete sie die Surfer. Ihr Blick blieb an einem grauhaarigen Mann hängen, der geschickt auf einer hohen Welle ritt, sie dann kreuzte und sich zum Strand tragen ließ. Selbst aus der Entfernung konnte sie erkennen, dass der Mann erschöpft war. Dann kam sie an den Restaurants vorbei, und ihre Gedanken galten anderen Dingen.

Ein paar Geschäfte waren geöffnet, unter ihnen die *Sand and Sea*-Galerie. Neben Ritas Town Car standen zwei TV-Vans. Vor den meisten Türen türmten sich noch durchweichte Sandsäcke. Und im Beach Bistro waren nur ein paar Hocker an der Bar besetzt.

Sie ging über die Straße, warf einen Blick auf Waterhouse Properties und fragte sich, wer heute wohl Bürodienst hatte. Vielleicht würde sie kurz vorbeischauen, wenn sie Dora besucht hatte.

Sie schlitterte den kleinen Hügel zum Perfume Creek hinunter und betrachtete die am Fluss liegenden bunten Holzhäuser. Die meisten von ihnen wurden während der Saison von ihren Besitzern über Waterhouse Properties vermietet. Obwohl die Häuschen gepflegt waren, sahen sie jetzt im Regen trübselig aus – wie jedes unbewohnte Haus, dachte Salome.

Sie ging an Rita Van Horns rotem Cottage mit der kleinen Windmühle in der Sektion »Hilfreiche Menschen« vorbei, die, wenn sich ihre Flügel drehten, für ein gutes Chi sorgte. Hinten konnte sie das kleine Apartment über der Garage sehen, wo Palmer früher gewohnt hatte. Eine Fußmatte mit Windmühlen-Dessin lag vor der Haustür, im Karriere-Bereich. Das Cottage hatte keine Hintertür, nur eine seitlich gelegene Küchentür, im Bereich »Wohlstand/Reichtum«.

Links vom Weg gab es ein etwa vier mal vier Meter großes Stückchen Rasen, auf dem Gartenmöbel aus Schmiedeeisen

standen. Darum herum hatte Rita Rosenbüsche gepflanzt und einen sehr schönen japanischen Ahornbaum.
Über sich konnte Salome die schmale Holzbrücke sehen, über die man von Dora Whalens kleinem Haus zu dem dem Fluss gegenüberliegenden Seiteneingang von Perfume Mansion gelangen konnte. Noch ehe sie das Haus sah, konnte sie Doras Bambus-Windspiel im Wind klingen hören.
Kurz darauf sah sie Dora vor dem großen Fenster sitzen, das in den beiden Sektionen Ruhm/Partnerschaft lag. Die Konfigurationen dieses Hauses waren dem von Ritas Haus entgegengesetzt. Die Haustür ging auf die Straße hinaus. Und sicherlich benutzte Dora die dem Fluss gegenüberliegende Seitentür, um zur Arbeit zu gehen. Doch die Haustür war immer noch der »Mund des Chi«. Und über der zum Fluss gelegenen Tür, im Bereich »Reichtum«, hing das Windspiel.
Dora schaute auf und sah Salome. Salome winkte und ging zur Haustür.
Dora öffnete. »Hallo, Salome.«
»Hi, Dora.«
Beide Frauen zögerten, und Dora sah Salome argwöhnisch an.
»Entschuldige, dass ich dich störe, Dora. Aber ich muss mit dir reden.«
Widerstrebend bat Dora sie ins Haus. Salome war schließlich ihre Arbeitgeberin und sie wohnte in diesem Haus umsonst, obwohl der jeweilige Mieter vom Perfume Mansion sie bezahlte. Dieses Arrangement galt, seit Doras Großeltern in die Dienste von Salomes Großeltern getreten waren, also seit es das Perfume Mansion gab. Doch sollte Salome das kleine Haus verkaufen wollen, musste sich Dora nach einer anderen Bleibe umsehen. Und weil die Mieten in Holyrood horrend waren, hätte sie hier nicht mehr leben können.
Außerdem hätte ein Mieter des Perfume Mansion immer jemand anders engagieren können. Das war aber nie geschehen;

es war unvorstellbar, denn die Whalens hatten es immer als eine heilige Pflicht betrachtet, für die Waterhouses zu arbeiten.
»Möchtest du einen Kaffee?«
»Wenn er fertig ist, gern.«
Salome fischte ihr Notizbuch und einen Stift aus der Tasche, während Dora in die Küche nebenan ging. Dann legte sie Hut und Mantel ab und stellte ihren Schirm neben die Tür.
Das Zimmer war klein, sehr sauber und mit alten geschenkten Möbeln aus dem Perfume Mansion möbliert. Vor dem kleinen Kamin standen ein mit blauem Samt bezogener Lehnstuhl und ein Sofa, daneben zwei Tische mit Porzellanlampen. In einem alten Geschirrschrank bewahrte sie ein silbernes Service auf, das Salomes Großmutter den Whalens geschenkt hatte, ebenso die Kristallgläser. Diese unpraktischen Gegenstände waren trotz ihres Wertes wohl aus sentimentalen Gründen nie verkauft worden.
Dora stellte einen dampfenden Becher mit Kaffee auf einen Tisch neben dem Polstersessel, in dem sie gesessen hatte. Da es sonst keinen Stuhl gab, setzte sich Salome in den blauen Samtsessel.
»Der Mord an Palmer hat dich sicher sehr mitgenommen, deshalb will ich mich so kurz wie möglich fassen.«
»Danke«, sagte Dora, griff in einen Korb und holte eine Socke mit eingefädeltem Stopfgarn in der Nadel hervor.
Salome beschloss, das Wort »Exorzismus« nicht zu gebrauchen und sagte: »Wenn die Polizei das Haus freigegeben hat, muss ich es nach der Feng-Shui-Lehre von bösen Kräften reinigen. Doch das kann ich nur, wenn ich vorher ein paar Informationen über seine Geschichte bekomme.«
»Was für Informationen?«, fragte Dora und ließ ein Stopfei in die Socke gleiten.
»Steht der Herd noch am selben Platz wie vor fünf Jahren? Hat sich irgendetwas in der Küche verändert?«
»Es gibt einen neuen Kühlschrank«, antwortete Dora, über

die Fragen offensichtlich verwundert. »Ein Riesending mit zwei Türen. Den hat Palmer gekauft. Der Herd steht noch immer an derselben Stelle. Einen Herd kann man nicht einfach woanders hinstellen, oder?«

»Hast du für ihn gekocht?«

»Natürlich. Ich habe auch bedient, wenn er Gäste hatte.«

»Hatte er oft Gäste?«

»O ja.«

»Also musstest du oft noch spät arbeiten?«

»Selten später als bis zehn. Und am nächsten Tag musste ich dann immer erst kurz vor Mittag kommen.«

»Und wie war das vorgestern Abend?«

»Du meinst den Abend, an dem er ermordet wurde?«

»Ja.«

»Was hat das denn mit dem – wie heißt es noch – fung ...«

»Feng Shui.«

»Schau mal, ich habe bereits mit Phyllis geredet«, sagte Dora und ließ ihre Stopfarbeit sinken. »Wenn du über das Haus reden willst, dann rede über das Haus.«

Die Romanheldin Antoinette de Beauharnais würde jetzt nicht lockerlassen. Das tat Salome auch nicht, obwohl ihr etwas mulmig dabei war, eine erdachte Vorgehensweise praktisch anzuwenden.

»Lass es mich mal so ausdrücken, Dora. Mir gehört Perfume Mansion. Was dort geschieht, interessiert mich.«

»Das tat es früher nie.«

»Jetzt ist es aber so. Und außerdem gehört ja dieses Cottage auch zum Haus.«

»Ich verstehe«, sagte Dora und wurde rot. Sie nahm ihre Stopfarbeit wieder auf. »Nein, ich habe ihn oder eine seiner Damen an jenem Abend nicht bedient. Ich bin um fünf gegangen – und habe ihn nie wieder gesehen.«

»Wo hat er geschlafen?«

»Wo es ihm gerade gefiel.«

»Hat er irgendein Zimmer bevorzugt?«
»In letzter Zeit schlief er im Atelier. Das habe ich nie geputzt, weil er das nicht wollte. Wenn du wissen willst, wo er gern schlief, redest du am besten mit einer seiner Freundinnen.«
»Zum Beispiel mit wem?«
Da Dora sich versteifte und die Lippen aufeinander presste, wechselte Salome das Thema.
»Hast du gern für ihn gearbeitet?«
»Es war einfach, für ihn zu arbeiten«, antwortete Dora und zuckte mit den Schultern. »Er war nicht anspruchsvoll, aber mir gefielen die Leute, die früher dort wohnten, besser. Du kannst dich sicher nicht an sie erinnern. Die Flemings. Sie liebten das Haus.«
Salome kassierte den Seitenhieb, ohne sich etwas anmerken zu lassen. Es hatte Dora nie gefallen, dass Salome Perfume Mansion geerbt hatte, weil es Salome ihrer Meinung nach an »Respekt« für den Besitz mangelte.
»Und warum sind diese Leute ausgezogen?«
»Weil sie sich scheiden ließen.«
»Oh. Geschah etwas Ungewöhnliches, während sie dort lebten?«
»Nein.«
»Und wer wohnte dort vor den Flemings?«
»Eine Gruppe von Rechtsanwälten aus San Francisco. Sie nutzten abwechselnd das Haus und luden manchmal Klienten ein. Aber das waren alles anständige Leute. Während der Golfturniere war es immer voll.«
»Und davor?«, fragte Salome und machte sich Notizen.
»Vor den Anwälten«, sagte Dora und dachte nach. Dann nannte sie Namen: wohlhabende Ehepaare, Alleinstehende. Alles Leute, die keine Kinder hatten, das fand Salome bemerkenswert. Und die Paare waren immer wegen ihrer Scheidung ausgezogen.

»Ich frage mich, ob die Anwälte Scheidungsanwälte waren«, sagte Salome, halb scherzend.
»Genau das waren sie.«
Verrückt.
»Und sonst noch?«
»Mr. Waterhouse. Aber deine Familie kennst du ja.«
»Hilf mir ein bisschen auf die Sprünge, Dora«, sagte Salome und schlürfte den starken Kaffee.
»Er lebte dort, seit er es von Connor Sebastian 1924 gekauft hatte, bis zu seinem Tode«, sagte Dora, unwillig seufzend. »Dein Vater lebte dort, bis er nach dem Krieg deine Mutter heiratete. Zur selben Zeit zog deine Großmutter in das Cottage, das dir jetzt gehört.«
Zwar hatten sich Salomes Großeltern nie scheiden lassen, aber sie hatten jahrelang getrennt gelebt – Joshua am einen Ende der Stadt und seine Frau, Salome, am anderen Ende.
»Und was war mit Onkel Charles?«
»Ach, Charles. Er wohnte dort, bis er '41 zum Militär ging. Ein paar Monate nachdem deine Eltern geheiratet hatten, heiratete er Margie Andretti. Sie lebten im Perfume Mansion mit deinen Großeltern, bis Phyllis etwa ein Jahr alt war. Holyrood war ihm wohl zu eng geworden, und deshalb zogen sie nach San Francisco. Dann starb Margie, und er musste sich allein um Phyllis kümmern. Deshalb zog er wieder mit seiner Tochter ins Perfume Mansion. Aber Phyllis war für den alten Mr. Waterhouse zu lebhaft, deshalb schenkte er Charles das Cottage gegenüber der Kirche in Holyrood. Außerdem mochte Charles das Haus nicht.«
Ganz im Gegensatz zu seiner Tochter, dachte Salome und fragte: »Wie meinst du das?«
»Er klagte immer, es ziehe darin und sei voller Gespenster. Aber er war ein Trinker, das weißt du ja. Offen gesagt, er war irgendwie gewöhnlich.«
Der Snobismus in Doras Bemerkung überraschte Salome.

»Und Palmer? War der auch gewöhnlich?«
»Eher vulgär als gewöhnlich.«
»Und was ist mit diesem Geheimzimmer?«
Überrascht blickte Dora auf, ein Flackern in den Augen. »Das sind pure Hirngespinste.«
»Aber ich habe es gesehen. Ich war da drin.«
»Du glaubst nur, da drin gewesen zu sein. Es gab kein Geheimzimmer!«, sagte Dora giftig.
Doch Salome hatte in Doras Augen die Bestätigung gesehen.
»Was war mit den ersten Bewohnern, den Sebastians?«
»Das war lange vor meiner Zeit.«
Da Salome spürte, dass sie der fast feindseligen Frau nichts Wesentliches mehr würde entlocken können, klappte sie ihr Notizbuch zu. »Danke, Dora. Du hast mir mit deinen Hintergrundinformationen sehr geholfen.«
Dora nickte. Was hast du jetzt mit Perfume Mansion vor?«
»Ich habe noch keine Pläne. Aber sobald ich mich entschieden habe, lasse ich es dich wissen.«
Weil Salome die Stimmung etwas aufheitern wollte, sagte sie, während sie ihren Regenmantel anzog: »Und du brauchst das Haus nicht zu putzen, wenn die Polizei es freigegeben hat. Es gibt Firmen, die auf die Reinigung von Häusern, in denen Verbrechen stattgefunden haben, spezialisiert sind.«
»Sehr schön.«
Obwohl Doras Reaktion auf ihre Frage nach dem Geheimzimmer Salome Mut gemacht hatte, fühlte sie sich in dem engen Raum bedrückt, und sie verabschiedete sich schnell.
Draußen vor der Tür atmete sie tief die frische Luft ein, hob die Hände und schnickte mit den Fingern, um das Sha abzuwehren. Dabei streifte sie mit der linken Hand das Bambus-Windspiel und zuckte vor Angst zusammen, das verwitterte Windspiel beschädigt zu haben. Wie dumm von mir!, dachte sie gleich darauf. Windspiele soll man doch berühren. Ich bin mit den Nerven wohl ziemlich am Ende.

Salome war überrascht, Jason Twitchell im Büro von Waterhouse Properties anzutreffen, aber er sagte ihr, er habe heute Dienst, und er war tipptopp angezogen: weißes Hemd, Krawatte und graue Kaschmirjacke. Seine blauen Augen waren klar, also hatte er ausgeschlafen.

Als sie sich vor seinen Schreibtisch setzte, strahlte er sie an und sagte stolz: »Raten Sie mal, was ich rausgefunden habe.«

»Dass Susan Truro Sie heiraten möchte.«

»Ich bin vielleicht penetrant«, sagte er lachend, »aber so schnell nun auch wieder nicht. Nein. Blair Farrell ist, einen Tag bevor Palmer Fordham ermordet wurde, nach Tokio geflogen. Eine Geschäftsreise.«

Wenn das stimmte, gehörte sie nicht mehr zu den Verdächtigen, außer sie hatte jemanden als Killer angeheuert.

»Und«, fuhr Jason fort, »ich bin nach Büroschluss gestern Abend zu Beth McCormick gegangen. Sie wohnt in einem Apartmenthaus hinter der Mall. Ihre Wohnung ist praktisch nicht möbliert, ein Tisch, ein paar Stühle, eine Matratze auf dem Boden. Ich glaube, sie hat finanzielle Probleme. Sie hat sich letztes Jahr scheiden lassen. Jedenfalls habe ich sie nach dieser Liste der Leute gefragt, die sich für das Perfume Mansion interessierten. Sie sagte, es gebe keine. Aber ich hatte den Eindruck, dass sie lügt. Ich sagte ihr, dass Sie mit ihr reden wollen. Sie sah schrecklich aus. Und als ich sie fragte, ob ich etwas für sie tun könne, verlor sie die Fassung und sagte, dass ich gehen solle.«

»Danke, dass Sie das getan haben, Jason.«

»Schon gut.«

»Gab's Anrufe wegen Perfume Mansion?«

»Nur zwei. Rita Van Horn. Heute früh sah ich sie in ihrer Galerie mit TV-Leuten reden. Sie benutzt diese Geschichte und macht damit Reklame für sich. Alles umsonst.«

»Noch jemand, den wir kennen?«

»Nein. Nur so ein Typ, der mit den *Dead Artists* spielt.«

»Das hört sich wie ein schlechter Scherz an.«
»Nein, nein. Das ist eine Band aus San Francisco. Richtig berühmt. Ich habe ein paar CDs von denen.«
»Machen Sie eine Liste. Mein Vater kümmert sich um neue Mieter.«
»Ja, ich weiß. Er hat mich angerufen.«

Vor der *Sand and Sea*-Galerie lagen keine Sandsäcke mehr, und das Schild GEÖFFNET hing an der Tür. Salome ging hinein. Als sie die Tür schloss, kam Rita aus ihrem Büro geschossen. Sie trug ein teures rotes Kostüm mit passenden Pumps und hatte ihr Handy in der Hand. Ihre Frisur und ihr Make-up waren perfekt, jede falsche Wimper saß an ihrem Platz – bereit für eine Nahaufnahme.
»Salome! Was kann ich für Sie tun?«
»Ich habe mir gedacht, ich schaue kurz mal vorbei. Aber Sie sehen aus, als würden Sie jemanden erwarten. Deshalb bleibe ich nicht lange.«
»Ein paar Leute wollen mir ihre Meeresgöttinnen bringen, und ich habe einen Fotografen bestellt, damit ich mit dem Katalog anfangen kann.«
»Wir wollten doch zusammen essen gehen, um alles zu besprechen, oder nicht?«
»Ja, natürlich!«, sagte Rita, und ihre Augen strahlten. »Entschuldigen Sie. Aber ich habe so viel im Kopf.« Sie schwieg, als würde sie im Geist ihren Terminkalender durchblättern. »Mal sehen. Wie wär's mit morgen Abend? Gegen sieben bei Scott's? Es sei denn, Sie möchten in ein anderes Lokal gehen.«
Da Salome nicht wusste, wann sie morgen aus San Francisco zurückkommen würde, sagte sie: »Nein. Aber wie passt Ihnen der Samstagabend?«
Rita zögerte und sagte dann: »Gut. Aber ich kann nicht vor neun Uhr da sein.«
»Also im Scott's um neun am Samstag. Und ich wollte Sie

noch etwas fragen. Hat Palmer mit Ihnen darüber gesprochen, dass er plane, Kalifornien zu verlassen?«
»Du lieber Himmel, nein. Er liebte das Leben hier. Denn er stammte aus Houston, und das ist nicht gerade das Paradies. Wer hat Ihnen das erzählt?«
»Jemand, der es von Blair Farrell hat.«
»Mein Gott. Nicht schon wieder diese Frau. Sie würde alles sagen, nur um ihm zu schaden.«
»Gut. Also dann bis Samstag.«
Als Salome sich zum Gehen wandte, ging Rita schnell zur Tür. »Ach, Salome, bitten Sie doch Phyllis, mich ins Perfume Mansion zu lassen. Die Polizei ist dort mit der Spurensicherung bestimmt fertig. Ich weiß nämlich, dass Palmer noch eine ganze Menge Bilder irgendwo aufbewahrt. Meistens frühe Werke. Und außerdem ist die Sammlung aller Drucke der Meeresgöttinnen dort. Alle diese Gemälde muss ich in den Œuvre-Katalog aufnehmen.«
»Rita, nur weil Phyl und ich Cousinen sind, heißt das noch nicht ...«
»Bitte!«
»Haben Sie denn schon mit ihr geredet?«
»Natürlich. Als sie mich heute Morgen vernommen hat, habe ich ihr sogar angeboten, mir die Fingerabdrücke abzunehmen, und das hat sie auch getan. Ich war kooperativ. Jetzt sollte sie sich dafür erkenntlich zeigen.«
Rita öffnete die Tür, und Salome ging. Auf ihrem Weg zur *Historical Society* dachte sie, dass Rita doch etwas naiv hinsichtlich der Beziehung Polizei/Bürger sei. Aber Rita war eine resolute Frau und bekam schließlich immer, was sie wollte.
Unvermittelt fing es heftig zu regnen an. Salome beschleunigte ihren Schritt.
Mavis Hicks-Dulane begrüßte Salome kühl. Offensichtlich war sie noch immer verschnupft, weil Salome sich geweigert

hatte, Perfume Mansion der *Society* als Schenkung zu übereignen.
»Sie haben hier ja Wunder vollbracht«, lobte Salome die alte Lady.
Tatsächlich war es den Damen gelungen, den einst nichts sagenden Raum in einen altmodischen Salon mit vielen gerahmten Fotografien des frühen Holyrood, Gemälden der Jahrhundertwende, Antiquitäten und dazu passenden Lampen zu verwandeln. Auf einem der Tische stand ein Strauß duftender Rosen.
»Wie kann ich Ihnen helfen, Miss Waterhouse?«
»Ich stelle gerade die Geschichte des Perfume Mansion zusammen und hätte gern Einblick in diesbezügliches Material, das Sie haben.«
Diese Erklärung schien Mavis etwas zu besänftigen. Sie stand auf und zog eine der Schubladen eines Aktenschranks auf.
»Ihr Vater hat darüber weit mehr Unterlagen als wir. Und die Tagebücher Ihres Großvaters gehören eigentlich in unser Archiv.«
»Wie sieht es aus mit Dokumenten aus der Zeit, ehe das Haus gebaut wurde?«
Mavis deutete auf einen alten Bibliothekstisch in einer Ecke des Raums. »Warum setzen Sie sich nicht dort hin? Ich schaue mal, was ich ausgraben kann.«
Die nächste Stunde verbrachte Salome mit dem Lesen alter Zeitungsausschnitte, zu denen sie sich Notizen machte. Der einzige von Bedeutung im Hinblick auf Perfume Mansion war ein Artikel über das Feuer, das die Konservenfabrik im Jahr 1908 zerstört hatte. Fünfundzwanzig Tote waren zu beklagen gewesen, die meisten einheimische Arbeiter und Indianer. Als die Reichen die Schönheit des Landes erkannt hatten, vertrieben sie die Ortsansässigen und bauten ihre großen Herrenhäuser an der Küste.

Lily und Connor Sebastian hatten das bis dahin verlassene Grundstück – auf dem es spuke, so hieß es – 1919 gekauft und Joshua Waterhouse und seinen Partner, Kevin O'Kelly, beauftragt, eine große Villa darauf zu bauen.

Dann öffnete Salome einen enttäuschend schmalen Ordner, der Dokumente über die ersten Jahre des Perfume Mansion enthielt.

Sie fand darin alte, verblichene Fotografien, die das Herrenhaus in den verschiedenen Stadien der Errichtung sowie herumstehende, in der damaligen Mode gekleidete Männer zeigten.

Auf einem Foto war eine Frau zu sehen. Sie stand vor der offenen Flügeltür unter dem Schutzdach des Eingangs und blickte direkt in die Kamera. Sie trug ein langes Sommerkleid, darüber eine Perlenkette, und hatte ein großes Blumenbukett im Arm. Rechts und links von ihr standen zwei Männer, die sie mit offensichtlicher Bewunderung ansahen. Den Mann zu ihrer Linken, im schwarzen Anzug mit schwarzem Hut, hielt Salome für ihren Großvater, weil er wie ein Unternehmer aussah. Der etwas kleinere Mann trug einen hellen Anzug und hatte einen Strohhut mit flacher Krempe auf dem Kopf. Er lächelte verschmitzt. Etwas weiter entfernt war ein dritter Mann auf dem Bild zu sehen, der mit großartiger Geste auf das Haus deutete, während er die linke Hand in die Hüfte stemmte.

Salome drehte das Foto um. In verblasster brauner Tinte war dort zu lesen: »Joshua Waterhouse, Lily Sebastian, Kevin O'Kelly. Zur Rechten der stolze Besitzer, Connor Sebastian. 9. September 1920.«

Ein Jahr nach der Erstellung der Baupläne.

Sie legte die Fotos beiseite und griff nach den fotokopierten Zeitungsausschnitten. Die Überschrift des ersten lautete: ORTSANSÄSSIGE SCHAUSPIELER AGIEREN JEDEN ABEND VOR VOLLEM HAUS.

In dem Artikel wurden die Erfolge des Schauspielerehepaars Lily und Connor Sebastian im Stück *Ein Weihnachtslied* von Charles Dickens gerühmt, das sie im Dezember 1920 im neu erbauten Sebastian-Theater aufführten. Doch den größten Teil des Textes hatte der Verfasser der wachsenden Beliebtheit Holyroods als Winterkurort gewidmet, die die Stadt vor allem dem Otter Haven Resort verdanke und natürlich auch den Sebastians.

Dann folgten ein paar Notizen aus der Klatschspalte: welche Berühmtheiten sich in der Stadt aufhielten und wo sie wohnten.

Salome blätterte weiter und las folgende Schlagzeile vom Juni 1922:

HIESIGE SCHAUSPIELERIN VERMISST

Der Bericht war wenig aufschlussreich. Es stand nur darin, dass Mr. Sebastian seine Frau morgens nach einer Party im Perfume Mansion vermisse und dass die Polizei »Nachforschungen anstellt«.

Die Ausschnitte während der folgenden Wochen brachten fast nur Vermutungen. Unter anderem:

LILY SEBASTIANS VERSCHWINDEN STELLT POLIZEI VOR RÄTSEL

KIDNAPPING NICHT AUSGESCHLOSSEN

NOCH IMMER KEINE ANHALTSPUNKTE FÜR VERSCHWINDEN

Salome fiel auf, dass sich der Ton der Artikel mit der Zeit änderte. Der Leser erfuhr weit mehr über Lilys Privatleben als über die Ermittlungen. Sympathie und Betroffenheit schwanden, als die Journalisten Lily als »Partygirl« oder »Lebedame« bezeichneten, die mehr an anderen Männern als an ihrem Ehemann interessiert gewesen sei. Außerdem habe sie während ihrer Karriere als Stummfilmstar zu Kokain und Opium gegriffen, und ihr Mann sei mit ihr hierher gezogen, um trotz ihrer phantastischen Gagen den bösen Einfluss Hollywoods von ihr fern zu halten.

Im Laufe der Zeit tendierte die öffentliche Meinung immer mehr dahin, dass sie mit einem »geheimnisvollen Fremden« durchgebrannt sei und ihren untröstlichen Mann in seinem Kummer allein gelassen habe.

Zwei Jahre nach Lilys mysteriösem Verschwinden verkündete die Schlagzeile:

PERFUME MANSION AN HIESIGEN BAUUNTERNEHMER VERKAUFT, dass Salomes Großvater den Besitz erworben hatte, und zwar zu einem sehr günstigen Preis. Wie es schien, konnte sich Connor Sebastian den Unterhalt des Hauses nicht mehr leisten, und Joshua hatte ihm eines der kleinen Cottages im Otter Haven Resort zur Verfügung gestellt und Connors beträchtliche Schulden bezahlt.

EHEMALIGER BESITZER DES PERFUME MANSION STÜRZT ZU TODE – SELBSTMORD ODER UNFALL?

In dem letzten Zeitungsartikel las Salome, dass man Connor Sebastian auf der schmalen Straße unterhalb vom Perfume Mansion gefunden hatte. Offensichtlich war er nach der Vorstellung von *Ein Weihnachtslied* – wo er, dem Vernehmen nach, betrunken auf der Bühne gestanden hatte – zum Perfume Mansion gegangen. In der Schlussszene hatte er in seiner Rolle als Ebenezer Scrooge den kleinen kranken Jungen in die Kulissen geworfen, anstatt ihn zu umarmen. Dem Kind war nichts geschehen, aber Connor war von der Bühne direkt in die kalte Nacht hinausmarschiert. Niemand hatte ihn mehr gesehen, bis am nächsten Morgen ein Tourist seine Leiche gefunden hatte.

Salomes Großeltern und ihre beiden Söhne hatten in dieser Nacht nichts gehört.

Salome lehnte sich zurück und überdachte eine Weile das Gelesene.

Die Zerstörung der Fischkonservenfabrik, Lily Sebastians Verschwinden und Connor Sebastians Tod trugen sicher zu dem lang andauernden über Perfume Mansion lastenden Sha bei. Ebenso die Ereignisse, von denen Dora berichtet hatte: die vielen Scheidungen.

Im Geist nahm sie die Vogelperspektive ein und warf einen Blick von oben auf die Villa. Ja, natürlich, dachte sie. Denn der Grundriss des Hauses glich einem L, was eine Leere in der Sektion »Partnerschaft/Liebe« bedeutete. Und die prächtige alte Palme war zu weit entfernt, um diesen Mangel zu kompensieren. Sie sammelte die Papiere ein und legte sie ordentlich auf Mavis' Schreibtisch.

»Sie wissen doch, dass es noch eine andere Quelle gibt«, sagte Mavis, »obwohl ich mich für ihre Zuverlässigkeit nicht verbürgen kann.«

»Ach ja?«

»Herman Boelkerke.«

»An ihn hätte ich nie gedacht.«

Herman war ein alter Fischer, etwa so alt wie ihr Vater.

»Können Sie sich nicht erinnern, dass er in den sechziger Jahren eine Protestaktion startete, weil es keine nackt Badenden in Holyrood gab? Eines Tages marschierte er an den Strand und war nur mit einer Badehose aus durchsichtigem Plastik bekleidet.«

»O ja«, sagte Salome und lachte, weil ihr die Geschichte jetzt wieder einfiel. Damals war sie auf die High School gegangen.

»Er sah aus, als hätte er sich ein Würstchen und zwei Kartoffeln zwischen die Beine gestopft.«

»Was nicht sehr erregend wirkte«, stellte Mavis fest. »Na ja, jedenfalls hat er ein Buch geschrieben. Kurz nachdem Ihr Großvater starb.«

Salome bat um das Telefonbuch.

»Herman hat kein Telefon. Besuchen Sie ihn einfach. Er hat gern Besuch, weil er gern etwas trinkt.«

»Haben Sie ein Exemplar seines Buchs?«

»Oh, nein ...«, sagte Mavis und zwinkerte verschmitzt. »Diese Geschichte erzählt er Ihnen am besten selbst.«

Herman wohnte nur ein paar Blocks entfernt am Fluss. Aber Salome wollte erst Joshuas Tagebücher lesen und dann dem exzentrischen Mr. Boelkerke einen Besuch abstatten.

17

Michael O'Kelly stand am Fenster der »Hochzeitssuite« und trank einen Scotch. Hätte ich mich bloß nicht bei Tante Livia eingemietet, dachte er. Als er vor zwanzig Minuten aus der Redaktion des *Echo* zurückgekommen war, hatte sie ihm aufgelauert und sich förmlich auf ihn gestürzt.

Am Vormittag hatte er sich einen Neoprenanzug und ein Surfboard geliehen und gehofft, beim Surfen auf andere Gedanken zu kommen. Diese Stadt deprimierte ihn. In seinem Kopf mochte zwar noch der Geist eines Teenagers stecken, aber die Reaktion seines Körpers auf die Anstrengungen hatte ihn an sein wahres Alter erinnert.

»Heute Morgen bin ich dieser grässlichen Salome Waterhouse begegnet«, hatte Livia, ekelhafte Speichteltröpfchen versprühend, verkündet. »Sie hat unseren Damon verhöhnt!«

Ohne auf die Bemerkung seiner Tante einzugehen – diese Genugtuung gönnte er ihr nicht –, hatte er sich einfach die Flasche Scotch von der Theke geschnappt und war nach oben gegangen.

Trübsinnig starrte er aus dem Fenster, als er im düsteren Licht des Spätnachmittags unten plötzlich eine Bewegung wahrnahm. Eine Gestalt in einem langen Regenmantel und mit einem breitkrempigen Hut stieg mühelos die steile Treppe hoch – er hatte vorhin immer wieder nach ein paar Stufen völlig außer Atem stehen bleiben müssen. Er bewunderte die harmonisch fließenden Bewegungen dieser Person und wie sie den Anstieg meisterte und dann um die Ecke in der Bayview verschwand. Dann kehrte er in Gedanken wieder zu seinem Problem zurück.

Mit diesen Albernheiten muss Schluss sein, dachte er. Aber wie soll ich das anstellen? Er ließ sich auf die billige Chenille-Bettdecke plumpsen. Seine Tante Livia hatte doch tatsächlich vorgeschlagen, er solle Billie Ruth anrufen. Ihre Bäckerei sei ein florierendes Geschäft, und sie sei nach drei gescheiterten Ehen jetzt wieder frei. An der High School war er ein paar Mal mit Billie Ruth ausgegangen, aber nur, um sein Interesse an Salome zu verschleiern. Er wusste jedoch etwas über Billie Ruth, was sie in einem wenig reizvollen Licht erscheinen ließ.

Er ging zum Schreibtisch, griff nach seinem Handy, zögerte dann aber. Er war mit Emily um sechs zum Abendessen verabredet. Ein rein geschäftliches Treffen natürlich, da er früher als geplant die Redaktion verlassen hatte. Jetzt schweiften seine Gedanken zum gestrigen Abend zurück, als er sie in ihrem Haus besucht hatte, wobei seine Aufmerksamkeit jedoch hauptsächlich ihrer Nachbarin auf der gegenüberliegenden Straßenseite galt. Emily hatte sich sehr seltsam benommen, als ginge es bei seinem Besuch um eine Art Geheimtreffen. In ihrem eng anliegenden Hosenanzug aus Seide und nach Chanel No. 5 duftend, hatte sie sehr hübsch und attraktiv ausgesehen. Doch dieses Parfüm hatte ihn an seine frankophile Exfrau erinnert. Trotzdem verfehlten Seide und Parfüm nicht ihre Wirkung – denn als er plötzlich mit Emilys Wendung um hundertachtzig Grad bezüglich des Verkaufs der Zeitung an einen Verlag im Monterey County konfrontiert wurde, hatte er Zustimmung signalisiert und sich gefragt, ob Emily ihn nur deswegen hatte becircen wollen.

Jetzt rieb sich Michael sein stoppeliges Kinn. Emilys Vorschlag war in geschäftlicher Hinsicht durchaus sinnvoll, und mit ihr als Chefredakteurin könnte die Tradition des *Echo* als lokales Nachrichtenblatt erhalten bleiben.

Er fand zwar ihren Enthusiasmus, was die Berichterstattung über den kürzlich hier geschehenen Mord betraf, etwas sonderbar, musste jedoch einräumen, dass wegen ihrer engagierten Artikel die Auflagenzahl des *Echo* gestiegen war, und gab sein Einverständnis zu einem Extrablatt.

Je früher der Verkauf über die Bühne ging, umso schneller konnte er von hier verschwinden und die Dämonen seiner Vergangenheit hinter sich lassen. Seine Mutter, die Besitzerin des Verlags, war nur am Geld interessiert.

Nach dem Tod von Michaels Vater hatte sie das Haus in den Hügeln, die Zeitung und den Blumenladen geerbt. Die übrigen Geschäfte waren unter Michaels Onkeln und Brüdern aufgeteilt worden – wobei natürlich Michaels Name im Testament gefehlt hatte.

Da seine Verwandten jedoch nicht viel vom Teilen hielten und seine drei Brüder ihre Mutter nicht einmal unterstützt hatten, als sie in letzter Zeit in finanzielle Not geraten war, war Michael – allein stehend und vermögend – des Öfteren eingesprungen und hatte ihr größere Summen überwiesen. Er hatte nie gefragt, wofür seine Mutter dieses Geld gebraucht hatte, glaubte jedoch, dass sie einen Großteil in den Verlag gesteckt hatte.

Und obwohl seine Brüder wussten, dass er seit Jahren zum ersten Mal wieder in der Stadt war, hatte keiner von ihnen Kontakt mit ihm aufgenommen – und er hatte sich bei ihnen auch nicht gemeldet.

Michael legte sein Handy wieder auf den Schreibtisch. Nein, dachte er. Ich rufe Salome nicht an. Ich bringe den Verkauf des *Echo* so schnell wie möglich unter Dach und Fach und nehme dann das erste Flugzeug zurück nach Boston.

18

Gegen acht Uhr abends schloss Phyllis die schwarze Rundbogentür zu ihrem Cottage gegenüber der Kirche am Holyrood Hill auf. Ihr Großvater hatte dem gemütlichen Cottage den Namen Elven Home gegeben, und es stand unter Denkmalschutz. Jede bauliche Veränderung, die sie vornehmen lassen wollte, musste zuerst von der *Historical Preservation Society* genehmigt werden. Ihr Antrag, eine höhere Haustür einbauen zu lassen, damit sie nicht immer den Kopf einziehen musste, war mit der Begründung abgelehnt worden, dass dafür der Original-Türrahmen aus Stein behauen werden müsste.

Rechts von dem dunklen und engen Flur führte eine schmale Treppe in den ersten Stock. Dort hätte sie gern ein Oberlicht über dem Fenster am Treppenabsatz gehabt und eins über der Haustür. Doch dafür hätte das imitierte Reetdach erneuert werden müssen. Na gut, hatte sie gedacht und den Kostenvoranschlag eines örtlichen Dachdeckers eingeholt. Verdammt! Für den Preis hätte sie sich ein neues Haus kaufen können – allerdings nicht in Holyrood. Vielleicht im Death Valley.

Wenigstens war das Haus nicht mit einer Hypothek belastet – ihr Vater hatte es ihr vererbt. Joshua hatte es nicht nur nach den Elfen benannt, sondern es wohl auch für die kleinen Wesen gebaut. Da Phyllis eins achtzig groß war, kam sie sich oft wie Alice im Wunderland vor und befürchtete, eines Morgens mit dem Kopf in der Decke steckend und mit den Händen und Füßen aus den Fenstern ragend aufzuwachen.

Sie legte ihre Schlüssel auf einen kleinen Tisch und war mit ein paar Schritten in dem links liegenden Wohnzimmer. Sie schaltete das Licht ein und stellte ihre Aktentasche ab. Noch immer im Trenchcoat, ging sie in die Küche und holte eine Dose Fischfutter aus dem Kühlschrank.

Wieder im Wohnzimmer, sprenkelte sie die Flocken in das fünfundsiebzig Liter fassende Aquarium vor dem Erkerfenster. Die neun Orandas mit ihren schleierartigen Schwanzflossen schnappten anmutig nach den Futterflocken.

»Hättet ihr gesehen, was ich heute gesehen habe, würdet ihr nach einem Martini gieren«, sagte Phyllis zu ihren Haustieren. Die Fische machten ihr immense Freude, was sie Salome jedoch nie eingestehen würde. Allein der Anblick dieser glücklichen Wesen, die nie ein böses Wort gegen sie richteten, wirkte ungemein entspannend. Wirkte sich auch die Position des Aquariums günstig auf ihre Stimmung aus? Vielleicht.

Ein paar Minuten später saß Phyllis in ihrem Ledersessel und hatte die Füße hochgelegt, weil ihre Knöchel geschwollen waren. Der Tag hatte mit einem Besuch in der Gerichtsmedizin begonnen, wo sie auf den kalten Fliesen gestanden und sich den Autopsiebericht des Pathologen angehört hatte. Sie nippte an ihrem Martini, einer Mischung aus Gin und Olivensaft, der ihre Nerven beruhigte und ihren Ärger über den Bürgermeister dämpfte, der im Polizeirevier angerufen und eine umgehende Festnahme des Mörders von ihr verlangt hatte. Er wollte den Täter noch vor Beginn des Golfturniers hinter Schloss und Riegel wissen. Als Phyllis ihm vorgeschlagen hatte, er solle ihr helfen, hatte der Bürgermeister abrupt aufgelegt.

Ihre Füße steckten in den dicken Pantoffeln aus Schaffell, die ihr Salome zu Weihnachten geschenkt hatte. Auf das Grußkärtchen hatte sie geschrieben: »Schokolade für die Füße«.

Mit einem Seufzer schob Phyllis jeden Gedanken an ihre Cousine beiseite. Für den Augenblick jedenfalls. Dann schaute sie auf ihre Armbanduhr. Ralph würde in ein paar Minuten kommen, und bis dahin wollte sie sich eine Ruhepause gönnen.

Sie hasste Autopsien. Beim San Francisco Police Department hatte sie scheußlich zugerichtete Verbrechensopfer gesehen, sie war am Tatort aber zu sehr mit Ermittlungen und der Suche nach Beweisen beschäftigt gewesen, um den Toten viel Aufmerksamkeit zu schenken. In der Gerichtsmedizin jedoch stand der in seiner ganzen Verletzbarkeit in dieser kalten, sterilen Atmosphäre exponierte Leichnam im Mittelpunkt des Interesses. Und die zur Sicherstellung eventueller Spuren über Hände und Füße der Leiche gesteckten Plastiktüten wirken immer auf groteske Weise albern. Vielleicht fand sie auch die nüchterne Präzision, mit der der Pathologe Organe entfernte und wog wie ein Schlachter, zutiefst abstoßend.

Gleichzeitig bewunderte sie jedoch Tom Gordons exakte Arbeitsweise. Für das Entfernen eventueller Spuren unter Finger- und Zehennägeln benutzte er zwanzig verschiedene sterile Nagelscheren. Nachlässigkeit konnte sie ihm wirklich nicht vorwerfen.

Ihre Gedanken wurden durch das Läuten an der Tür abrupt unterbrochen. Pyllis zuckte derart zusammen, dass ihr Martini überschwappte. So viel zu völliger Entspannung.

Sie spähte durchs Guckloch, um sich zu vergewissern, dass kein Reporter davor stand.

»Hi«, sagte Ralph, als sie die Tür öffnete.

»Ja, hallo. Frisch gemixter Martini steht im Kühlschrank.«

Vor etwa einem Jahr hatte Phyllis Ralph zu sich nach Hause eingeladen, damit sie bei einem Drink noch über einen Raubüberfall reden konnten, und dabei entdeckt, dass auch Ralph trübe Martinis mit Bombay-Gin mochte. Natürlich hatte nicht nur ihre gemeinsame Vorliebe für diesen Drink zu einer Vertiefung ihrer Beziehung geführt, aber es war ein erster Schritt gewesen.

Phyllis setzte sich wieder in ihren Lehnsessel, während Ralph in der Küche den Shaker aus dem Kühlschrank nahm und sich bediente. Ihr Blick wanderte am Aquarium vorbei zum Städtchen hinunter. Die Lichter waren im Nieselregen kaum zu erkennen. Dahinter erstreckte sich das aufgewühlte Meer. Tagsüber hatten sich Surfer in Neoprenanzügen in die Wellen gewagt. In ihren Augen sahen sie aus wie sich windende schwarze Samenzellen, die gegen den geschwollenen grauen, massigen Leib des Meers ankämpften.

Palmer Fordham hatte ebenfalls diesen Sport geliebt. Und da Ralph Surfer war, hatte er sich bei den einheimischen Wellenreitern umgehört.

Und plötzlich wurde Phyllis von einer Erinnerung überwältigt.

Sie und Mandy rannten – jeder ein Surfboard unter dem Arm – über den Strand zum Wasser. Damals hatte es noch keine Neoprenanzüge gegeben. Sie waren fünfzehn gewesen und hatten sich am Strand kennen gelernt, als seine Familie aus San Francisco in die Monterey Bay gezogen war. Und dann – *platsch!* Sie fühlte förmlich, wie das Brett aufs Wasser klatschte, sie sich darauf warf und hektisch paddelte, um die Welle zu erreichen und vor ihm am Ufer zu sein …

»He, Phyl. Bist du okay?«

Herrgott noch mal! Ihr standen Tränen in den Augen.

Sie wandte den Kopf ab, aber Ralph stellte sich vor sie hin und reichte ihr ein Taschentuch.

Wie peinlich ihr das war!

»Was ist denn los?«

»Nichts. Ich habe gerade ans Surfen gedacht«, fuhr sie ihn an und schob seine Hand beiseite.

»Aha«, sagte er, als hätte er verstanden, und steckte sein Taschentuch wieder ein. Dann setzte er sich aufs Sofa.

»Ich gieß mir noch einen Drink ein«, sagte Phyllis und ging in die Küche. Aus irgendeinem Grund wurden unerwünschte Erinnerungen in ihr geweckt – so wie sie das Gefühl gehabt hatte, Perfume Mansion widerrechtlich zu betreten.

Sie wischte sich über die Augen, füllte ihr Glas und ging ins Wohnzimmer zurück.

»Wie ist es dir heute ergangen? Gibt's irgendwelche neue Spuren?«, fragte sie, jetzt wieder forsch und kurz angebunden.

»Fordham hat seit Monaten nicht mehr gesurft«, entgegnete Ralph achselzuckend. »Beth McCormick war ein Nervenbündel – eher verzweifelt als schuldbewusst. Janelle Phillips war nicht daheim – das Haus wirkte verlassen. Und was hat die Autopsie ergeben?«

Tom Gordon, der Pathologe, hatte Phyllis nach der Autopsie in sein Büro gebeten. Da sie beide jahrelange Erfahrung mit Mordfällen hatten – Gordon als Gerichtsmediziner beim Los Angeles County Coroner's Office und sie als Detective der Mordkommission in San Francisco, hatte er ihr gegenüber freimütig über seine Vermutungen gesprochen.

Zuerst hatte er mit gesenktem Kopf dagesessen, sie dann angesehen und die Hände – Flächen nach außen – gehoben. »Hören Sie, Phyllis. Wir beide hatten schon mit vielen seltsamen Fällen zu tun, aber ich hätte nicht erwartet, in dieser Gegend mit so etwas konfrontiert zu werden. Was ich Ihnen jetzt sage, bleibt unter uns, okay? Ich muss die Ergebnisse des Toxikologen abwarten, ehe ich meinen Bericht schreibe.«

»Phyl?«, riss Ralph sie da aus ihren Gedanken.

Tom Gordon hatte zwar nicht gewollt, dass sie mit jemandem über seine Vermutungen sprach. Da Ralph aber ihr engster Mitarbeiter war, erzählte sie ihm alles.

»Fordham wurde erstickt?«, sagte er dann entgeistert. »Herrgott noch mal! Aber er wurde doch auf brutalste Weise zusammengeschlagen.«

»Fordham ist an einem Lungeninfarkt erstickt. Und obwohl sein Kopf und sein Oberkörper nur noch eine blutige Masse waren, hat Gordon hinter Fordhams rechtem Ohr einen Einstich entdeckt. Wir müssen den toxikologischen Bericht

abwarten, aber Gordon vermutet, dass Fordham mit einem Giftpfeil – Kurare oder so was – getötet wurde.«
»Vielleicht war der Wein vergiftet«, wandte Ralph ein.
»Oral verabreicht wirkt Kurare lähmend, aber in die Blutbahn injiziert ist es tödlich.«
»Willst du damit sagen, jemand hat Fordham einen vergifteten Pfeil in den Hals geblasen?«
»Ja. Aber das bleibt unter uns, verstanden?«
»Kurare – ist das nicht ein Gift aus Südamerika?«
Phyllis nippte an ihrem Martini und nickte gleichzeitig.
»Charles Boatwright reist doch regelmäßig nach Südamerika, nicht wahr?«
»Ich habe bereits einen Durchsuchungsbeschluss für das Haus der Boatwrights beantragt. Morgen früh müsste er auf meinem Schreibtisch liegen.«
»Du hast Barbara Boatwright doch vernommen. Wie hat sie reagiert?«
»Sie war empört und stocksauer. Obwohl sie zugegeben hat, dass sie eine Affäre mit Fordham hatte, verheimlicht sie etwas«, sagte Phyllis und nippte wieder an ihrem Drink.
Ralph seufzte. »Wenn er also vergiftet wurde, dann hat man ihn nur so übel zugerichtet, um die wirkliche Todesursache zu verschleiern. Weisen irgendwelche Verletzungen darauf hin, dass er sich gewehrt hat?«
»Nein. Gordon meint, wir sollen nach einer Hacke mit langem Stiel suchen. Und genau so ein Gerät habe ich im Gartenschuppen gefunden und ins Labor bringen lassen.«
»Anscheinend hat unser Klugscheißer nicht gewusst, dass Blut nach einem Herzstillstand selbst bei schwersten Verletzungen nicht wie eine Fontäne aus den Wunden spritzt. Sonst wären auch die Vorhänge – und der Täter – voller Blut gewesen. Aber in der Nähe des Tatorts haben wir keine blutigen Fußabdrücke entdeckt. Nur die von Salome.«
Dann schwiegen beide eine Weile.

»Was hat die Analyse seines Mageninhalts ergeben?«, fragte Ralph schließlich.
»Er hatte Obst gegessen. Das steht aber nicht auf der Speisekarte des Beach Bistro. Allerdings hatte er viel Wein getrunken.«
Ralph runzelte die Stirn.
»Fordham hat also nichts von dem bestellten Essen gegessen. Wahrscheinlich ist er ungefähr zu der Zeit gestorben, als Hector die Bestellung gebracht hat. Die unverdauten Reste im Magen lassen darauf schließen, dass er gegen elf Uhr Obst gegessen hat.«
»Womit Hector zum richtigen Zeitpunkt am Tatort gewesen wäre.«
»Und die Person, die das Essen bestellt hat. Hoffentlich ergeben die Fingerabdrücke auf den Essensbehältern, den Weingläsern und der Flasche Hinweise auf die Identität dieser Person. Morgen müssten wir die Laborergebnisse haben.«
»Vielleicht hat Hector den Anruf nur erfunden und die Lieferung als Vorwand benutzt, um zum Perfume Mansion zu fahren.«
»Als ich auf die Wiederholtaste von Fordhams Telefon gedrückt habe, hatte ich aber eine Verbindung zum Beach Bistro.«
»Hector hätte doch seine Nummer wählen können, nachdem er Fordham getötet hatte.«
»Auch eine Möglichkeit«, überlegte Phyllis laut. »Ach ja … Fordham hatte blaue Flecken an den Fersen und den Knöcheln.«
Ralph blinzelte verblüfft, ehe er fragte: »Warum Verletzungen an den Füßen? Was hältst du davon?«
»Ich glaube, dass Palmer von seiner Matratze gezerrt und die Treppe hinuntergeschleift wurde.«
Phyllis trank noch einen Schluck Martini. Gepriesen sei der Mensch, der diesen Cocktail erfunden hat, dachte sie dabei.

Sie hätte gern die ganze Nacht hier gesessen und getrunken, aber sie musste nach der »Dinner«-Pause ins Revier zurück. Als Jägerin der Bösen war sie unermüdlich im Einsatz.
Natürlich würde sie Ralph nie gestehen, dass auch sie sich Fordham manchmal in ihr Bett gewünscht hatte. Wer denn nicht? Schließlich hatte er wie Val Kilmer ausgesehen, ihr Lieblingsfilmschauspieler. Wie froh sie jetzt war, dass dieser Wunsch nur Phantasie geblieben war.
»Da ist noch etwas«, sagte Phyllis.
Ralph sah sie neugierig an.
»Gordon hat bei Fordham eine Candidiasis – das ist eine Pilzinfektion – in Mund, Speise- und Harnröhe festgestellt. Aus irgendeinem Grund sah Palmer trotz seines miserablen Gesundheitszustands blendend aus. Bei manchen Menschen ist das so. Sie sehen großartig aus und sind am nächsten Tag tot.«
»Hatte er Krebs?«
»Sieht ganz danach aus. Wir müssen die Untersuchungsergebnisse abwarten.«
»Ob er nun Krebs hatte oder nicht ist doch für unseren Fall irrelevant, oder?«
»Vielleicht, vielleicht auch nicht. Fordham hatte auch vergrößerte Lymphknoten in den Leistenbeugen, am Hals und in den Achselhöhlen. Ich war noch einmal im Perfume Mansion und habe nach Unterlagen gesucht, die Aufschluss über eine ärztliche Behandlung geben könnten. Fordham war vor zwei Jahren zum letzten Mal bei einem Arzt. Er hat aber erst kürzlich einen Test gemacht.«
»Um feststellen zu lassen, ob er Krebs hat?«
»Nein. Einen HIV-Test. Mit einem dieser Eigenanalyse-Kits.«
»Und?«, fragte Ralph gespannt.
»Das Ergebnis habe ich nicht gefunden.«

19

Die Buchstaben verschwammen vor Salomes Augen, als sie das letzte Tagebuch zuklappte und zu den anderen auf den Stapel auf dem Tisch legte. Sie fragte sich, ob es nicht besser für alle wäre, wenn sie diese Aufzeichnungen verbrennen würde. Nicht nur wegen des Skandals, den ihr Großvater auf selbstsüchtige und kriminelle Weise vertuscht hatte, sondern vor allem wegen der weitschweifigen Ausführungen eines Egomanen, der diese Tagebücher allein für sich geführt hatte.

Sollte ihr Vater die Tagebücher gelesen haben, war auch verständlich, warum er sie in dem stets verschlossenen Schrank aufbewahrte – paradoxerweise im Familien-Gua.

Salome kuschelte sich in ihren bequemen Ledersessel in dem kleinen Fernseh-Leseraum neben ihrem Arbeitszimmer. Vielleicht tun ein Spaziergang und ein Blick ins Weite meinen Augen gut, dachte sie. Und vielleicht sitzt Herman Boelkerke gerade mit einem Glas Whiskey auf seiner Veranda, wie Mavis gesagt hat.

Sie zog ihren Regenmantel an, setzte den Hut auf, öffnete den Regenschirm und ging nach draußen.

Es regnete nicht mehr in Strömen, sondern nieselte nur noch. Doch Salome achtete nicht auf das Wetter, denn in Gedanken war sie noch bei den Tagebüchern und fasste das Gelesene aufs Wesentliche zusammen.

Joshua Waterhouse hatte eine Affäre mit Lily Sebastian gehabt und war sogar so weit gegangen, seine Frau um die Scheidung zu bitten, weil er geglaubt hatte, Lily werde ihn heiraten. Salomes Großmutter – eine strenggläubige Katholi-

kin mit zwei Kindern – hatte aber am Fortbestand ihrer Ehe festgehalten.
Und der geheime Raum existierte! Während der drei Monate, in denen Connor Sebastian in Hollywood Filme drehte, hatte Joshua diesen Raum eigenhändig gebaut.
Er hatte sich jedoch – noch immer im Liebeswahn – ausführlich über die Kleidung seiner Geliebten und die Schönheit ihres nackten Körpers ausgelassen, aber die genaue Lage des Liebesnests – das durch eine Pforte am Fluss zugänglich war – nicht verraten.
Und dann, eines Nachts, hatte er Lily dort tot aufgefunden. Offensichtlich war sie eines natürlichen Todes gestorben, denn an ihrem perfekten Körper war keine Verletzung zu sehen gewesen. Über mehrere Seiten hinweg hatte er den Verlust seiner Geliebten beklagt und sich in Tiraden ergangen, »was hätte sein können«, und schließlich ihre letzte Ruhestätte preisgegeben.
Ehe Salome sich's versah, stand sie vor dem Gartentor zu Herman Boelkerkes Häuschen am Fluss. Die feuchte Luft roch nach Zigarrenrauch. Herman saß auf der Veranda mit Blick auf den Perfume Creek im Lichtschein des erleuchteten Fensters hinter ihm. Auf einem Tisch neben seinem Plastikstuhl standen eine Flasche Whiskey und ein Aschenbecher.
»Wer geht da vorbei?«, rief er.
»Ich bin's«, hätte Salome am liebsten geantwortet, sagte jedoch: »Mr. Boelkerke? Ich bin Salome Waterhouse und möchte gern mit Ihnen reden, falls Sie gerade Zeit haben.«
»Aah! Die Älteste des lieben Reggie. Ich erlaube Ihnen, an Bord zu kommen!«, rief er erfreut und stand auf.
Seine große, knochige Gestalt erinnerte Salome an einen Hampelmann, den Kinder nicht richtig zusammengeknüpft haben. Eine Schulter war höher als die andere. Ein Fuß war in scharfem Winkel nach außen gedreht, und ihm fehlten der vierte und fünfte Finger an der Hand, die nicht das Glas umfasste.

Wenn er sich bewegte, knarzte er wie ein altes Holzschiff – was gut zu diesem alten Fischer passte, dachte Salome.
»Ich schätze, du bist wie alle anderen auf der Suche nach einem Mörder«, sagte Herman. »Endlich kommt mal Leben in dieses verschlafene Nest. Ich kriege ja eine Menge von dem mit, was hier los ist.«
Herman betrachtete Salome lange mit zusammengekniffenen Augen. Sie bezweifelte zwar, dass er weiter als bis zu seiner Nasenspitze sehen konnte, aber er schien gesprächig zu sein. Dann hörte sie ein Klicken, als er den Riegel an seinem kleinen Gartentor öffnete.
»Bitte, setz dich«, sagte er und deutete auf den zweiten Stuhl am Tisch. »Wenn sonst schon nichts passiert, können wir wenigstens dem Spaß zusehen.«
Meint er mit »Spaß« das vorbeigurgelnde kalte Wasser des Flusses?, fragte sich Salome.
Dann schaltete er ein hohes, zylindrisches Heizgerät mit Abdeckhaube ein, das aussah wie eins von denen, die auf den Terrassen der Strandrestaurants standen. Ob er wohl eins davon für sich beschlagnahmt hat?, überlegte Salome.
»Ich bin gerade dabei, die Geschichte des Perfume Mansion zu erforschen, Mr. Boelkerke, und habe gehört, dass Sie mal ein Buch über Holyrood geschrieben haben.«
Da lachte Herman schallend, ehe er fragte: »Möchtest du was trinken?«
»Ein Mineralwasser oder einen Kaffee ... was immer Sie haben.«
»Nichts Stärkeres?«
»Sie können mir ja einen Schuss Whiskey dazugießen.«
»Halt die Stellung. Ich bin gleich wieder da.«
Er kam mit einem dampfenden Becher in der Hand, aber ohne Buch zurück, goss Whiskey in ihren Kaffee und sein Glas, hob es und brachte einen Toast aus: »Auf die Tragödie, den großen Ausbeuter menschlicher Gefühle.«

Während Herman einen ordentlichen Schluck trank, nippte Salome an ihrem Kaffee und schüttelte sich leicht. Sie mochte keinen Schnaps, aber bei einem gemeinsamen Drink …

»Shakespeare hat das gewusst! Wenn du je ein Buch schreiben willst, musst du Shakespeare lesen.«

»Und was ist mit Ihrem Buch?«

Herman lachte leise in sich hinein und zog dann an seiner Zigarre.

»Nur weil ich ständig über Bücher und das Schreiben geschwafelt habe, glaubten alle, ich sei ein Schriftsteller!

Brian O'Kelly hat mir eines Tages fünfhundert Dollar angeboten, wenn ich die Geschichte Holyroods schreibe. Ich hatte nichts dagegen. Ich durfte im Archiv des *Echo* recherchieren, fand dort aber nur langweilige Artikel. Dann habe ich herumgefragt und erfahren, dass die Tagebücher deines Großvaters in einem verschlossenen Schrank im Arbeitszimmer deines Vaters aufbewahrt werden. Obwohl Reginald wusste, dass ich Holyroods Geschichte schreiben wollte, durfte ich die Bücher nicht einsehen. Also habe ich mich für ein paar Tage im Otter Haven eingemietet und allen erzählt, ich bräuchte einen Tapetenwechsel. Dann bin ich nachts ins Heiligtum deines Vaters geschlichen, habe den Schlüssel gefunden und die Tagebücher gelesen. Dabei hätte ich mir beinahe die Augen verdorben, sag ich dir.«

»Haben Sie daraus etwas Neues erfahren?«

»Nein. Das hatte ich alles schon gewusst. Dein Großvater war ein grässlicher alter Kerl und ein langweiliger Spießer. Trotzdem habe ich fast alle Tagebücher – angefangen mit dem letzten – überflogen, bis ich zu dem Erdbeben um das Jahr 1906 gekommen bin, als er sich in Holyrood niederließ.«

»Was stand in den Aufzeichnungen, die er Anfang der zwanziger Jahre gemacht hat?«

»Mich hat mehr das Leben in den vierziger und fünfziger

Jahren interessiert, als O'Kelly deine Eltern mit dieser absurden Verfügung aus der Stadt jagen wollte«, sagte Herman und wurde dann sehr still.
»Mr. Boelkerke?«
»Willst du wirklich hören, was damals passiert ist?«
»Ja, natürlich!«
Herman beugte sich vor, stützte die Ellbogen auf seine Knie und starrte in die dunklen, wirbelnden Wasser des Flusses. Salome konnte in der Ferne die Brandung gegen die Klippen donnern hören.
»Der olle Joshua war ganz und gar nicht dagegen, gab sich aber in der Öffentlichkeit empört – wahrscheinlich nur, weil Kevin O'Kellys Sohn der Anstifter war. Vielleicht willst du das nicht hören, aber dein Großvater wollte deinen Vater enterben, weil er deine Mutter geheiratet hat, nachdem sie und die paar Menschen, die von ihrer Familie übrig geblieben waren, aus dem Konzentrationslager entlassen worden waren.«
Salomes Mutter war im April 1942 aus ihrem Haus in Salinas vertrieben und in ein fast über Nacht errichtetes Lager auf dem in der Nähe liegenden Rodeo-Gelände gebracht worden. Ende Juni waren die Deportierten wie Vieh in Waggons gepfercht und in die Wüste bei Poston, Arizona, verfrachtet worden, wo sie drei Jahre im Lager blieben. Nach der Kapitulation Japans wurden die Lager aufgrund eines Erlasses des Obersten Gerichtshofs der Vereinigten Staaten aufgelöst.
»Eines Nachts«, erzählte Herman weiter, »hat mich Reggie aus dem Bett geholt. Wir sind mit einem Auto voller Decken nach Salinas gefahren. Im Lager gab es keine Toiletten, nur Donnerbalken über den Gräben. Mein Gott, hat das gestunken! Reggie hatte erfahren, dass die Baracken mit grünem Holz gebaut worden waren, das schrumpfen würde. Durch die Spalten würde die Kälte in die Baracken dringen, und die Insassen würden erbärmlich frieren. Wir sind am Sta-

cheldrahtzaun entlanggeschlichen und haben zwischen den Wachtürmen Decken über den Zaun geworfen. Wahrscheinlich hat Reggie mich mitgenommen, weil ich so groß war. Nach dieser Nacht hätte ich Werfer beim Baseballteam werden können.«

Während dieser dreijährigen Gefangenschaft hatte Salomes Vater Satomi jeden Tag geschrieben, wie ihr ihre Mutter erzählt hatte. Anfangs hatte er versucht, das Haus der Yamamotos in Salinas vor Vandalen zu schützen. Als das nicht gelang, hatte er – selbst als Plünderer getarnt – viele ihrer Besitztümer aus dem Haus geschleppt und bei sich aufbewahrt. Von dem Haus blieb nur noch die Grundmauer übrig.

Satomis Eltern waren im Lager gestorben; ihren Vater hatte diese Demütigung in den Wahnsinn und schließlich in den Tod getrieben. Ihre Mutter war danach an der unerträglichen Hitze und an gebrochenem Herzen gestorben.

»Doch dein Großvater, der alte Bastard, kannte kein Mitgefühl. Das habe ich aber aus Rücksicht auf Reggie nicht in mein Buch geschrieben. Reggie hat alle Demütigungen stoisch ertragen, immer zu deiner Mutter gehalten und gleichzeitig seine Eltern respektiert.«

Der Stuhl knarzte, als sich Herman wieder aufrecht hinsetzte.

»Wie hätte ich die Geschichte Holyroods schreiben können, ohne Joshua Waterhouse zu erwähnen?

Als ich Brian O'Kelly mein Manuskript gab, hat dieser Idiot es nicht mal gelesen, sondern gleich fünfhundert Exemplare drucken lassen, die natürlich verbrannt worden sind, als ihn jemand auf die seine Familie betreffenden Passagen hingewiesen hat. Und bald darauf ist er gestorben. Was gut für mich war, denn sonst hätte ich ihm wohl den Vorschuss zurückzahlen müssen.«

»Was hat ihm denn an Ihrem Buch nicht gefallen?«

»Ich habe geschrieben, Holyrood habe seinen einzigartigen Charakter deinem Großvater zu verdanken. Was stimmt. Joshua war ein Visionär. Kevin O'Kelly hingegen war nur ein Bauarbeiter, den er aus San Francisco mitgebracht hatte. Aber er war kampflustig. Und ein Gauner. Er hat den Leuten das Geld aus der Tasche gezogen und Gewerbeflächen gekauft, während dein Großvater Wohnimmobilien angehäuft hat. Beide waren keine besonders liebenswerten Zeitgenossen.«

Als Herman schwieg, tat Salome so, als würde sie einen Schluck ihres mit Whiskey angereicherten Kaffees trinken.

»Warum hat mein Großvater meinen Vater dann doch nicht enterbt?«, fragte sie schließlich.

»Ich habe damals natürlich auch mit deiner Großmutter gesprochen. Und sie hat angedeutet, sie wisse etwas über Joshua, das seinen Ruf als Lokalpatriarchen und Gemeindevorsteher ruinieren würde. Willst du meine Meinung dazu hören? Ich glaube, sie hat ihm die Daumenschrauben angelegt. Die beiden haben ja getrennt gelebt, weil Perfume Mansion zu groß für sie sei, wie sie behauptete. Als Katholikin kam für sie eine Scheidung nicht in Frage, also ist sie ausgezogen, blieb aber in der Nähe, damit er sie nicht vergessen konnte.«

»Nach allem, was geschehen ist, frage ich mich, warum Großvater mir Perfume Mansion vermacht hat«, überlegte Salome laut.

»Nun, der Besitz sollte in der Familie bleiben, nicht wahr? Reggie kam für ihn als Erbe nicht in Frage, und Charles war tot. Und da Joshua Traditionalist war, blieb nur noch seine erstgeborene Enkelin. Obwohl du eine halbe Japanerin warst ... bist. Du willst also jetzt die Geschichte des Perfume Mansion schreiben?«

»Ich interessiere mich nur für die Vergangenheit«, murmelte Salome, denn Hermans Rückblick hatte ihr ziemlich zugesetzt.

»Hast du schon mit Dora gesprochen?«

»Ja. Von ihr habe ich erfahren, wer alles im Haus gelebt hat.«

»Hat sie auch von ihrem Privatleben gesprochen?«
»Ich wusste gar nicht, dass sie eins hat.«
»Weißt du, warum sie nie geheiratet hat?«
Salome schüttelte nur den Kopf.
»Dora war die Geliebte deines Großvaters. Die Affäre hat angefangen, als sich ihre Eltern zur Ruhe setzten und Dora Haushälterin im Perfume Mansion wurde. Etwa zur selben Zeit ist deine Großmutter ausgezogen.«
»Steht das auch in den Tagebüchern meines Großvaters?«
»Die meisten habe ich nur flüchtig gelesen. Da steht nichts davon drin. Außerdem war Dora wohl nicht seine große Liebe. Nur jemand, die sein Bett wärmte, wie eine Wärmflasche. Ich höre und sehe alles. Dora stopft meine Socken, wusstest du das? Manchmal redet sie von ihm, drückt es aber nicht in Worten, sondern eher im Tonfall aus, dass sie im Perfume Mansion nicht nur Staub gewischt hat.«
Salome starrte Herman eine Weile stumm an, ehe sie fragte: »Und was ist mit Palmer? Wie stand sie zu ihm?«
»*Oooh!* Den hat sie gehasst!«
»Genug, um ihn umzubringen?«
»Wenn du mich fragst: Zutrauen würde ich es ihr.«
»Sie haben doch auch mit der Polizei gesprochen, oder?«
»Alle Fluss-Ratten sind vernommen worden.«
»Haben Sie erwähnt, was Dora für Palmer empfunden hat?«
»Zum Teufel, nein! Das geht doch nur sie etwas an.«
»Haben Sie in der Mordnacht irgendetwas gesehen?«
»Leider nicht. Mir ist nur aufgefallen, dass er nicht so lange wie üblich Besuch hatte. Im Haus sind früh die Lichter ausgegangen – früh für ihn jedenfalls. Oben im Dachgeschoss.«
»Um welche Zeit etwa?«
»So gegen zehn, elf. Er hat in letzter Zeit viel getrunken. Die Flaschen hat er selbst in die Mülltonne geworfen, wenn Dora schon nach Hause gegangen war.«
»Woher wissen Sie das?«

»Flaschen machen viel Lärm, und Geräusche tragen weit hier am Fluss.«

Die beiden plauderten noch eine Weile über den Gesundheitszustand von Salomes Vater und das bevorstehende Golfturnier.

»Mr. Boelkerke, ich danke Ihnen, dass Sie mir so viel erzählt haben«, verabschiedete sich Salome schließlich.

»Stets gern zu Diensten, Salome. Du kannst mich jederzeit wieder besuchen kommen.«

Während Salome den Weg in die Stadt hinuntereilte, überlegte sie, ob sie schnell bei Phyllis vorbeischauen und ihr erzählen sollte, dass Mr. Boelkerke behauptete, Dora habe Palmer Fordham gehasst. Warum nicht? Und ein Spaziergang würde ihr über die Angst hinweghelfen, die Hermans Bericht über Konzentrationslager in ihr geweckt hatte, und die Gedanken an ihre Großeltern mütterlicherseits – die sie nie kennen gelernt hatte – und an Joshuas Tagebücher vertreiben.

Salome ging die schmale, gewundene Straße zum Hollyrood Hill hinauf.

Phyllis' Cottage war dunkel, bis auf den schwachen Schimmer des Aquariums hinter dem vorderen Fenster. Da die Vorhänge nicht zugezogen waren, war Phyllis wohl noch nicht vom Dienst nach Hause gekommen.

Salome klopfte trotzdem, nur um sich zu vergewissern. Als niemand an die Tür kam, schaute sie sich um.

Dem Cottage gegenüber ragte die alte Steinkirche bedrohlich in den Nachthimmel hinauf.

Sie betrat den alten Friedhof und ging zwischen den Reihen hindurch zum Grab ihres Großvaters. Sollte er sich einen kunstvoll behauenen Stein gewünscht haben, so war er ihm verwehrt worden. Reginald hatte das Grab seines Vaters nur mit einem schlichten Stein schmücken lassen, während ein Marmorengel über der letzten Ruhestätte seiner Mutter wachte.

Salome fragte sich, ob ihr Vater die Tagebücher gelesen hatte und von Joshuas Affäre mit Lily Sebastian wusste. Dass ihr Großvater seine Affäre überhaupt der Nachwelt überliefert hatte, zeugte entweder von großer Dummheit oder außergewöhnlicher Arroganz, da er geglaubt haben musste – sollte jemand die Wahrheit erfahren –, er würde die Konsequenzen nicht zu tragen haben. Vielleicht war es für ihn ein Nervenkitzel gewesen, weil allein er wusste, dass die Schauspielerin ihre letzte Ruhestätte auf dem Meeresgrund gefunden hatte, während alle Welt glaubte, sie sei mit einem »geheimnisvollen Fremden« durchgebrannt.

Denn er hatte ihren Leichnam mitten in der Nacht aus dem geheimen Zimmer auf eines seiner Boote getragen und war aufs offene Meer vor Monterey hinausgesegelt. Dort hatte er ihre Leiche mit Gewichten beschwert und über Bord geworfen.

Wusste ihr Vater, dass sich Joshua von seiner Mutter scheiden lassen und Lily hatte heiraten wollen? Außerdem konnte sie sich nicht vorstellen, was ihr Vater gefühlt hatte, als er aus den Tagebüchern erfahren musste (falls er sie gelesen hatte), wie Joshua wirklich über die Ausweisung aller Einheimischen japanischer Herkunft gedacht hatte. Ihre Mutter hatte ihr zwar von dem Konzentrationslager erzählt, aber ihr Vater sprach nie über diese Zeit, noch hatte er je erwähnt, dass sein Vater ihn hatte enterben wollen, weil er Satomi geheiratet hatte.

Fast wünschte sich Salome, sie hätte wie Herman Boelkerke die Tagebücher heimlich gelesen, ohne ihrem Vater eine diesbezügliche Nachricht auf dem Schreibtisch zu hinterlassen.

Obwohl die Stadt »Holyrood« – Heiliges Kreuz – hieß, schien nichts an diesem Ort heilig oder christlich zu sein.

Plötzlich hatte Salome das seltsame Gefühl, jemand sei in ihrer Nähe. Vielleicht spielte ihr nur die Phantasie – durch die unheimliche Atmosphäre auf dem Friedhof angeregt – einen

Streich. Vielleicht hatte sich ihr Großvater gerade im Grab umgedreht. Oder vielleicht raschelten nur die Blätter der Bäume im Wind. Aber es wehte nicht einmal eine leise Brise. Forschen Schritts verließ sie den Friedhof und ging über die nur schwach beleuchteten Straßen zu ihrem Cottage zurück.

20

Manderson »Mandy« Monroe wohnte im obersten Geschoss eines dreistöckigen, soliden viktorianischen Reihenhauses im Hayes Valley in San Francisco. Als Salome ankam, wurde vor dem Haus gerade ein Parkplatz frei. Was häufig passierte, denn Salome hatte ein gutes Park-Karma.

Mandy öffnete ihr die Haustür mit dem Summer, und Salome ließ die Tür offen stehen, damit sie ihre Leiter, ihren Werkzeugkasten und verschiedene andere Dinge, die sie besorgt hatte, um Mandys Gesundheits-Gua zu stärken, ausladen konnte. Nachdem sie alles in den dritten Stock getragen hatte, hielt sie inne und sang stumm neun Mal ein das Herz beruhigendes Mantra.

Da sie die Wohnung bereits im November analysiert hatte, kannte sie die Räumlichkeiten, trotzdem schloss sie die Augen, ehe sie sie betrat. Denn Mandys Krankheit hatte eine veränderte Situation geschaffen, und sie wollte den jetzigen Energiestrom spüren.

Sie stieß die Tür auf und spürte sofort die kinetische Welle, die von Mandy ausging, und dann eine Gegenbewegung. Das musste das Chi sein, das durch die offen stehende Tür eintrat.

Mit noch immer geschlossenen Augen machte sie die Tür zu und spürte sofort einen heftigen Zug in ihrem Unterkörper. Dieses Phänomen interpretierte sie als Teil seiner Krankheit. Es implizierte ebenso, dass er kaum etwas zur Veränderung der Energieströme in seiner Wohnung getan hatte. Nun ja, sie war gekommen, um dem abzuhelfen.

Die Wohnung hatte den Grundriss einer »Schrotflinte«: links ein langer Flur, von dem rechts die Türen zu den einzelnen Räumen führten. Diese Grundrisse waren immer bei der Umwandlung alter viktorianischer Häuser in Wohnungen entstanden, und Salome fand sie problematisch. Das gute Chi verflüchtigte sich über den Gang und wenn es dort eine Tür gab, aus dem Gebäude hinaus.

Sie hatte ein halbes Dutzend Klienten in New Orleans, die in ähnlichen Wohnungen lebten.

Ein schneller Blick in jedes Zimmer bestätigte ihr, dass Mandy bisher keinen ihrer Ratschläge befolgt hatte. Im Vorderzimmer herrschte noch immer ein völliges Durcheinander, auch wenn der Raum nur mit wenigen, von einem verstorbenen Freund geerbten Möbeln ausgestattet war.

Doch das Badezimmer war tipptopp. Dafür gab Salome ihm Punkte. Ebenfalls für die kleine separate Toilette. Der Deckel war zugeklappt, über dem Wasserbehälter hing ein Farn, und das kleine Flügelfenster stand offen.

Dann ging sie in das Wohn-/Schlafzimmer. Die Futon-Couch stand noch immer an der Flurwand. Wenn man darauf saß, konnte man aus den beiden Schiebefenstern sehen. Da er sie sicher abends nicht in ein Bett verwandelte und sich einfach darauf ausstreckte, mit den Füßen zur Eingangstür gerichtet, bedeutete das schlechtes Feng Shui – eine symbolische Position des Todes, da man die Toten mit den Füßen voran aus dem Haus trug.

Sie umrundete den wackeligen Couchtisch, auf dem benutzte Gläser standen. Es gab viel mehr hier zu tun, als einfach nur die Gesundheits-Guas zu verstärken.

Im letzten Raum war die Küche. Von dort aus führte eine Treppe sowohl aufs Dach als auch nach unten zu den Mülltonnen im Durchgang.

Der Herd stand neben der Tür, ein schlechter Platz für Gesundheit und Reichtum, denn während des Kochens wandte

Mandy seinen Rücken dem Eingang zur Küche zu. Doch für dieses Problem hatte sie etwas mitgebracht.
Eine Weile beobachtete Salome Mandy, der zwischen einem Topf auf dem Herd, der Mikrowelle und dem Spülbecken hin und her eilte. Er war schon immer ein Energiebündel gewesen. Aids hatte ihn etwas gebremst, aber nicht sehr.
Als sie die Küche betrat, begrüßte er sie, ohne das Kochen zu unterbrechen.
»Hallo, Süße!«
Er trug ein gefälteltes blaues Seidenhemd, das zu dem auf der Couch liegenden Blouson passte, und eine Prinzessin-Diana-Perücke mit einem großen Diadem aus Strasssteinen und dazu passenden langen Ohrringen. Er hatte blauen Lidschatten und falsche Wimpern. Das Rouge auf seinen Wangen unterstrich noch seine Blässe. Vom Lippenstift waren nur noch Spuren in den Mundwinkeln zu sehen. Da sein Bart schon wieder wuchs, musste er sich schon vor ein paar Stunden hergerichtet haben.
»Warum hast du dich so herausgeputzt?«, fragte Salome.
Mandy blieb mitten in der Küche stehen und nahm eine theatralische Pose ein. Mit weit ausholender Geste und einer Gabel in der Hand deutete er auf seine magere nackte Brust.
»Du meinst, weil ich diesen alten Fummel anhabe?«
»Nein, Mandy«, sagte Salome und lachte. »Ich meine deinen Kopfputz und das Make-up.«
»Ich war beim Casting für eine Filmrolle. Einen Dokumentarfil – ›Drag Queens – eine aussterbende königliche Familie?‹ So was in der Art. Jeremy, Frank, Poller …«
Er hatte die Angewohnheit, von Leuten zu reden, die sie nicht kannte; da sie beide schon seit einigen Zeiten befreundet waren, glaubte er wohl, sie kenne alle seine Freunde.
Dann ging er zu Salome und umarmte sie, wich zurück und fragte überrascht: »Wer hat dir das angetan?«

»Das Fliegenfenster ist mir in die Quere gekommen. Nichts Schlimmes.«
»Hast du wirklich deine Trittleiter mitgebracht?«
»Ja. Und verschiedene Dinge, die du nicht gekauft hast.«
Beschämt ging er zum Herd und wechselte das Thema.
»Süße, wir waren so *heiß*. Alle beide. Lady Die – mit einem e, wie in ›sterben‹ – hat nie besser ausgesehen«, sagte Mandy mit einem Schulterzucken. »Ich weiß, das ist geschmacklos, aber mein derzeitiger Job ist eine einzige Geschmacklosigkeit. Jedenfalls, die Beleuchtung und dann diese beginnende Erkältung – und natürlich Marty – brachten mich ins Schwitzen. Dann rannte ich nach Hause, weil ich eine Lady nicht vor der Tür stehen lassen wollte. Ich riss mir den Blouson vom Leib, als ich heimkam. Und das keine Sekunde zu früh. Und wir bekamen nichts zu essen.«
»Schau mal, du solltest nicht halb nackt durch die Gegend rennen. Ich hole dir jetzt einen Bademantel. Noch besser wäre es, wenn du dich umziehst, und ich kümmere mich um das Essen.«
»Du bist ein Engel. In der Mikrowelle steht brauner Reis und auf dem Herd irgend so ein grünes Zeug.«
Er schoss an ihr vorbei.
Salome sah nach dem Reis und verringerte die Hitze unter dem »grünen Zeug«. Es sah aus, als hätte ein Seeungeheuer es ausgespien. Natürlich fiel ihr auf, dass die Herdplatte völlig verdreckt war, also machte sie sich an die Arbeit.
»Ach, im Kühlschrank steht Schampus!«, rief Mandy aus dem Wohnzimmer. »Machst du bitte die Flasche auf? Und wie wär's mit einem frühen Titel von den Beach Boys?«
Kurz darauf erklang *Don't Worry Baby* aus den Lautsprechern und weckte Erinnerungen in Salome, die ihr im Moment nicht so willkommen waren.
Erst mit Mitte dreißig hatte sich Mandy offen zu seiner Homosexualität bekannt, nach Jahren der Qual. Mandy hatte

zweimal geheiratet, seine erste Frau war Phyllis gewesen. Und während sie bei der Polizei von San Francisco Karriere machte, hatte er als Theaterschauspieler gearbeitet. Ihre High-School-Liebe hatte den täglichen Anforderungen und den konträren Gesellschaftskreisen, in denen sie sich bewegten, nicht standgehalten, deshalb hatten sie sich nach fünf Jahren Ehe scheiden lassen.
Mandy war Phyllis' erste große Liebe, und sie mochte ihn noch immer sehr gern. Wenn er ihr doch nur gesagt hätte, dass *seine* erste große Liebe James Dean gewesen war!
Mit Ende zwanzig hatte Mandy eine Bühnenschauspielerin geheiratet, die ihn rein zufällig in die Schwulenszene einführte, denn sie liebte es, ihn so anzuziehen, wie ihre jeweils aktuelle Rolle es erforderte. So benutzte sie ihn beim Rollenstudium als Spiegel. Mandy protestierte nie, denn ihm gefiel dieses Spiel. Dann verkleidete sich Mandy auch als Frau, wenn sie zusammen ausgingen. Sie amüsierten sich köstlich, bis Mandy mehr Erfolg als seine Frau hatte. Da ihre Feindseligkeit ihm gegenüber immer größer wurde, perfektionierte er seine Auftritte und schlüpfte in die Rollen berühmter Frauen. Woraufhin sie nach New York zog und er einen Job in einem Club bekam, in dem Transvestiten auftraten. Die beiden ließen sich scheiden. Schließlich trat er in einer Revue auf, die durchs Land tourte.
»Was für ein Idiot Dennis Wilson doch war!«, rief Mandy von der Tür her. Er sprach von dem verstorbenen Schlagzeuger der Beach Boys. »Schützen sind doch sonst so extrovertiert. Aber in einem Swimmingpool zu ertrinken ... Ich hätte mehr von ihm erwartet. Er hätte auf der Bühne explodieren müssen. Das wäre ein angemessener Tod gewesen.«
Mandy hatte die Perücke abgenommen und sich das Gesicht gewaschen. Jetzt trug er ein weißes Hemd. Bevor er an Aids erkrankt war, hatte er sehr jung ausgesehen. Doch die Krankheit und die damit verbundene Angst hatten ihn bis auf die

Knochen abmagern lassen. Trotzdem war er noch immer ein gut aussehender Mann. Und erst der Tod würde das Feuer in seinen wunderschönen blauen Augen zum Erlöschen bringen.

»Du siehst mich schon wieder auf diese ganz besondere Weise an, Mei«, sagte er und nahm ihr den Schwamm aus der Hand.

»Auf welche Weise denn?«

»Als würdest du mich in einem Sarg sehen.«

»Ach, hör bloß damit auf!«, entgegnete sie, schnappte sich den Schwamm wieder und wusch ihn unter fließendem Wasser im Spülbecken aus. »Dein Herd ist wichtig. Das habe ich dir bereits gesagt. Doch er sieht aus, als hättest du ihn seit einer Ewigkeit nicht geputzt.«

»Wo ist mein Essen?«

»In der Mikrowelle. Was ist das für ein grünes Zeug?«

»Irgendwas, das Josh gemacht hat. Vielleicht ein Elixier? Es sieht beschissen aus und schmeckt auch so, aber es hilft. Ich glaube, er tut heimlich irgendwelche Morphiumderivate rein.«

Während Mandy aß, putzte Salome den Herd.

»Wer ist Josh?«

»Adrians jüngerer Bruder.«

»Du machst wohl Witze! Ist er auch schwul?«

Adrian war Mandys zweite Frau.

Salome drehte sich überrascht um. »Du meine Güte!«

»Beruhige dich. Die Wege des Herrn sind unerforschlich«, sagte Mandy und stellte seinen Teller ins Spülbecken. »Wo ist denn der Schampus? Hast du ihn getrunken?«

»Ich habe ihn ganz vergessen.«

»Du bist nicht von dieser Welt.«

Er öffnete die Flasche und füllte zwei Sektgläser.

Und als Salome protestierte und sagte, sie könne nicht trinken und fahren, nahm er ihr wieder den Schwamm weg.

Dann warf er ihn wie einen Basketball in hohem Bogen ins Spülbecken.
»Ja! Zwei Punkte für Monroe!«, sagte Mandy, ergriff Salomes Hand und zog sie hinter sich her ins Wohnzimmer, wo er sie auf die Couch bugsierte. Dann holte er die beiden Gläser.
»Worauf wollen wir anstoßen?«
»Auf gutes Chi.«
Mandy wandte kurz den Blick ab. »Auf was auch immer.« Dann wurde er wieder fröhlich. »Komm jetzt!«
Sie stießen an, und Salome trank einen winzigen Schluck.
»Was soll das heißen, mit dem Trinken und Fahren? Ich dachte, du bleibst über Nacht. Haben deine Eltern nicht eine Wohnung hier? Natürlich kannst du auch bei mir bleiben.«
»Phyl will mich in der Nähe wissen. Ich kann froh sein, dass sie mich überhaupt hat fahren lassen.«
Plötzlich sprang Mandy von der Couch auf und verschwand im Flur. Was ist denn jetzt schon wieder los?, dachte Salome. Sie wollte endlich mit ihrer Arbeit weiterkommen.
In dem Moment tauchte Mandy wieder im Wohnzimmer auf. Er sprach in sein schnurloses Telefon: »... ja, ja, viel zu viele Verbrecher und viel zu wenig Zeit. Jedenfalls rede ich über Palmer Fordhams Tod nur mit Mei.« Er schwieg. »Natürlich habe ich ein Tonbandgerät. Schließlich bin ich Entertainer!«
Er grinste Salome an und verdrehte die Augen. »Ja, sie ist bei mir«, sagte er, warf Salome den Apparat zu und hauchte: »Phyl.«
»Phyllis?«, sagte Salome überrascht.
»Mandy hat mir eben erzählt, dass er dich in einen Club mitnehmen will, in dem Fordham früher verkehrte. Ich hätte nur gern, dass du morgen schon früh zurückkommst. Wie sieht Mandy aus?«
»Gut, wie immer.«

Phyllis seufzte. »Wenn du nur etwas für ihn tun könntest …«
»Ich tue, was ich kann. Wie kommst du mit deinen Ermittlungen weiter?«
Angespanntes Schweigen.
»Gib dir bei ihm besondere Mühe.«
»Das ist doch selbstverständlich«, antwortete Salome mit gepresster Stimme.
»Und Mei, vielen Dank für deine Diskretion.«
»Inwiefern?«
»Dein Interview im *Echo*.«
»Ach, das.« Salome hatte die Zeitung ganz vergessen.
»Wahrscheinlich ärgerst du dich grün und blau.«
»Warum denn?«
»Weil Emily ein altes Führerschein-Foto von dir veröffentlicht hat. Gib mir Mandy bitte noch mal.«
Salome reichte ihm das Telefon. Er redete so nett mit seiner Exfrau, als wären die beiden noch immer ein verliebtes Paar. Liebe ist doch etwas Seltsames, dachte Salome. Und dann fiel ihr ein, wie das lächerliche alte Foto damals zustande gekommen war. Aus unerklärlichen Gründen hatte sie Augen und Mund weit aufgerissen. Aber der sture Beamte hatte sich geweigert, eine neue Aufnahme zu machen. Nun, daran war jetzt nichts mehr zu ändern.
Übernachten konnte sie im Stadthaus ihrer Eltern in der Jones Street, das früher ihrer Großmutter gehört hatte. Familienmitglieder und Freunde wohnten dort, wenn sie sich zum Vergnügen in San Francisco aufhielten. Eigentlich hatte sie keine Lust hier zu bleiben, denn in Holyrood war im Moment allerhand los.
Doch erst einmal musste sie sich auf das Feng Shui in Mandys Wohnung konzentrieren, auch wenn sie neugierig war, was er über Palmer Fordham zu erzählen hatte.
Da sie wusste, dass er sie bei der Arbeit eher stören wür-

de, schrieb sie eine Liste von Gegenständen, die sie brauchen würde, und schaltete die Stereoanlage aus, damit sie sich besser konzentrieren konnte.

Die Einkäufe in Japantown würden Mandy beschäftigen, während sie arbeitete.

21

Salome gab Mandy Geld fürs Taxi und für die Artikel auf ihrer Einkaufsliste. Er verkündete fröhlich, sie habe völlig freie Hand und könne in seiner Wohnung tun und lassen, was sie wolle. In gewisser Hinsicht war das typisch männlich – er überließ frohen Herzens die Drecksarbeit einer Frau. Aber das machte ihr überhaupt nichts aus.

Nachdem sie die Küche geputzt hatte, drehte sie alle Brenner am Gasherd kurz auf, um das stagnierende Sha freizusetzen. Dann hängte sie einen Spiegel so hinter dem Herd auf, dass er die Brenner reflektierte und somit symbolisch ihre Anzahl verdoppelte, um Mandys Wohlstand zu steigern. Außerdem konnte er im Spiegel jeden sehen, der in die Küche kam, und würde beim Kochen nicht erschrecken. Denn je zufriedener der Koch war, umso besser gelangen seine Speisen, was sich wiederum vorteilhaft auf die Gesundheit auswirkte.

Dann blieb Salome in der Tür zum Wohn-/Schlafzimmer stehen und war froh, alle nötigen Utensilien zur Verbesserung des Chi-Flusses mitgebracht zu haben.

Die Jalousetten waren kaputt und völlig verdreckt. Mandy hatte sie einfach schief an den Fensterrahmen hängen lassen. Salome nahm die Rollos ab, putzte die schmutzigen Scheiben, bis sie glänzten – was Mandys Augenlicht gut tun würde. Dann hängte sie neue, leichte Jalousien aus Reispapier auf. Die dem Gua Kreativität/Kinder zugeordnete Farbe Weiß mit Gold würde sich günstig auf diesen Bereich seines Lebens – in Mandys Fall die Kreativität – auswirken. An die oberen Rahmen jedes Fensters hängte sie eine in Facetten geschliffene Kristallkugel an einer fünfundvierzig Zentimeter langen roten Schnur. Da

die Fenster sich nach Osten öffneten, würde sich die Morgensonne in der Kristallkugel brechen, den Raum mit Licht und Farbe füllen und somit das Chi mit Energie aufladen.
Als Nächstes stellte Salome die Möbel um. Den billigen Couchtisch und die schmutzigen Jalousetten deponierte sie an der Hintertür, damit Mandy beides in die Mülltonne werfen konnte.
Das Futon-Sofa wechselte den Platz mit einem kleinen Resopaltisch und zwei Stühlen, die im Ruhm-Gua gestanden hatten. Den schmuddeligen braunen Futonüberzug entfernte sie und warf ihn zum übrigen Müll. Es war ziemlich mühsam, den neuen, rotgoldenen Überzug über die Matratze aus Baumwollgewebe zu ziehen, aber das Resultat war spektakulär. Jetzt konnte Mandy die Wohnzimmertür sehen, anstatt mit den Füßen zur Wohnungstür zu liegen.
Auf den kleinen Esstisch im Familien-/Gesundheitsbereich der Wohnung und des Zimmers legte sie eine neue, grüne Decke. Die Farbe Grün und das Element Holz waren Bestandteil dieses Guas. Salome stellte noch ein Bonsai-Bäumchen dazu, das nicht viel Platz beanspruchte, sich aber positiv auf seinen Gesundheitszustand auswirken würde. Vielleicht verbesserte sich dadurch auch Mandys Beziehung zu seiner Familie, denn sein Vater hatte ihn enterbt, nachdem er sich anlässlich eines Familien-Dinners »geoutet« hatte.
Zur zusätzlichen Potenzierung der Energie hängte Salome noch ein keltisches grünes Männchen, dem üppige Blätter aus dem Kopf wuchsen, an die kahle Wand über dem Tisch. Dieses virile, maskuline Symbol würde auch Mandys männliches Gesundheits-Chi stärken.
In Einbauschränken rechts neben der Wohnzimmertür waren das Fernsehgerät und die Stereoanlage untergebracht. Während Salome die Türen abstaubte, fiel ihr auf, dass die ursprüngliche Farbe irgendwann schwarz übermalt worden war – eine verheißungsvolle Farbe für diesen Karrierebereich.

Der wackelige Tisch in der Mitte – dem Tai-Chi-Zentrum – gefährdete das Gleichgewicht und die Harmonie des Raums. Vielleicht finde ich im Vorderzimmer einen stabileren Ersatztisch, dachte Salome, denn einen Tisch braucht Mandy.
Bad und Toilette waren sauber, und Salome stellte zufrieden fest, dass im Waschbecken und in der Wanne Plastikstöpsel waren, die verhinderten, dass die Finanzen versickerten.
Der Eingang zum Ankleidezimmer lag im Bereich Hilfreiche Menschen. Zum letzten Mal hatte sie hier im November aufgeräumt, aber jetzt herrschte wieder ein heilloses Durcheinander.
Als Erstes putzte sie das kleine Fenster im Wohlstands-Gua und entfernte die abgestorbene Pflanze vom Fensterbrett.
Der mit altem Make-up verschmierte Toilettentisch stand links von der Tür im Karrierebereich. Sie legte die noch verwendbaren Kosmetikartikel in die Schubladen, warf den Rest weg, schrubbte die Tischplatte, putzte den Spiegel und ersetzte die kaputten Glühbirnen am Rahmen. Überall verteilte sie Rosmarin-Zweige und zerrieb ein paar Blätter, damit sich der Duft im Zimmer ausbreiten konnte. Rosmarin bedeutet feminine Stärke und würde das Yin – die weibliche Seite seines Wesens – kräftigen.
Schmutzige Kleidung lag im ganzen Raum verstreut, einschließlich des Bereichs Familie/Gesundheit. Zu Weihnachten hatte sie Mandy eine neunzig mal neunzig große Collage aus alten Fotos geschickt – darunter auch lächerlich wirkende altmodische Standfotos –, die ihn zeigten, als er noch kräftig und gesund gewesen war. Sie hatte Mandy gebeten, die Collage entweder im Ankleidezimmer oder im Wohnzimmer aufzuhängen. Es tat ihr weh, als sie ihr Geschenk, noch in zerrissenes Weihnachtspapier verpackt, unter einem Stapel Schmutzwäsche fand. Sie entfernte das Papier und hängte die Collage an die Wand.
Auf den Regalbrettern über einem rollbaren Ständer mit

Kleidern unter Schutzhüllen lagen Perücken, jede mit einer Regenhaube aus Plastik zugedeckt. Den symbolhaften Charakter fand Salome schrullig und gleichzeitig paradox: Aids hatte Mandy die Karriere verregnet. Aber noch bestand Hoffnung. Die Regenhauben konnten entfernt werden.
Sie legte neun rote Rosenknospen aus Seide zwischen die Perücken, ordnete die Kleider im Schrank und sammelte die schmutzige Wäsche auf. Programmzettel und andere auf dem Boden verstreute Utensilien legte sie in eine Schachtel. Sie prüfte die Deckenlampe – eine Glühbirne war kaputt. Vorsichtshalber ersetzte sie beide und ging dann ins letzte Zimmer.
Die Probleme im Vorderzimmer – dem wichtigsten Hilfreiche-Menschen-Gua der Wohnung – würden größtenteils verschwinden, wenn Mandy die darin gestapelten Kartons und ausrangierten Möbel entfernte. Salome putzte das Erkerfenster und ließ es offen, damit die frische Luft den muffigen Geruch vertrieb. Dann hängte sie ein Windspiel aus Metall – allgegenwärtig in Chinatown – auf, das in der Brise sofort zu singen anfing.
Begleitet vom zarten Klang des Glockenspiels räumte sie den Platz vor dem Kamin im Familie/Gesundheits-Gua frei und entdeckte dabei einen robusten Tisch, der gut ins Wohnzimmer passen würde. Sie polierte den Kaminsims und den darüber hängenden Spiegel und überlegte, womit sie hier das Chi beleben könnte. Eine Pflanze würde sich gut eignen. Da vor den Fenstern jedoch allerlei Kram lag, kam nicht genug Licht für das Gedeihen einer Pflanze ins Zimmer. Bis auf eine Kerze mit Kieferndufte und ein mächtiges Klangspiel für die Diele hatte sie alle mitgebrachten Utensilien platziert.
In einem der Küchenschränke fand sie eine flache grüne Glasschale. Salome legte sie auf den Kaminsims, stellte die grüne Kerze hinein und zündete den Docht an. Der Spiegel reflektierte die Flamme, und der Kiefernduft weckte sofort das Chi.

Kurz betrachtete sie noch das im Raum herrschende Durcheinander und segnete den Geist jenes Freundes, der Mandy alle seine irdischen Besitztümer hinterlassen hatte.
Draußen fing es an zu stürmen. Das Windspiel klingelte heftig. Salome schloss die Fenster, denn ihrem Verständnis nach hatte Mandys Freund zu ihr gesprochen. Seine Hinterlassenschaft sollte nicht Mandys Chi-Fluss blockieren, sondern verschenkt werden.
Auf dem Schreibtisch neben der Tür schrieb sie eine Nachricht: Ruf die Heilsarmee an und lass den Kram abholen.
Nachdem sie den »neuen« Couchtisch vor das Futon-Sofa gestellt hatte, stieg sie auf ihre Trittleiter und hängte das melodiös klingende Windspiel an einer einundachtzig Zentimeter langen roten Schnur an die Decke mitten in der Diele auf. Die Klangkörper hingen so tief, dass Mandy die Röhren jedes Mal, wenn er darunter hindurchging, in Bewegung setzen konnte.
Nachdem Salome die profanen Arbeiten erledigt hatte, duschte sie schnell und schlüpfte in ihre Robe. Nach einem Mantra zur Einstimmung begann sie mit dem transzendentalen Segnungsritual in der Küche und lenkte ihre ganze Geisteskraft in die Gesundheits-Guas in jedem Raum.
Sie stand gerade vor dem Kamin im Vorderzimmer, als Mandy zurückkam. Sie blies die Kerze aus und sagte ihm, er solle die Einkaufstüten neben die Wohnungstür stellen.
Als Salome ihn durch die Räume führte, erkannte sie an seinem freudigen, beinahe ehrfürchtigen Gesichtsausdruck, wie sein persönliches Chi angeregt wurde.
»Wer wohnt denn hier?«, fragte er verblüfft. »Warum habe ich nicht früher auf dich gehört? Salome, wie ist ... Herrgott ... ich kann es kaum erwarten, dass Jeremy das sieht.«
Auf ihre Bitte hin hatte Mandy eine Messingglocke gekauft, mit der er jeden Morgen in jedem Gesundheits-Gua das Chi herbeirufen sollte. Die leuchtend gelben Narzissen, die er

mitgebracht hatte, stellte sie in eine Vase und diese auf den »neuen« Couchtisch, um das Gleichgewicht und die Harmonie in der Mitte des Zimmers zu konzentrieren.
Schließlich hängte sie noch den beigen Perlenvorhang an den Türrahmen zur Küche. Wie das Windspiel im Flur würde er das Chi durch Klang und Bewegung in der Wohnung verteilen. Außerdem würde Mandy sofort hören, wenn jemand die Küche betrat. Beige, die Farbe des Wissens und der Spiritualität, in der Tür – dem Mund des Chi – würden das Interesse an gesunder Ernährung anregen, eine Grundvoraussetzung für jemanden in einem derart prekären Gesundheitszustand.
»Das ist einfach *exotisch*!«, sagte Mandy und ging ein paarmal durch den klimpernden Perlenvorhang. »Ich ... ich«, schluchzte er plötzlich und schlug die Hände vors Gesicht.
Salome nahm ihn in die Arme.
Als sich die beiden eine Weile später wieder voneinander lösten, glaubte Salome, dieser Gefühlsausbruch hätte ihn erschöpft. Doch das Gegenteil war der Fall.
»Als Erstes ziehst du diese grässliche Robe aus. Darin siehst du wie eine asiatische Hexe aus«, verkündete Mandy überschwänglich und wischte sich die Tränen ab. Jetzt verströmte er einen strengen Geruch. »Wir machen aus dir ein Glamourgirl! Tom-Tom hatte wirklich hübsche Kleider.«
»Mandy, beruhige dich! Ich muss mich nicht ...«
»Stopp! Wirklich, Süße ... entschuldige meinen Körpergeruch. Der gehört jetzt irgendwie zu mir. Ich geh schnell mal duschen.« Aus einem Schrank nahm er ein Pflaster und verkündete: »Mein Testosteron! Du gehst jetzt in mein Ankleidezimmer und suchst dir ein tolles Kleid aus. Tom-Tom würde sich geehrt fühlen, wenn du seine Klamotten trägst.«
»Die Schuhe. Ich habe keine dazu passenden Schuhe.«
»Keine Angst«, sagte er und verdrehte die Augen. »Wir finden schon was für dich. Zieh dich erst mal um. Wenn ich mit dir fertig bin, wird niemand mehr auf deine Füße schauen.

Ich kenne zwar viele Perverse, aber keiner von ihnen ist ein Fuß-Fetischist.«

Als Salome den Mund aufmachte, um ihm zu widersprechen, legte er ihr den Zeigefinger auf die Lippen. »Geh und such dir ein Kleid aus. Ich dusche und komme gleich zu dir.«

Während Mandy unter der Dusche wie einer der Sänger von den Beach Boys *Good Vibrations* schmetterte, schaltete Salome im Ankleidezimmer die Deckenleuchte ein, zog ihre Robe aus und hängte sie an die Schranktür. Darunter hatte sie nur ein ärmelloses Hemd an und sie fror in dem kalten Zimmer. In der Mitte des Kleiderständers hingen zwischen Mandys viel größeren Kreationen unter einer Schutzhülle kurze Seiden- und Satinkleider – manche mit Ziermünzen oder Glasperlen bestickt. Tom-Tom musste schöne Beine gehabt haben.

»Jetzt bist du dran«, sagte Mandy.

Als Salome über die Schulter schaute, sah sie Mandy splitterfasernackt – nur mit einem Handtuch als Turban um den Kopf geschlungen – in der Tür stehen.

»Ich weiß, woran du jetzt denkst«, sagte er und breitete die Arme aus. »An Joan Crawford, stimmt's?«

Wie kann ich bei dieser Zurschaustellung männlicher Genitalien an einen verstorbenen Vamp denken?, fragte sich Salome und lachte.

Mandy tänzelte ins Zimmer, und die beiden wählten wie ein altes Ehepaar die passende Garderobe aus.

»Hmm, ich hasse es, der Mann zu sein. Anzüge sind so langweilig«, sagte Mandy und schlüpfte in einen kimonoartigen Satinmorgenrock. Dann befahl er Salome, vor dem Toilettentisch Platz zu nehmen.

»Süße, jetzt feng-shui ich *dich*.«

22

»Du meine Güte, ist das teuer hier, Mandy!«, flüsterte Salome und schielte über die in Leder gebundene Speisekarte, als die beiden ihre Drinks bestellt hatten.

»Ja, Süße. Aber ich habe dich eingeladen.«

Nachdem sich Mandy zu Hause doch für ein weibliches Outfit entschieden hatte und eine sinnliche Marilyn-Monroe-Kopie wegen seiner Magerkeit nicht mehr in Frage kam, hatte er einen langärmeligen Overall in Schwarz und dazu passende Stiefeletten gewählt. Dazu trug er eine dunkelbraune Kurzhaarperücke. Binnen zehn Minuten hatte er sich perfekt geschminkt. Das Resultat: Er sah aus wie Diana Rigg in der berühmten Fernsehserie *Mit Schirm, Charme und Melone*.

»Bitte, lass mich die Rechnung zahlen, oder wenigstens teilen.«

»Nein.«

»Aber ...«

»Salome, vielleicht lebe ich wie ein Chaot, aber ich habe früher nicht schlecht verdient und mein Geld geschickt investiert. Vielmehr hat Tom-Tom das für mich getan. Denn er war tagsüber Börsenmakler. Also geht es mir finanziell ganz gut. Nur posaune ich das nicht in die Welt hinaus. Und was hast du nicht alles für mich getan. Und alles umsonst.«

Sie saßen am Fenster – im Partnerschafts-Gua – in einem bezaubernden Dachterrassenrestaurant auf dem Nob Hill mit Blick über die Stadt und ihre unzähligen vom Nebel und Regen gedämpften Lichter.

Mandy hatte Salome tatsächlich »feng-shuit«. Mit dem sicheren Geschmack und Geschick eines Künstlers hatte er sie

geschminkt, wobei er ihre asiatischen Gesichtszüge betonte, und ihr Haar zu einem Pferdeschwanz gebunden.
Unter den vielen Kleidern hatte er schließlich ein an beiden Seiten hoch geschlitztes chinesisches Kleid aus blau-goldenem Brokat mit dazu passenden Schuhen gewählt.
Mit verzücktem Blick, wie Professor Higgins vor seiner Eliza, erklärte er stolz: »Jetzt siehst du aus wie Nancy Kwan in *Die Welt der Suzie Wong*. Tom-Tom wäre auch stolz. Leider starb er, ehe er dieses Kleid auch nur einmal anziehen konnte.«
Trotz ihres leichten Unbehagens, die Garderobe eines Toten zu tragen, war Salome von ihrem Aussehen fasziniert. Mandy hatte ein kleines Wunder vollbracht.
Jetzt kam der Ober mit ihren Getränken: einem Champagnercocktail für Mandy und einem Perrier für Salome.
»Auf Tom-Tom!«, sagte Salome und hob ihr Glas.
»Auf Tom-Tom«, antwortete Mandy, und sein Blick verschleierte sich.
»Komm, fangen wir gleich damit an«, sagte sie schnell und legte einen kleinen Recorder auf den Tisch.
Sofort wurde Mandy munter, denn er war mit Leib und Seele Entertainer und genoss Interviews.
»Wann hast du Palmer Fordham kennen gelernt?«
»Kurz nachdem er von der Kunstschule hier geflogen ist. Etwa vor zehn Jahren«, antwortete er und warf den Kopf in den Nacken, als würde er auch gefilmt.
»Mein Gott, er sah umwerfend aus und hing mit allen Leuten rum, mit Homos und mit Heteros. Aber er hatte immer ein Auge auf Leute mit Geld geworfen. Tom-Tom war total in ihn verknallt, das weiß ich. Doch seine Gefühle wurden nicht erwidert. Palmer mochte ihn wegen seiner Investmenttipps«, sagte Mandy und verdrehte die Augen. »Und der Idiot gab sie ihm umsonst. Er kaufte Palmer sogar ein paar seiner mittelmäßigen Bilder ab. Nur um sich bei ihm beliebt zu machen.

Aber sein Mund, Süße ... Seine Lippen waren wie Seide. Palmer Fordham konnte besser küssen als jeder andere.«

»Du hast ihn geküsst?« Salome fragte sich, wie Phyllis sich wohl fühlen würde, wenn sie das hörte.

»Wie sonst hätte ich derart davon schwärmen können?«, antwortete er unwirsch und fügte nach einer Weile hinzu: »Entschuldige, ich wollte nicht unhöflich sein.

Jedenfalls hing Palmer in bestimmten Clubs rum – vor allem bei Murph's – und zeichnete die Leute. Uns Transvestiten gefiel das. Andere Leute waren nicht so scharf darauf. Eines Abends hatte einer von den Zuschauern was dagegen und führte sich auf wie ein rabiater VIP. Zerriss die Zeichnungen und warf die Fetzen auf Palmer. Jedenfalls stellte sich später heraus, dass der Typ ein Kongressabgeordneter aus dem Osten war, der sich die Verteidigung der ›Familienwerte‹ aufs Banner geschrieben hatte.«

»Kennst du irgendwelche Exlover von ihm?«

»Wie ich schon sagte, der Typ war nie richtig festzunageln. Vielleicht treffen wir jemanden bei Murph's.«

»Hattest du Sex mit ihm?«, fragte sie widerstrebend.

Mandy lachte. »In Gedanken.« Dann beugte er sich vor und vertraute Salome leise an: »Ich weiß nicht, ob er es genossen hat, aber für mich war es toll!«

Das Essen wurde serviert.

»Pause, Phyl!«, rief Mandy. »Mei und ich müssen jetzt was essen.« Dann schaltete er den Recorder aus.

Während des Essens erzählte Salome, dass Michael O'Kelly in der Stadt sei, worauf Mandy ihr gestand, in der High School insgeheim in ihn verliebt gewesen zu sein.

»An deiner Stelle würde ich nicht versuchen, die Beziehung wieder aufleben zu lassen«, riet Mandy ihr.

»Wieso?«

»Willst du die Wahrheit wissen?«

»Natürlich.«

»Ich glaube, dass er damals auch in mich verknallt war.«
Sie starrte ihn kurz an, hielt die Gabel mit gegrilltem Lachs in der Luft. Dann lachte sie.
Mandy kicherte. »Ja, wer wäre das nicht gewesen. Zu der Zeit glich ich einem jungen Gott!« Dann lächelte er verschmitzt. »Und wenn ich es auch nicht wusste, ich war eine *Göttin.*«
Beim Dessert beendeten die beiden das Interview bei laufendem Tonband: »... konnte es kaum glauben, als er mich Neujahr anrief und nach Tom-Tom fragte. Er sagte, er habe ein neues Projekt laufen und halte nach Investoren Ausschau.«
»Was für ein Projekt?«
»Couchtische! Kannst du dir das vorstellen? Als Fuß eine Nixe und obendrauf Plexiglas. Ästhetisch, leicht und billig. Made in Taiwan. Du weißt schon, der übliche Schrott für die Massen. Er hatte bereits eine große Importfirma für die Generalvertretung an der Hand.«
»Eine weltweite Importfirma?«
Mandy zuckte ungeduldig mit den Schultern. »Die Sache war nur die, dass Tom-Tom bereits vor ein paar Monaten gestorben war! Das zeigt doch nur, wie Palmer sich um alte Freunde kümmerte. Ich habe einfach aufgelegt. Das war mein letzter Kontakt zu ihm.«
Die beiden hatten gut daran getan, das Interview noch im Restaurant zu machen, bevor sie den Club im Castro-Viertel besuchten. Murph's vibrierte geradezu vom Rock and Roll, Gelächter und geschrienen Bestellungen an der langen Bar, die samt Zapfhähnen direkt aus Irland importiert worden war und hinter der drei Barkeeper mit eleganten Bewegungen ihre Cocktails mixten.
Auf der Bühne im rückwärtigen Teil – im Ruhm-Sektor, wie Salome sofort bemerkte – sprangen Klone von Mick Jagger und Rod Stewart herum, sangen Playback und spielten Luftgitarre.

Ein Transvestit mit Pagenkopf und Perlenkette, bekleidet mit Twinset und Faltenrock, ging am Arm eines kahl werdenden Herrn in schwarzen knallengen Lederhosen und passender, offen stehender Lederjacke, die eine haarlose Brust enthüllte, an ihnen vorbei. Als Salome dem Paar nachschaute, bemerkte sie auf dem halb entblößten knackigen Hintern des Herrn Tätowierungen: ionische Säulen. Sie fragte sich, ob das irgendein Code sei.

Mandy schien jeden in dem Club zu kennen. Sie gingen von Tisch zu Tisch, und jedes Mal stellte er sie als »Suzie – Suzie Wong«, vor. Sie war froh, als sie sich endlich an einem Tisch in der Nähe der Bühne niederließen.

Irgendwann trat Ruhe ein, und die einstündige Transvestiten-Show begann, eine glamouröse Darstellung berühmter amerikanischer Entertainerinnen wie Dolly Parton, Carol Channing, Barbra Streisand und Liza Minelli. Noch nie hatte Salome derart prächtige Abendkleider gesehen, außer in der Damentoilette im Kennedy Center in Washington, D.C.

Als die Show zu Ende war und der Lärmpegel wieder stieg, sah sie, dass Mandy weinte. Sie wusste, wie gern auch er auf der Bühne gestanden hätte und wie sehr ihm der Beifall des Publikums fehlte. Damit er in Ruhe seine Fassung wiedergewinnen konnte, ging sie zur Bar.

Sie quetschte sich zwischen zwei Männern durch, die auch als solche gekleidet waren, und versuchte, den Barkeeper auf sich aufmerksam zu machen. Als sie den Mann zu ihrer Rechten näher ansah, erstarrte sie.

»Kenne ich Sie nicht?«, nuschelte der Mann betrunken.

Trotz der verwaschenen Aussprache erkannte sie die Stimme sofort: Sie gehörte dem Feuerwehrmann, dem sie neulich Hectors Fischsuppe gebracht hatte.

Doch Salome schüttelte den Kopf und bestellte beim Barkeeper einen Champagnercocktail und ein Perrier.

Als sie zu ihrem Tisch zurückgekehrt war, sagte sie: »Mandy,

sieh jetzt nicht hin. Aber an der Bar steht ein Typ, der ist Feuerwehrmann in Holyrood. Ich habe ihn durch Zufall kennen gelernt. Er heißt Clay Bethune.«
»Wirklich? Ich kenne Clay. Doch ich habe ihn eine ganze Weile nicht gesehen.«
»Oh!«
»Was ist denn?«
»Er kommt an unseren Tisch.«
Und da stand er schon vor ihnen, schwankend und mit einem Highball in der Hand.
»Clay! Du alter Feuerteufel! Hab dich lange nicht gesehen. Komm her und setz dich.«
Clay zog einen Stuhl heran und setzte sich verkehrt herum darauf, die Hände über der Lehne. Ganz der Macho. Und starrte Salome aus trüben Augen an.
»Wo hast du denn gesteckt?«, fragte Mandy.
»Ich hatte die Schnauze voll von der Stadt.«
»Und wo wohnst du jetzt?«
»In Santa Cruz. Aber ich arbeite in einem Kaff namens Holyrood.« Plötzlich deutete er mit seinem Glas auf Salome. »Ich kenne Sie ...«
»Das ist Suzie. Suzie Wong«, sagte Mandy.
»Suzie? Wie?«
»Eigentlich ...«, fing Salome an.
Aber Mandy unterbrach sie schnell: »Suzie spricht nicht gut Englisch.«
»Ich kenne sie aber, glaube ich.«
»Hey, Mann! Hast du schon von Palmer Fordham gehört? Schrecklich, wie? Warte mal, der hat doch in Holyrood gewohnt. Hast du ihn da nicht gesehen?«
»Ja. Ein paar Mal.«
»Wart ihr beide nicht mal zusammen?«
Jetzt starrte Clay Mandy an. »Bis er reich wurde. Er wollte nicht, dass all diese alten Schickimicki-Miezen etwas von sei-

nem früheren Leben erfuhren. Du hättest mal sehen sollen, wo er gewohnt hat.«

»Scheiße, Mann. Das ist doch immer so. Wenn einer zu Geld kommt, kennt er seine alten Freunde nicht mehr.«

»Ja, das stimmt. Aber ich habe dafür gesorgt, dass er mich nicht vergisst.«

»Ich hab gehört, dass er zu Tode gequält wurde. Keine schöne Art, den Löffel abzugeben.«

Clay grunzte nur. Über die Lautsprecher schmetterte Tina Turner: *We Don't Need Another Hero*.

»Ich muss jetzt einfach tanzen!«, verkündete Mandy, riss Salome von ihrem Stuhl hoch und schwenkte sie auf der kleinen Tanzfläche herum.

»Schau, Süße. Ich hab so ein komisches Gefühl bei Clay. Er hat eine schlechte Ausstrahlung.«

»Glaubst du, er könnte etwas mit Palmers Tod zu tun haben?«

»Keine Ahnung. Wenn er betrunken ist, kann er gewalttätig werden. Ob er zu einem Mord fähig ist, das kann ich nicht sagen. Doch im Augenblick gefällt es mir nicht, wie er dich anstarrt. Vielleicht sollten wir hier die Segel streichen. Ich bin auch etwas müde.«

Als die beiden zu ihrem Tisch zurückkehrten, war Clay verschwunden. Auf dem Weg nach draußen sah sich Salome nach dem Feuerwehrmann um, konnte ihn aber nirgends entdecken.

Nachdem Salome sich umgezogen und Mandy in sein umgestelltes Couchbett gesteckt hatte, fuhr sie nach Hause. Kurz vor Mitternacht hielt sie vor dem Revier in Holyrood und steckte das Tonband in den Nachtbriefkasten. Vorher hatte sie noch die Begegnung mit Clay Bethune geschildert und seine mögliche Beziehung zu Palmer Fordham.

23

Salome betrachtete das in der Extraausgabe des *Echo* veröffentlichte Foto von Palmer Fordhams Atelier. Das feine Raster zeigte, dass die Aufnahme von der Tür aus gemacht worden war. Emily musste irgendwie in den Besitz eines Negativs gekommen sein – entweder von einem Reporter, der sich heimlich ins Haus geschlichen hatte, oder vom Polizeifotografen. Salome bezweifelte jedoch, dass ein Polizist seinen Job riskiert hatte, um der Presse einen Gefallen zu erweisen. Das würde Phyllis alles andere als amüsant finden.

Gemäß der Feng-Shui-Lehre repräsentierte das oberste Stockwerk eines Gebäudes das über den Bewohnern hängende Schicksal. Wurden auf einem Speicher Gegenstände aus der Vergangenheit aufbewahrt, so hatte diese Zeit einen starken Einfluss auf die Gegenwart. Im Perfume Mansion war das Dachgeschoss ursprünglich ein Sonnenzimmer gewesen, das – wie auf dem Foto zu sehen war – der Maler als Atelier genutzt hatte.

Die Lage der Matratze zeigte Salome, dass Palmer mit den Füßen zur Tür geschlafen hatte – wie Mandy, aber, noch schlimmer, ohne stützende Wand – »dahintreibend«, wie manche Feng-Shui-Praktiker diese Position nannten.

Da Palmer im selben Raum geschlafen und gearbeitet hatte und beide Bereiche nicht durch eine Wand voneinander getrennt waren, hatte er sowohl sein privates als auch sein berufliches Leben gefährdet.

In der Diagonale von der Tür zur rechten oberen Ecke entdeckte Salome eine Skulptur mit einem fischförmigen Unterleib. In einem Büro oder einem Arbeitszimmer lag die Macht-position im Partnerschafts-Gua, und dort sollte deshalb der Schreibtisch oder der Arbeitsbereich platziert sein. Offensichtlich war diese Skulptur für Palmer von großer Bedeutung gewesen. War sie der Prototyp eines Sockels für die von ihm geplante Massenware »Couchtisch«, von der Mandy ihr erzählt hatte? Die im ganzen Raum verstreut stehenden Tische ließen darauf schließen. Salome hatte das starke Gefühl, dass diese Skulptur etwas mit seiner Ermordung, vielleicht auch mit der Zerstörung einer langjährigen Beziehung zu tun hatte. Sie musste daran denken, wie aggressiv Clay Bethune gestern Abend gewesen war.

Salome legte die Zeitung weg und die Baupläne vom Perfume Mansion auf ihren Schreibtisch. Blatt für Blatt musterte sie prüfend die Grundrisse und wollte vor allem die Zeichnung des Kellergeschosses noch einmal genau studieren. Vielleicht fand sie jetzt einen Hinweis zu dem geheimen Raum. Da fiel ihr Blick plötzlich auf eine Markierung, die ihr schon beim ersten Durchsehen der Pläne – gleich nachdem sie das Geld für eine Feng-Shui-Analyse im Perfume Mansion bekommen hatte – hätte auffallen müssen. Auf dem Grundriss des Erdgeschosses, neben dem Esszimmer, war ein winziger Dreiviertelkreis eingezeichnet, der aussah wie ein angeschnittener Kuchen.

In diesem Augenblick läutete das Telefon. Emily war am Apparat.

»Stellen Sie sich nur vor, Barbara Boatwright ist verhaftet worden! Ihre Fingerabdrücke sind auf einem Weinglas, das im Wohnzimmer sichergestellt wurde.«

»Ach du meine Güte!«

»Fällt Ihnen dazu nicht mehr ein? Als Ihre Sprecherin muss ich mehr Informationen haben, Salome!«

»Dafür ist jetzt nicht der richtige Zeitpunkt«, sagte Salome und dachte: Für ein Gespräch mit Emily gibt es überhaupt keinen Zeitpunkt.

»Na gut. Ich bin noch im Polizeirevier und bleibe wohl noch eine Weile. Könnten wir uns zum Abendessen treffen?«, schlug Emily vor.

»Ich habe schon etwas vor.«

»Vergessen Sie unsere Abmachung nicht, Salome«, erinnerte Emily Salome und legte auf.

Salome dachte an das Telefonat mit Barbara, in dem ihre Freundin behauptet hatte, Palmer seit Mitte des Monats nicht mehr gesehen zu haben. Ihre Fingerabdrücke auf dem Glas schienen jedoch das Gegenteil zu beweisen – und dass sie gelogen hatte.

Der Gedanke, dass ihre Freundin eine Mörderin sein könnte, gefiel Salome überhaupt nicht. Für die Fingerabdrücke konnte es eine plausible Erklärung geben. Vielleicht war sie in der Mordnacht am frühen Abend auf einen Drink ins Perfume Mansion gegangen und hatte gelogen, um sich zu schützen und ihre Ehe zu retten.

Ein paar Minuten später wandte Salome ihre Aufmerksamkeit wieder den Bauplänen zu. Der Dreiviertelkreis deutete auf eine Wendeltreppe hin. Aber sie hatte im Perfume Mansion nie eine solche Treppe gesehen. Wie aufregend es für Phyllis und sie gewesen wäre, eine Geheimtreppe zu entdecken und Detektiv zu spielen! Natürlich hätten sie als Kinder nicht gewusst, welche negativen Eigenschaften die Feng-Shui-Lehre einer Wendeltreppe zuordnete. Das Chi wand sich in einer Spirale wie ein Korkenzieher nach unten und hinterließ in dem entsprechenden Gua eine Leere. Außerdem führte das Begehen einer Wendeltreppe zu einer gewissen Desorientierung und vermittelte das Gefühl der Unsicherheit.

Salome prüfte noch einmal die anderen Blätter, fand jedoch nirgends eine dazu passende Markierung. Vielleicht war die Treppe nur geplant, aber nie gebaut worden, dachte sie. Interessanterweise befand sich die Markierung im Familien-/Gesundheits-Gua.

Neun Uhr an einem Samstagabend war für ein Lokal wie das Scott's noch früh. Die Musik dröhnte nicht in voller Lautstärke aus den Lautsprechern und es waren auch noch Tische im Restaurant und Plätze an der Bar frei. Da im Scott's hauptsächlich Yuppies verkehrten, waren hier eher die Gäste die Attraktion, weniger die Speisekarte.
Nachdem Salome Rita weder im Restaurant noch an der Bar oder im Innenhof entdeckte, setzte sie sich ganz vorn an die Theke, damit Rita sie sofort beim Kommen entdeckte.
George Dawson, der Barkeeper, knallte eine Serviette vor sie hin und sagte: »Hallo, Salome. Was soll's denn sein?«
»Ich bin hier mit Rita Van Horn verabredet. Haben Sie sie gesehen?«
»Heute Abend noch nicht.«
»Na, es ist ja auch noch früh. Ich nehme ein Perrier mit Zitrone.«
Da kam eine Kellnerin an die Theke. Sie warf Salome einen neugierigen Blick zu und sagte dann: »Hi.«
»Hi.«
Die Kellnerin musterte Salome noch einmal, ehe sie ausrief: »Hey! Sind Sie nicht die Frau, die Palmer Fordhams Leiche gefunden hat? Ich habe Ihr Foto in der Zeitung gesehen.«
»Auf diesem Foto haben Sie mich erkannt?«, fragte Salome ungläubig.
»Na klar. Warum denn nicht?«
George hatte wohl ihre Unterhaltung mitgehört, denn er sagte, als er Salomes Drink brachte: »Ich an Ihrer Stelle würde mir keine Sorgen machen, weil die Polizei Sie unter Druck setzt. Ich habe heute erfahren, dass am Tatort ein Weinglas mit Barbara Boatwrights Fingerabdrücken gefunden wurde.«
»Na, eins konnte man Palmer Fordham wirklich nicht vorwerfen: dass er wählerisch im Hinblick auf das Alter seiner Gespielinnen gewesen wäre«, höhnte die Kellnerin.

»Was wollen Sie damit sagen?«, fragte Salome.
»Eine ganze Woche lang ist er jeden Abend hier gewesen. Offensichtlich wollte er jemanden aufreißen. Nicht wahr, George?«
»Kann schon sein. Aber wer kommt nicht zum Aufreißen hierher?«
»Und dann habe ich gehört, dass er ein Modell sucht«, erzählte die Kellnerin weiter. »Vielleicht war das nur seine Masche zum Anbaggern, aber ich glaube, er hat jemanden gefunden.«
»Wann war das?«
»Vor zwei Wochen, kurz vor meinem Urlaub. Da ist ein Pärchen reingekommen – ein Riesenkerl, wie ein Schrank, und das Mädchen hat wirklich irre, aber vulgär ausgesehen. Kaum hatten sich die beiden gesetzt, war Palmer auch schon an ihrem Tisch. Zuerst hat es ausgesehen, als würden die drei sich streiten ... Kannst du dich noch an die Tussi erinnern, George?«
George runzelte nur die Stirn.
»Ach, komm schon! Sie hatte ein T-Shirt mit der Aufschrift ›Hog Heaven‹ an.«
»Toll aussehende Frauen *arbeiten* hier«, sagte George und lächelte charmant.
Die Kellnerin errötete. »Jedenfalls hat er – Palmer – ein paar Runden spendiert, und dann sind die drei zusammen weggegangen.«
»Waren sie noch einmal hier?«
»Keinen von den dreien habe ich je wieder gesehen«, sagte die Kellnerin kopfschüttelnd.
Salome spürte einen Stich in ihrem Bauch – ihre Intuition meldete sich.
»Haben Sie das der Polizei erzählt?«
»Wie denn?«, antwortete die Kellnerin achselzuckend. »Heute ist mein erster Arbeitstag nach meinem Urlaub.«

Als immer mehr Gäste kamen, fragte sich Salome, ob Rita ihre Verabredung vergessen oder vielleicht das Lokal verwechselt hatte. Aber Rita selbst hatte Scott's als Treffpunkt vorgeschlagen.
Gegen Viertel vor zehn bezahlte Salome ihr Perrier und sagte zu George: »Sollte Rita noch kommen, sagen Sie ihr bitte, ich würde nach ihr suchen. Ich bin bald zurück.«
»Mach ich, Salome.«

Salome warf einen Blick in alle Restaurants an der Strandpromenade und ging dann zur *Sand and Sea*-Galerie. Die Räume lagen im Dunkeln, und nicht einmal die Schaufenster waren erleuchtet. Das war seltsam. Normalerweise wurde nach Geschäftsschluss wenigstens ein Gemälde im Straßenschaufenster von einem Spotlight angestrahlt. Salome ging zur Hintertür und klopfte. Als niemand öffnete, ging sie weiter zum Perfume Creek.
Ein paar Minuten später stand sie vor Ritas Cottage und schaute zur Windmühle hoch. Da die Nacht windstill war, drehten sich die Blätter nicht. Auch hier gab es wie in der Galerie kein Zeichen dafür, dass Rita zu Hause war. Trotzdem klopfte Salome zuerst an die Haus- und dann an die Küchentür. Das Apartment über der Garage stand zur Zeit leer. Sie ging in die schmale Straße vor den Häusern am Fluss. Auf der gegenüberliegenden Seite standen aneinander gereiht Garagen. Jedes Kipptor war mit einer Glasscheibe versehen. Diese Unterstellplätze wurden von Bewohnern gemietet, die entweder keine eigene Garage oder sie wie Rita in ein Apartment umgebaut hatten. Salome spähte durch die Scheibe in eine der Garagen und sah Ritas Lincoln Town Car darin stehen. Das musste nicht bedeuten, dass sie in der Stadt war. Vielleicht war sie mit dem Shuttle-Service zum Flughafen in San Jose gefahren und dann nach New York oder La Jolla zu einer ihrer Galerien geflogen.

Rita hatte eindeutig ihre Pläne geändert.
Salome ging ins Scott's zurück, und da George ihr sagte, Rita sei nicht gekommen, und sie keinen Hunger hatte, machte sie wieder kehrt.
Vor der Tür blieb sie kurz stehen. Die Straße war belebt. Paare und kleine Gruppen gingen in Bars und Restaurants. Der Anblick dieser fröhlichen Menschen weckte in Salome ein Gefühl der Einsamkeit.
Warum soll ich mir nicht auch ein bisschen Vergnügen gönnen und Detektivin spielen?, dachte sie, ging nach Hause, stieg in ihren Pick-up und fuhr in die Berge.

Hog Heaven war eine Biker-Bar. Der Parkplatz war voll. Wunderschöne, tipptopp gepflegte Motorräder – Harleys, alte BMWs und Yamahas standen neben ein paar Lastwagen. Steppenwolfs *Born To Be Wild* dröhnte Salome entgegen, als sie ausstieg.
Das trübe Licht, die dunklen Wände, die Rauchschwaden und das Klicken der Billardkugeln auf den zwei Pool-Tischen erinnerte Salome an eine Bar in Honolulu, wo sie vor vielen Jahren gearbeitet und GIs bedient hatte, die von oder nach Vietnam unterwegs waren.
Die meisten Gäste hier waren Männer mittleren Alters, die in ihrer Jugend der Schrecken der Durchschnittsbürger gewesen waren, wenn sie auf ihren Bikes über die Straßen donnerten. Jetzt spielten dieselben Männer zu Weihnachten mit Spielzeugautos auf Rennbahnen. Trotzdem waren sie Außenseiter geblieben und wurden mit ziemlichem Respekt behandelt. So wie man mit Sprengstoff umgeht.
Mehrere Kellnerinnen in T-Shirts mit dem Aufdruck *Hog Heaven* schlängelten sich zwischen den Tischen hindurch und drängten sich durch die um die Pool-Tische versammelte Menge.
Nur ein paar der wilden Typen warfen Salome neugieri-

ge Blicke zu, als sie die Bar betrat. Niemanden schien ihre Anwesenheit zu stören. Während ihres Jobs als Kellnerin in Honolulu hatte sie gelernt, wie man mit solchen Leuten umgehen musste. Außerdem nahmen Männer von Frauen mittleren Alters sowieso keine Notiz. Wieder einmal hatte sie das Gefühl, unsichtbar zu sein.

In der Mitte der Theke, neben dem Arbeitsplatz der Kellnerinnen, unter dem ein Mülleimer für Zigarettenkippen stand, war noch ein Platz frei. Niemand kümmerte sich hier um das Rauchverbot. Eine rothaarige Frau, die bei Tag wohl zwanzig Jahre älter aussah, stand hinter der Bar.

»Was willst du haben, Schätzchen?«, fragte sie Salome.

Hier ein Designer-Wasser zu bestellen wäre doch zu albern gewesen.

»Ein Bier vom Fass, bitte.«

Die Barfrau zapfte das Bier und stellte dann den Krug auf einen Bierdeckel vor Salome. Sie zahlte und ließ das Wechselgeld auf der Theke liegen. Da sie den Namen des Mädchens nicht kannte, von dem die Kellnerin im Scott's gesprochen hatte, konnte sie die Barfrau, die sowieso keine Zeit für eine Unterhaltung hatte, nicht fragen. Deshalb drehte sie sich auf dem Hocker um und ließ ihren Blick über die Menge schweifen.

Ihre Geduld wurde belohnt, als eine kleine Blondine, auf die die Beschreibung passte, zur Theke kam, ein Tablett mit einem halben Dutzend leerer Flaschen abstellte, der Barfrau die Rechnung zum Eintippen reichte und eine neue Bestellung aufgab. Während die Kellnerin Aschenbecher leerte und säuberte, stellte sich Salome vor und fügte hinzu: »Mir gehört das Perfume Mansion.«

»Hören Sie, Lady, ich habe zu tun«, sagte die junge Frau und sah Salome scharf an.

»Wie heißen Sie?«

»Brooke.«

»Ich will nur kurz mit Ihnen sprechen, Brooke. Lassen Sie sich doch für ein paar Minuten von einer Kollegin vertreten. Die Polizei wird sie bald verhören – und die zahlt nicht dafür«, fügte Salome als Anreiz hinzu.
Brooke seufzte und sagte resigniert: »Lassen Sie mich noch diese Bestellung servieren. Wir treffen uns dann auf dem Parkplatz.«
»Ich warte hier, bis Sie fertig sind«, sagte Salome, da sie Angst hatte, Brooke könnte durch die Hintertür verschwinden.
Ein paar Minuten später verließen die beiden Frauen die Bar.
Brooke ging zu einem mächtigen Redwood-Baum am westlichen Ende des Parkplatzes, lehnte sich an den Stamm und zündete sich eine Zigarette an.
»Sie haben was von Zahlen gesagt.«
Salome gab ihr einen Zwanzigdollarschein und fügte hinzu: »Der ist für Ihren Verdienstausfall. Sie kriegen noch mehr, sollten Sie mir etwas Wichtiges sagen.«
»Was zum Beispiel?« Der Geldschein verschwand in der Gesäßtasche von Brookes Jeans.
»Zum Beispiel: Wie haben Sie Palmer Fordham kennen gelernt?«
»Ich will nichts mit den Cops zu tun haben.«
»Na klar. Das kann ich verstehen.«
»Wer sind Sie überhaupt?«
»Wie ich schon sagte, gehört mir das Perfume Mansion.«
»Sie wollen herausfinden, wer Palmer umgebracht hat, damit die Polizei das Haus freigibt und Sie es wieder vermieten können, wie?«
»So kann man es auch ausdrücken.«
»Wer hat Ihnen von mir erzählt?«
»Jemand im Scott's.«
Brooke zog noch einmal an ihrer Zigarette und erzählte dann ihre Geschichte.

»Kaum hatten wir uns im Scott's an einen Tisch gesetzt, als Palmer plötzlich auftauchte. Ich meine, er war ja ein gut aussehender Mann. Ken, mein Freund, war nicht begeistert. Aber nachdem Palmer uns ein paar Drinks spendiert hatte, hat er uns dazu überredet, mit ihm nach Hause zu gehen. Er wollte, dass ich ihm für ein paar Wochen oder länger Modell sitze.

Zuerst hat Ken ihm nicht geglaubt und Geld verlangt. Typisch Ken! Ihm war es egal, was ich wollte. Jedenfalls sind wir zu ihm – in Ihr Haus, schätze ich – gegangen. Ein toller alter Kasten. Palmer hat Ken mit weiteren Drinks abgefüllt und uns seine Bilder gezeigt. Na, was soll ich sagen? Ich wollte wirklich gern sein Modell sein. Aber ich habe kein Auto, und Ken hat gesagt, er denke nicht daran, mich ständig hin und her zu fahren.

Da hat Palmer gesagt, ich könne in seinem Haus wohnen *und* er würde mich bezahlen. Daraufhin ist Ken ausgerastet. Auf keinen Fall, hat er gesagt. Also haben wir uns gestritten. Es ging darum, dass Ken auch etwas von dem Deal haben wollte. Dann hat uns Palmer angeboten, wir könnten in dem kleinen Haus am Fluss wohnen – umsonst, wenn wir Hausarbeiten übernähmen. Ich hätte alles getan, nur um aus diesem schäbigen alten Trailer rauszukommen, in dem wir hier wohnen.

Jedenfalls hat mich Ken an ein paar Abenden nach der Arbeit da hingefahren. Palmer hat ein Modell nach meinem Körper geformt – meinem Unterkörper, damit ich aussehe wie eine Nixe. Da musste ich dann reinkriechen. Was wirklich sehr unbequem war, aber Palmer hat mich dafür jedes Mal bezahlt. Meinen Oberkörper hat er in allen möglichen Positionen gezeichnet – Hände über dem Kopf, hinter dem Kopf, auf der Brust verschränkt ... Ich sage Ihnen, das war harte Arbeit. Und todlangweilig! Ken hat ihn ständig damit genervt, wann wir denn endlich in das Gästehaus einziehen könnten. Er hatte Angst, Palmer wäre mit mir fertig, ehe wir uns dort einquartieren konnten. Also hat Ken Palmer gesagt, ich könne nur noch für ein paar Stunden jede Woche kommen. Wenn wir aber in diesem Gästehaus wohnen würden, wäre ich die ganze Zeit verfügbar.«

Brooke verstummte und drückte ihre Zigarette aus.

»Und dann haben wir gehört, dass Palmer umgebracht wurde. Seitdem ist Ken verschwunden. Und jetzt sitze ich in diesem lausigen Trailer fest, ohne Auto, ohne irgendwas.«

»Ist Ken vorbestraft?«

»Ja«, sagte Brooke und seufzte.

»Haben Sie eine Ahnung, wo er sein könnte?«

Brooke zuckte mit den Schultern. »Hören Sie, ich wollte wirklich zu den Cops gehen, aber nachdem Ken verschwunden war, hielt ich es für besser, den Mund zu halten ... Ich meine, schließlich habe ich nichts damit zu tun.«

»Könnte Ken Palmer umgebracht haben?«

Brooke zögerte. »Nein. Ich meine, warum hätte er das tun sollen? Er hat den Typ doch kaum gekannt. Und warum sollte er uns die Gelegenheit vermasseln, in einem Häuschen am Strand mietfrei zu wohnen?«

»Danke für Ihre Hilfe«, sagte Salome und gab Brooke noch einmal zwanzig Dollar. »Ich weiß, dass Sie nicht zur Polizei gehen wollen, aber Sie müssen eine Aussage machen, damit Sie als Tatverdächtige ausgeschlossen werden. Verstehen Sie das?«

Die beiden gingen zu dem Lokal zurück.

»Schlagen Sie es sich aus dem Kopf, einfach von hier zu verschwinden.«

»Da ist noch etwas«, sagte Brooke plötzlich und blieb stehen. »Vielleicht ist Ihnen das noch einen Zwanziger wert.«

»Na gut. Schießen Sie los«, sagte Salome und nahm einen Geldschein aus ihrer Börse, behielt ihn aber in der Hand.

»Na ja, als ich zum letzten Mal Modell gesessen habe, waren

wir um neun Uhr abends fertig. Palmer ist mit uns zu Kens Motorrad gegangen. Er hatte eine große Mülltüte voller zerknüllter Zeichnungen und so Zeug dabei und hat alles in die Tonne geworfen.
Später, als wir daheim waren und Ken stockbesoffen schlief, bin ich per Anhalter noch mal runtergefahren und habe die Tüte aus der Mülltonne geholt. Ich meine, er war ein berühmter Maler, nicht wahr? Da könnte doch jede Skizze wertvoll sein, oder? Dann bin ich wieder per Anhalter hierher zurückgefahren.
Und als Ken am nächsten Tag gearbeitet hat, habe ich alle Skizzen geglättet und dabei noch was anderes gefunden. Einen dieser HIV-Tests zur Eigenanalyse.«
Salome überlief ein Schauder, denn ihr schwante nichts Gutes. Brooke warf einen gierigen Blick auf den Zwanziger in ihrer Hand. Salome gab ihn ihr.
»Der Test war positiv.«

Salome fuhr nach Holyrood zurück und stand dann vor Phyllis' Cottage. Hoffentlich ist sie jetzt zu Hause, dachte sie.
Unterwegs hatte sie ein paarmal versucht, Phyllis unter ihrer Handynummer zu erreichen, aber immer nur eine Voice-Mail-Ansage gehört. Dann war sie langsam am Polizeirevier vorbeigefahren. Wahrscheinlich war Phyllis noch im Dienst, wie viele ihrer Kollegen. Auf dem Parkplatz hatten auch ein paar TV-Vans gestanden. Vor dem Gebäude hatte sie in kleinen Gruppen beieinander stehende, rauchende und sich angeregt unterhaltende Leute gesehen.
Irgendwann musste Phyllis nach Hause kommen, und dann würde sie – Salome – da sein.

24

Als Salome sah, dass sich die Vorhänge bewegten, wurde sie aufgeregt. Kurz darauf öffnete Phyllis die Tür, aber nur ein paar Zentimeter. Salome hatte Glück gehabt.

»Was ist los, Mei?«

»Ich muss dir etwas Wichtiges sagen.«

»Hm. Dann machen wir am besten einen kleinen Spaziergang. Geh schon mal vor«, sagte Phyllis und schloss die Tür abrupt.

Was soll das denn?, dachte Salome. Warum bittet sie mich nicht ins Haus?

Ein paar Minuten später holte Phyllis sie ein. Sie trug einen alten Armee-Regenmantel und hatte sich eine Baseball-Kappe tief in die Stirn gezogen. Die beiden hatten sich noch nicht einmal begrüßt, da kamen zwei TV-Vans mit quietschenden Reifen um die Ecke gefahren und hielten vor Phyllis' Cottage. Aus sicherer Entfernung beobachteten sie, wie zwei Reporter, von Kameramännern gefolgt, über den Rasen sprinteten.

Phyllis packte Salomes Arm und schob sie unsanft in die entgegengesetzte Richtung.

»Was ist denn da los?«

»Die Hölle ist los!«, zischte Phyllis. »Also, was gibt's Wichtiges?«

Salome berichtete in knappen Worten, was sie gerade von Brooke erfahren hatte – dass Palmer plante, Brooke und ihren Freund in Doras Cottage unterzubringen, und dass Palmer HIV-positiv gewesen sei.

»Also müsste man die Leute, mit denen er geschlafen hat,

davon in Kenntnis setzen, meine ich. Damit sie sich testen lassen können.«

Die beiden liefen über die Straße zum Perfume Creek. Der Verkehr hatte zugenommen. Aber das war an Samstagabenden immer so.

»Wenn du mich fragst«, sagte Salome, »hatte Dora ein verdammt gutes Motiv, Palmer loswerden zu wollen. Er muss ihr seine Pläne mitgeteilt haben. Wusstest du eigentlich, dass sie die Geliebte von Großvater war?«

»Wer hat dir denn das erzählt?«, fragte Phyllis überrascht.

»Mr. Boelkerke.«

Kurz darauf erreichten die beiden den Fußweg, der entlang des Flusses zu den Häusern führte. Mr. Boelkerkes Haus war nur ein paar Meter entfernt.

Alle Häuser waren dunkel, kein Wunder zu der späten Stunde, denn es war schon fast Mitternacht. Deshalb knipste Phyllis ihre Taschenlampe an.

»Dora wohnt gleich da drüben«, sagte Salome. »Warum gehen wir nicht einfach zu ihr – oder vielmehr, warum gehst du nicht einfach zu ihr und fragst sie?«

»Weißt du eigentlich, wie Palmer starb?«

»So wie ich ihn gesehen habe, vermute ich ...«

»Sag mal, willst du dich nur schützend vor deine Freundin Barbara stellen? Ihr Reichen haltet doch alle zusammen.«

»Was soll das denn heißen? Hat sie gestanden?«

»Sie hat nur gestanden, in ein neues Projekt von Palmer investiert zu haben. Couchtische. Und aus diesem Grund hat sie ihre Eigentumswohnung am Lake Tahoe verkauft.«

»Palmer hat auch mit Mandy über dieses Projekt gesprochen. Hast du denn das Tonband noch nicht abgehört?«

»Nein. Noch nicht.«

Also erzählte Salome, was sie in San Francisco erfahren hatte, und von dem zufälligen Zusammentreffen mit Clay Bethune.

»Verdammt noch mal! Ich brauche Zeit zum Nachdenken. Und Ruhe.«

Dann ging sie entschlossenen Schritts weiter.

»Besuchen wir Dora?«

»Nein!«

»Dann ...«

»Ach, halt den Mund! Tu mir den Gefallen, ja?«

Die beiden blieben kurz vor Doras Haustür stehen. Im Haus war es dunkel. Salome wollte etwas sagen, machte den Mund aber schnell wieder zu.

Phyllis marschierte über den Steg, Salome folgte ihr auf dem Fuße. Sofort musste sie an ihren japanischen Garten denken: die Pagode auf der einen Seite des kleinen Teichs und den Fischer auf der anderen Seite, den Blick zum turmartigen Tempel gerichtet. Was sah er? In die Zukunft? Oder war er neidisch?

Phyllis zog jetzt einen Schlüsselbund aus der Tasche und sah, dass das Siegel erbrochen war.

»Verdammt noch mal! Jemand ist hier drin gewesen. Oder hat es zumindest versucht.«

»Hast du denn nicht alle Hausschlüssel?«

»Jedenfalls Palmers nicht!«, giftete Phyllis.

Sie öffnete die Tür, schaltete ihre Taschenlampe ein und lenkte den Strahl ins Dunkel.

»Alter vor Schönheit, also lasse ich dir den Vortritt«, sagte Phyllis.

»›Die Perlen vor den Säuen‹, wie Matthäus sagt. Oder war es Dorothy Parker?«, flüsterte Salome, weil sie ihre Furcht mit einem Scherz vertreiben wollte.

»Nun geh schon rein!«

Salome zögerte noch immer. »Was sollen wir hier?«

»Wir sind hier, weil das der letzte Ort ist, wo uns die Paparazzi vermuten. Vor einer halben Stunde habe ich mich aus dem Revier geschlichen. Diese Aasgeier wollen frische Leichen. Aber die gibt's im Augenblick im Perfume Mansion nicht.«

25

Nach der Feng-Shui-Lehre repräsentiert das unterste Geschoss eines Hauses das Fundament des Lebens der Bewohner. Handelt es sich dabei um einen Keller, so sollte er sauber und ordentlich aufgeräumt sein, sonst sind die darüber wohnenden Menschen negativen physischen Einflüssen ausgesetzt. Unordnung schafft Sha – blockierte und stagnierende Energie – und schlechtes Chi.

Phyllis schloss die Tür und leuchtete mit der Taschenlampe in den Flur.

Die beiden standen direkt vor einer Nische, die früher den Dienstboten als Garderobe gedient hatte. Ein Schirmständer stand noch in der rechten hinteren Ecke. Links waren Regale angebracht.

Salome glaubte, sich an etwas zu erinnern, aber es fiel ihr im Moment nicht ein.

»Ich muss mal kurz ins Freie«, sagte sie.

»Oh, bitte!«, stöhnte Phyllis verärgert.

»Seit meinem siebten Geburtstag bin ich nicht mehr durch diese Tür gegangen. Es ist wichtig!«

Salome öffnete die Haustür, atmete tief die frische Luft ein und sang stumm: *Om mani padme hum …*

Hinter ihr knipste Phyllis das Licht im Flur an.

Und in diesem Augenblick setzte Salomes Erinnerungsvermögen ein: Damals als Kind hatte sie die Scherbe eines schwarzgrünen Keramikgefäßes vom Boden unter den Mänteln aufgehoben, als sie in panischem Entsetzen zum Fluss hinuntergelaufen war. Die Scherbe hatte sie wohl im Wasser verloren.

Salome schloss die Tür wieder und drückte den Verriegelungsknopf am Knauf. Dann stand sie ruhig da und betrachtete die Nische.

»Lass uns nach oben gehen«, sagte Phyllis, wandte sich nach rechts und wollte den Flur entlang zu der Treppe gehen, die in die Küche führte.

»Nein, warte!«

Wieder schwieg Salome lange und überlegte. »Hier ist es passiert«, sagte sie schließlich. »Hier habe ich den Eingang entdeckt, Phyl.«

»Was meinst du damit?«

»Die Tür zu dem Zimmer mit den schreienden Kindern.«

»Fang bloß nicht wieder damit an. Komm, wir gehen nach oben.«

»Erinnerst du dich denn nicht?« *Die Keramikscherbe, die ich aufgehoben habe …* »Phyl, ich täusche mich nicht. Er ist hier.«

»Was ist hier?«

»Der Eingang zu dem Zimmer«, sagte Salome und schob sich in der Nische an den rechts hängenden Mänteln vorbei. »Warum, glaubst du, hängen hier so viele Mäntel? Jetzt kümmert sich doch nur noch Dora um das Haus.«

»Sie hat sich einfach nicht die Mühe gemacht, die Mäntel wegzuwerfen.«

Der Schirmständer – ebenfalls aus Keramik – war etwa einen Meter hoch und schwer. Salome rollte ihn beiseite. Die Ecke lag im Dunkeln.

»Leuchte mal hierher!«

Phyllis knipste die Taschenlampe an und richtete den Lichtstrahl auf den Boden.

»Sieh doch!«, rief Salome plötzlich und bekam vor lauter Aufregung und Angst eine Gänsehaut. Ihr Herz fing an zu rasen. Dann trat sie auf den jetzt sichtbaren Knopf im Fußboden. Ein schmales Stück der Wand glitt zur Seite.

Der Lichtstrahl fiel auf die Spiegel und blendete beide Frauen.
»Ich traue meinen Augen nicht«, murmelte Phyllis verblüfft. Salome trat wieder auf den Knopf, die Tür glitt zu. Dann noch einmal, und sie öffnete sich erneut. Phyllis drängte sich an ihr vorbei und betrat den Raum.
»Der Schirmständer muss damals von jemandem umgestoßen worden sein, sodass ein Stück abgebrochen ist. Er war wohl noch nicht ersetzt worden, als ich an meinem siebten Geburtstag hierher kam, die Scherbe gefunden habe und zufällig auf diesen Knopf getreten bin. Als die Tür aufging, habe ich wohl geschrien und mein Gesicht in diesem Spiegel gesehen. Deshalb habe ich geglaubt, in diesem Raum wären schreiende Kinder! Dann habe ich vor Schreck wieder auf den Knopf getreten und bin davongelaufen.«
Phyllis schien ihrer Cousine nicht zuzuhören. Sie fuhr mit der Hand über die plissierte rosa Satindecke auf dem Rundbett, das mitten im Zimmer stand. Noch ein »dahintreibendes« Bett, dachte Salome und erforschte dann – aufgeregt wie ein Kind – den Raum.
»Leuchte mal hierher«, sagte sie, und Phyllis richtete den Lichtstrahl auf einen altmodischen Toilettentisch – ein ähnlicher stand in Mandys Ankleidezimmer. Doch dieser war sauber, und darauf standen Parfümflaschen – von Worth und Chanel No.5. Salome zog eine Schublade auf. Darin lagen ordentlich aufgereiht Kosmetikartikel jüngeren Datums. Eine zweite Schublade enthielt Kerzen und eine weitere Spitzenunterwäsche, noch in Seidenpapier verpackt.
Im Zimmer gab es weder Lampen noch eine Deckenleuchte.
»Hier wurden wohl keine elektrischen Leitungen verlegt«, sagte Phyllis, als sie die Wand links neben der Tür abtastete und dabei auf einen begehbaren Schrank aus Zedernholz stieß, der die ganze Seite einnahm.
»Mei! Sieh dir diese Kleider an!«
Der etwa viereinhalb Meter lange Schrank – wohl für Lily Se-

bastians Garderobe eingebaut – war mit altmodischen Kleidern, Schuhen, Hüten und Handtaschen voll gestopft.
Da packte Salome plötzlich Phyllis am Arm und fragte: »Hast du das gehört?«
Als die beiden hastig ins Zimmer zurückgingen, sahen sie, dass die Geheimtür jetzt geschlossen war.
»Verdammt!«, fluchte Phyllis. »Bist du etwa aus Versehen auf den Knopf getreten?«
»Nein, natürlich nicht!«
»Vielleicht ist etwas draufgefallen.«
»Ja. Jemand hat draufgetreten.«
»Hast du die Tür zum Fluss verriegelt?«
»Ja!«
»Jemand ist im Haus«, knurrte Phyllis.
In dem Moment hörten beide ein scharrendes Geräusch, als würde der Schirmständer über den Zementboden wieder an seinen Platz geschoben.
»Hey!«, rief Phyllis und hämmerte gegen die Wand. »Wir sind hier drin! Machen Sie die Tür auf!«
Während der nächsten Minuten suchten beide auf dem Fußboden und an den Wänden nach einem weiteren Knopf. Vergeblich.
Dann setzte sich Salome aufs Bett, rief sich die Baupläne ins Gedächtnis und versuchte, ganz ruhig zu bleiben. Aber ihre Gedanken schweiften immer wieder ab. Plötzlich wurde sie vom Lichtstrahl der Taschenlampe geblendet.
»Leuchte mir doch nicht direkt ins Gesicht!«, fuhr sie ihre Cousine an.
»Was sitzt du da so rum? Es muss doch noch einen Knopf oder einen Schalter geben, der den Mechanismus der Tür in Gang setzt … vielleicht an den Spiegeln!« Phyllis stürzte durchs Zimmer.
Ein paar Sekunden später stieß sie einen durchdringenden Schrei aus. »O mein Gott!«

Wie erstarrt stand sie da, den Lichtstrahl auf den Boden neben der anderen Seite des großen Betts gerichtet. Dann bückte sie sich. Salome hörte Plastik knistern und trat hinter ihre Cousine.
Auf dem Boden, in eine blaue Plastikplane gehüllt, lag Rita Van Horn. »Sie ist mausetot«, verkündete Phyllis. »Mindestens schon einen Tag lang.«
Salome schnüffelte und runzelte dann die Stirn. Der Geruch kam nicht von der Leiche.
»Gib mir die Taschenlampe!«, befahl sie.
»Wozu?«, fragte Phyllis.
»Gib sie mir einfach!«
Das Licht flackerte, die Batterien wurden wohl schwach. Aber auch so war deutlich zu sehen, dass Rauch durch die Lüftungsklappe über der Tür ins Zimmer quoll. An der äußeren Seite der Wand hingen Mäntel und Hüte. Mit einem Hut war wohl die Klappe – ein verräterischer Hinweis auf ein geheimes Zimmer – verdeckt worden, überlegte Salome.
»Hast du dein Handy dabei?«
»Nein«, gestand Phyllis kleinlaut. »Ich wollte mal für eine Weile nicht erreichbar sein …«
Beide ließen sich auf den Boden plumpsen.
Rauch kroch jetzt an der Decke entlang und senkte sich allmählich herab.
Hintereinander krochen sie an Ritas Leiche vorbei und drückten auf die verspiegelten Paneele, in der Hoffnung, einen verborgenen Ausgang zu finden. Vergeblich.
Salome kroch zum Toilettentisch und tastete darunter und dahinter die Wand nach einem Mechanismus ab, der die Tür öffnen würde. Phyllis kroch sogar unters Bett und zerrte Ritas Leiche beiseite.
Der Rauch verdrängte allmählich die Luft zum Atmen.
Vornübergebeugt flohen die beiden Frauen in den Wandschrank.

»Der Schrank ist doch aus Holz – vielleicht nicht der ideale Zufluchtsort«, keuchte Phyllis, nachdem Salome die Tür zugemacht hatte.
»Ich finde einen Weg hier raus, Phyl. Auf den Bauplänen habe ich eine Markierung entdeckt ... Was hatte die nur zu bedeuten?«
»Zum Teufel, wovon redest du?«
»Lass uns die Kleider beiseite schieben.«
»Wonach suchst du?«
»Nach einer Tür. Durch die äußere ist Großvater reingekommen. Vielleicht ist hinter einer Paneele noch ein Knopf versteckt. Aber es muss noch einen Zugang geben, den Lily Sebastian benutzt hat. Im *Innern* des Hauses.«
»Ich habe zwar keine Ahnung, wovon du redest, aber ich glaube dir. Beeil dich!«
Die beiden zwängten sich hinter die Kleider, klopften die Rückwand des Schranks ab und hofften, auf eine hohle Stelle zu stoßen. Phyllis arbeitete sich von links, Salome von rechts zur Mitte vor.
Jetzt drang auch schon Rauch in den Schrank.
Beeil dich, Salome!, befahl sie sich und unterdrückte die in ihr aufsteigende Panik. Ihre Augen brannten, und sie konnte in dem schwachen hin und her huschenden Lichtstrahl der Taschenlampe kaum noch etwas erkennen. Die Zeit lief ihnen davon.
»Phyl, hast du etwas entdeckt?«, fragte Salome, als sich die beiden in der Mitte trafen.
»Nichts. Herrgott noch mal!«
Und dann hörte Salome das lang ersehnte hohle Geräusch. Mit den Händen fuhr sie hastig über die Wand, tastete nach einem Knopf oder einer Einkerbung, die es ihr ermöglichen würde, ein Stück der Wand zur Seite zu schieben. Nichts. Ihr Herz raste.
»Salome ...«, keuchte Phyllis.

»Ich tu, was ich kann, Phyl!«, sagte Salome und hämmerte frustriert mit den Fäusten gegen die Rückwand aus Zedernholz. Da sprang direkt vor ihrer Nase ein Paneel auf.
»Hier!«, rief sie. Kalte, muffige Luft drang in den Schrank, als Salome ins Dunkle tappte, blindlings umhertastete und gegen kaltes Metall stieß.
»Phyl!«, schrie sie und fuhr mit der Hand über ein geschwungenes, nach oben führendes Geländer. »Hier ist eine Wendeltreppe!«
Phyllis lenkte den schnell schwächer werdenden Lichtstrahl in den nur etwa einen Meter breiten Schacht.
»Komm schnell!«, rief Salome.
»Wo führt diese Treppe hin?«
»Ins Erdgeschoss – und hoffentlich in ein Zimmer, aus dem wir rauskönnen.«
Etwas unbeholfen stiegen die beiden die Wendeltreppe hinauf – Salome voran. Nach etwa vier Metern stieß Salome mit dem Kopf gegen die Decke.
»Halt!«, rief sie. »Geh ein Stück runter und gib mir die Taschenlampe.«
»Die hat fast keinen Saft mehr.«
»Gib sie mir!«
Aber die Lampe rutschte Salome aus der Hand und fiel klappernd die Wendeltreppe hinunter.
Phyllis fluchte und sagte dann: »Ich hole sie.« Noch ein Fluch, ehe sie hinzufügte: »Rauch steigt schon den Schacht hoch.«
Aber Salome hörte nicht zu. Sie tastete die Decke nach einem Riegel oder irgendetwas ab, womit sich die Luke öffnen ließ. Hoffentlich ist die Öffnung oben nicht einfach zugemauert worden, dachte sie. Dagegen sprach jedoch, dass die Wendeltreppe vor nicht allzu langer Zeit benutzt worden war – vielleicht sogar *noch* benutzt wurde.
Phyllis fing wieder an zu husten.
Und da stieß Salome plötzlich mit den Fingern auf einen Rie-

gel. Er klemmte, aber es gelang ihr, ihn mühsam beiseite zu schieben. Mit Kopf und Schultern drückte sie nach oben und hoffte inständig, dass kein Möbelstück auf der Luke stand. Knarrend gab das Holz nach, und die Luke klappte mit einem Ruck auf.

»Ich hab's geschafft, Phyl!«, rief sie triumphierend.

Einen Augenblick später krochen die beiden aus der Öffnung und fanden sich in der Speisekammer wieder. Von dort aus führte ein Gang in die Küche und das anschließende Esszimmer.

»Wir müssen die Feuerwehr anrufen!«, rief Salome. »Wo ist Palmers Telefon?«

Phyllis fluchte laut. »Im Labor. Er hatte nur eins.«

Hinter ihnen quoll der Qualm jetzt aus dem Schacht, und sie hörten ein Grollen wie aus der Kehle einer abscheulichen Bestie.

»Verdammt, nichts wie raus hier!«, keuchte Salome.

Dann hörten sie das Splittern von Glas und laute Stimmen.

»Ich glaube, die Kavallerie ist eingetroffen«, sagte Phyllis und lief in die Küche. Zwei Feuerwehrmänner hatten die Glasscheibe in der Küchentür eingeschlagen und zerrten jetzt einen Wasserschlauch herein.

»Phyl!«, rief einer der beiden verblüfft. »Verdammt noch mal, was machst du denn hier?«

»Da könnt ihr durchgehen«, sagte Phyllis und deutete auf die Tür zur Kellertreppe, unter der Rauch hervorquoll.

»Ja, das hat schon die Person gesagt, die das Feuer gemeldet hat. Verschwindet jetzt von hier.«

»Hat sie auch gesagt, dass da unten eine Leiche liegt?«

Mit dem Funkgerät im Feuerwehrauto rief Phyllis im Polizeirevier von Holyrood und den Gerichtsmediziner an. Dann liefen die beiden Frauen zum Flussufer hinunter und überquerten den Steg, der zu Doras Cottage führte. Dora öffnete ihnen überrascht in Nachthemd und Morgenrock die Tür.

Als sie die beiden jedoch nicht ins Haus lassen wollte, explodierte Phyllis. Sie stieß die Tür so heftig auf, dass Dora beinahe gestürzt wäre. Dann packte Phyllis die Haushälterin beim Schopf und schnupperte an ihrem Haar. Es roch nach Rauch.

Dora wehrte sich so vehement, dass beide Frauen hinfielen, über den Boden rollten und einen Tisch und eine Lampe umstießen. Salome tastete nach dem Lichtschalter.

Da hörte sie trotz des Geschreis der Kämpfenden ein Hämmern an der auf die Straße führenden Vordertür. Salome tappte im Dunkel zur Tür und öffnete sie. Ein paar Polizisten standen davor. Die Straße war von zwei Streifenwagen blockiert.

Nachdem die Cops die beiden Frauen voneinander getrennt hatten, wurde Dora – fluchend und spuckend – abgeführt und aufs Polizeirevier gebracht. Die Begründung für ihre Festnahme lautete im Augenblick noch: Angriff auf eine Polizeibeamtin und Verdacht auf Brandstiftung. Phyllis befahl den restlichen Cops, draußen auf sie zu warten. Als sie gegangen waren, beugte sie sich keuchend vornüber.

»Bist du okay?«, fragte Salome und legte ihre Hand auf Phyls Rücken. Phyllis nickte nur, richtete sich wieder auf und atmete tief durch. Sie hatte sich wohl vor ihren Untergebenen keine Schwäche zugestehen wollen.

»Mein Gott! Diese Frau packt zu wie ein Ringer.«

»Du hast vorhin gesagt, ›die Hölle ist los‹. Was hast du damit gemeint?«

Phyllis' grimmiges Lachen klang wie ein Schnauben. »Das haben wir doch gerade erlebt.«

»Nein, vorher. Als die TV-Vans vor deinem Cottage hielten.«

»Wenn ich nur wüsste, wer den Paparazzi verraten hat, dass ich zu Hause bin«, sagte Phyllis kopfschüttelnd. »Ich hatte gerade einen Anruf bekommen. Ein Mitarbeiter in der Ge-

richtsmedizin hat durchsickern lassen, was bei der Autopsie festgestellt worden ist: dass Palmer durch einen höchstwahrscheinlich mit Kurare präparierten Giftpfeil umgebracht wurde. Eine ziemlich sensationelle Nachricht für das verschlafene Holyrood.
Lass uns von hier verschwinden. Ich muss noch einen Durchsuchungsbeschluss für Doras Haus beantragen …«
Beide Frauen schraken zusammen, als plötzlich jemand ins Wohnzimmer stürmte.

26

»Ich will meine Socken wiederhaben! Ich habe schon im Voraus bezahlt, nicht viel, aber immerhin.«
»Herman, verdammt noch mal! Verschwinden Sie von hier!«, fauchte Phyllis den empörten Mr. Boelkerke an.
Herman ließ sich nicht beirren, sondern ging an Salome und Phyllis vorbei direkt zu dem Nähkorb neben Doras Lehnstuhl und wühlte darin herum.
»Herman, wenn Sie nicht sofort das Haus verlassen, muss ich Sie …«
Er wedelte mit fünf Socken vor ihrem Gesicht herum und sagte: »Einer fehlt. Ich habe doch zwei Füße, oder etwa nicht?«
Jetzt suchte Salome in dem Nähkorb nach der fehlenden Socke und fand schließlich unter Wollknäueln und anderen dicken Socken das Stopfei mit der übergestülpten Socke, noch immer mit einem großen Loch an der Spitze.
»Da ist sie ja!«, sagte Salome und ließ das Ei herausgleiten.
»Danke!«, knurrte Herman, schnappte sich seine Socke und verschwand.
Salome und Phyllis sahen sich an und brachen dann in schallendes Gelächter über das sonderbare Verhalten des alten Mannes aus – eine willkommene Entspannung für ihre Nerven.
»›Ich habe doch zwei Füße, oder etwa nicht?‹«, äffte Phyllis den alten Fischer nach.
Erst nachdem sie sich wieder beruhigt hatten und gehen wollten, bemerkte Salome, dass sie das Stopfei noch immer in der Hand hielt. Phyllis stand schon in der Tür.

Salome betrachtete das Ei, ein perfekt geformtes, mit Intarsien verziertes Oval, und fuhr zart mit dem Zeigefinger darüber. Dabei spürte sie eine feine Rille in der Mitte.
Sie schraubte das Ei auf. Es war innen hohl und enthielt ein Plastiktütchen mit einer braunen, teerigen Masse. Und einen Schlüssel.
»Phyl! Komm mal her und sieh dir das an!«, sagte Salome erstaunt.
Phyllis lief zu ihrer Cousine. »So ein Miststück ...«
Sie nahm eine Socke aus dem Nähkorb, hob ihn am Henkel hoch und musterte den Inhalt.
Salome fragte sich, ob Dora ein Blasrohr besaß und wo sie es eventuell versteckt haben könnte.
Da frischte der Wind plötzlich auf, und Salome hörte die Klangröhren von Doras Windspiel aneinander schlagen, doch der Klang war viel dumpfer als das hohe, melodiöse Klingen ihres Windspiels an der Laube.
Plötzlich summte es in ihrem Kopf, und sie bekam Gänsehaut – wie so oft bei einem Aha-Erlebnis. Sie ging auf die Veranda, stellte sich auf die Zehenspitzen und nahm das Windspiel vom Haken neben der Tür. Es bestand aus fast zwei Dutzend Klangröhren aus Bambus in verschiedenen Größen und Längen. Sie achtete darauf, keine der Röhren zu berühren, und trug das Windspiel ins Haus.
»Was machst du denn da?«, fragte Phyllis stirnrunzelnd.
»Ich habe so eine Ahnung ...«
Ein paar Minuten später betrachteten beide das kleine Blasrohr, das Salome mit Hilfe eines Kugelschreibers, den sie auf dem Notizblock neben dem Telefon gefunden hatte, aus einer der Bambusröhren, herausgestochert hatte. Um an dem Corpus Delicti keine Fingerabdrücke zu verwischen, hatte sie die Röhre mit einer Socke festgehalten. Zusammen mit dem Schlüssel, der mit Phyllis' zu der flussseitig gelegenen Tür zum Perfume Mansion identisch war und dem Tütchen mit

der teerigen Masse hielten die beiden nun alle Beweismittel in der Hand.

»Das ist der Fang des Tages!«, sagte Phyllis grimmig. »Leg jetzt alles wieder dahin zurück, wo du es gefunden hast. Wir wissen nichts von diesen Dingen, bis die Spurensicherung mit einem Durchsuchungsbeschluss hierher kommt und die Beweismittel findet. *Capice?*«

»Was für Beweismittel?«

Am nächsten Morgen wurde Doras Cottage legal durchsucht, und die belastenden Gegenstände wurden »gefunden«. Die Laborergebnisse bestätigten später, dass es sich bei der teerigen Masse aus dem Stopfei tatsächlich um Kurare handelte.

Da hatte Phyllis eine Idee. Sie wartete bis kurz vor dem Abendessen und ging dann zu Dora in die Zelle im Polizeirevier.

»Wie geht es dir, Dora?«

Dora wandte nicht einmal den Kopf, sondern starrte weiterhin die Wand an.

»Ich habe gerade etwas erfahren«, sagte Phyllis. Sie wollte die Bombe platzen lassen und dann wieder gehen. Obwohl sie Dora nicht gut kannte, wusste sie um die Schwächen der Haushälterin.

»Salome will Perfume Mansion abreißen lassen«, erklärte Phyllis und seufzte. »Sie hat sich in den Kopf gesetzt, das Haus sei vergiftet – ihre Worte –, weil wohl nie die Wahrheit herauskommen wird, wer Palmer und Rita umgebracht hat. Und deshalb müsse das Haus abgerissen werden. Diese Feng-Shui-Leute haben schon komische Vorstellungen. Wie gesagt, nur wenn die Wahrheit ans Tageslicht kommt, kann Perfume Mansion vor der Zerstörung bewahrt werden.

Ich weiß zwar nicht, wie du darüber denkst, aber mir bricht es das Herz, wenn ich mir nur vorstelle, dass Perfume Mansion dem Erdboden gleichgemacht wird.«

Phyllis glaubte zu sehen, dass Dora erschauderte. Dann ging sie.

Als Salome am selben Tag vor Britta O'Kellys Schreibtisch ihre Aussage über die Ereignisse der vergangenen Nacht machte, waren Salome und Dora räumlich nicht weit voneinander entfernt, wenn sie auch in ganz verschiedenen Welten lebten. Nachdem sie das Protokoll unterschrieben hatte und gehen wollte, hatte Britta mit glänzenden Augen gefragt:
»Soll ich dir etwas erzählen, Salome?«
»Was denn?«
»Shanna, eine meiner Enkelinnen, studiert Journalistik an der Arizona State University und will mich für ein paar Tage besuchen. Allerdings weiß ich nicht, ob ich ihren Besuch dem zur Zeit hier stattfindenden Rummel zu verdanken habe oder der Kristallkugel, die ich – wie du mir geraten hast – ans Fenster gehängt habe. Vielleicht will sie für ihre Studentenzeitschrift einen Artikel über die Morde hier schreiben. Egal, ob so oder so – Hauptsache, sie *kommt*!«
Salome lächelte und umarmte Britta.

Als der Dienst habende Beamte Dora das Abendessen brachte, bat sie um eine Unterredung mit der Polizeichefin. Phyllis ließ Dora in das Vernehmungszimmer bringen. Und dort erfuhr sie die ganze Wahrheit.
Palmer hatte ihr tatsächlich gekündigt, damit Brooke und Ken in ihr Cottage einziehen konnten. An dem Abend, als Barbara Boatwright zum letzten Mal ins Perfume Mansion gekommen war und sich heftig mit Palmer gestritten hatte, war in Dora ein Plan gereift. Vor dem Geschirrspülen versteckte sie das Weinglas, aus dem Barbara getrunken hatte, in der Vorratskammer.
Sie hatte Palmer einen Giftpfeil in den Hals geblasen, als er im Atelier schlief. Dann hatte sie Latex-Handschuhe über-

gestreift, vorsichtig den Pfeil entfernt und in der Toilette hinuntergespült. Palmers Schlüssel und Brieftasche hatte sie eingesteckt und ihn in die Plastikplane gewickelt, mit der er seine Skulptur abgedeckt hatte. Dann hatte sie die Leiche nach unten geschleift und zwischen Sofa und Verandatür platziert. Aus dem Geräteschuppen hatte sie eine Hacke geholt, ihren Körper mit einer Plane geschützt und dann auf Kopf und Oberkörper des Toten so lange eingeschlagen, bis sie erschöpft war.

Die Hacke hatte sie dann in die Plane gewickelt, war zum Geräteschuppen in der Nähe der Garage an der Nordseite des Grundstücks zurückgegangen und hatte die Hacke und die Plane mit einem Wasserschlauch abgespritzt. Mit der Hacke hatte sie ein paarmal in die Erde gehackt, um sie schmutzig zu machen, und sie dann in den Schuppen zurückgestellt. Die nasse Plane hatte sie gefaltet und in dem geheimen Raum im Keller versteckt. Da die Müllabfuhr bereits da gewesen war, hätte sie die Plane erst in der darauf folgenden Woche in der Mülltonne eines Nachbarn deponieren können.

Dann war sie nach oben in Palmers Arbeitszimmer gegangen, hatte in seiner Brieftasche nachgesehen, wie viel Geld darin war – jede Menge Scheine, wie sie erleichtert feststellte. Außerdem hatte sie selbst eine größere Summe mitgebracht. Dann hatte sie mit leicht verstellter Stimme im Beach Bistro angerufen und Essen für zwei Personen – ohne Plastikbesteck – bestellt. Danach hatte sie das Geld aus seiner Brieftasche genommen, in einen Umschlag gesteckt und Beach Bistro darauf geschrieben. Aus dem Aktenschrank hatte sie die Lebensversicherungspolice genommen und auf seinen Schreibtisch gelegt. Als Babette Fordham ihren Bruder zu Weihnachten besuchte, hatte Dora beim Servieren des Dinners gehört, wie die beiden über die Police – sein Weihnachtsgeschenk – gesprochen hatten.

Obwohl Dora von früheren Bestellungen her wusste, dass

das Beach Bistro nie zurückrief, um sich eine Bestellung bestätigen zu lassen, nahm sie vorsichtshalber das Telefon mit, ging zur Haustür und legte den Umschlag mit dem Geld davor auf den Boden.

Als Nächstes war sie ins Arbeitszimmer zurückgegangen, hatte die Flasche Wein und das Glas, aus dem Palmer früher am Abend getrunken hatte, geholt und beides auf den Couchtisch im Wohnzimmer gestellt. Dann hatte sie Barbaras Weinglas aus der Vorratskammer geholt, es dazugestellt und Wein hineingegossen.

Nachdem dieser Teil von Doras Inszenierung abgeschlossen war, hatte es geläutet. Sie hatte das Essen vom Beach Bistro ins Haus geholt, nachdem das Auto wieder weggefahren war, und die Haustür wieder abgeschlossen. In der Küche hatte sie plötzlich Hunger bekommen, von den Speisen gegessen und den Rest in den Müllschlucker geworfen. Zwei Gabeln hatte sie gespült und auf die Abtropffläche gelegt.

Wieder im Wohnzimmer, hatte sie ihr Werk kritisch betrachtet, das Telefon auf den Boden gelegt und unters Sofa gestoßen.

Wie bei einer Theaterinszenierung hatte sie verschiedene Szenarien vorbereitet: Eine Rolle war Barbara Boatwright zugedacht, in der zweiten – ein Raubüberfall mit Todesfolge – spielten Ken und Brooke mit, deren Namen sie zwar nicht kannte, die sie aber hätte beschreiben können. Ohne Zweifel war Ken ein Typ, dem man ohne weiteres einen brutalen Mord zutraute. Und die offen auf dem Schreibtisch liegende Lebensversicherungspolice würde den Verdacht auch auf Palmers Schwester lenken.

Sie habe der Polizei nur einen Gefallen tun wollen, fügte Dora schließlich hinzu, indem sie mehrere Spuren zur Auswahl gelegt habe. Sie hatte geglaubt, dass die wahre Todesursache nie entdeckt werden würde.

Durch die Küchentür war sie dann nach draußen gegangen

und hatte die jetzt leere Brieftasche in den Fluss geworfen, wie Ken es wohl getan hätte. Auch Palmers Schlüsselbund wollte sie hinterherwerfen, hatte dann jedoch beschlossen, den einen Schlüssel zu der zum Fluss gelegenen Tür vorsichtshalber zu behalten. Die anderen Schlüssel waren ebenfalls im Fluss gelandet.

Wieder zu Hause, hatte Dora ihre Kleider gewaschen und war todmüde ins Bett gefallen.

Gegen fünf Uhr früh war sie dann in Schweiß gebadet aus dem Schlaf hochgeschreckt, weil sie etwas übersehen hatte. Schnell hatte sie sich angezogen.

Die Flügeltür zur Veranda! Die hätte sie offen stehen lassen müssen, weil Ken öfter auf die Veranda gegangen war, während Brooke Palmer Modell gesessen hatte. Sie hatte mehrfach gesehen, wie er von dort aus zu ihrem Cottage hinuntergeschaut hatte. Kens Fingerabdrücke mussten sich noch am inneren und äußeren Türknauf befinden. Die Tür musste offen sein, da er diesen Ausgang benutzt hätte, nachdem er Palmer umgebracht und – wie sie – Brieftasche und Schlüssel in den Fluss geworfen hätte.

Im Schutz des dichten Nebels war Dora über den Steg zum Haus zurück, durch die Kellertür in die Villa und ins Wohnzimmer hinaufgegangen. Dort hatte sie mit ihrem Schlüssel die Verandatür aufgesperrt und war denselben Weg wieder zu ihrem Cottage zurückgegangen.

Rita, erzählte Dora weiter, sei am Freitag zu ihr gekommen und habe sie gebeten, sie durch die Kellertür ins Perfume Mansion zu lassen. Palmer habe in seinem Atelier einen Haufen Gemälde gehortet, die sie unbedingt katalogisieren müsse. Rita habe gesagt, sie wisse, dass Dora einen Extra-Schlüssel besitze, aber das würde ihr »kleines Geheimnis« bleiben. Dora hatte sich zunächst geweigert.

Doch dann habe Rita sie erpresst und behauptet, Salome

werde Perfume Mansion und somit auch das Cottage der Haushälterin an sie verkaufen. Es liege an Dora, ob sie weiterhin dort wohnen bleiben könne. Käme sie ihr jetzt entgegen, werde Rita sie auch als Haushälterin weiter beschäftigen. Wenn nicht, würde sie das Cottage verkaufen und Dora auf der Straße sitzen.

Nach Einbruch der Dunkelheit hatten sich die beiden am Freitagabend vor der Kellertür getroffen. Dora hatte ihr Blasrohr präpariert und Rita, die vor ihr ins Haus gegangen war, sofort den tödlichen Pfeil in den Nacken geblasen. Dann hatte Dora Ritas Leiche in dieselbe Plane gewickelt, in der sie Palmer ins Wohnzimmer gezerrt hatte, und Rita in dem »besonderen« Zimmer versteckt. Beim nächsten Sturm hatte sie den Leichnam in den Fluss werfen wollen, wo er aufs Meer hinausgetrieben wäre.

Eine weitere interessante Geschichte in den Annalen des Perfume Mansion war das Kapitel, wie Dora in den Besitz des südamerikanischen Gifts gelangt war. Sie hatte mit Doras Großeltern, Teodora (nach der sie benannt worden war) und Jorge Pena, angefangen.

Das Schauspielerehepaar Lily und Connor Sebastian hatte Teodora und Jorge während einer Tournee durch Brasilien kennen gelernt und als Dienstboten mit in die Staaten gebracht. Jorge hatte Connor beigebracht, wie man ein Blasrohr benutzt, Pfeile schnitzt und mit Gift für die Jagd präpariert. Als die Sebastians von Hollywood ins Perfume Mansion gezogen waren, hatten sie Teodora und Jorge natürlich mitgenommen. Da Lily keine Dienstboten im Haus hatte haben wollen, hatten die beiden in dem Cottage auf der gegenüberliegenden Flussseite gewohnt.

Jorge hatte immer Kontakt zu Landsleuten in Brasilien gehabt, die ihm Kurare schickten, damit Connor weiterhin mit seinen Giftpfeilen auf die Jagd gehen konnte. Diese Tradition hatte sich auch in der nächsten Generation fortgesetzt, als

Maria – Teodoras und Jorges Tochter – Arthur Whalen geheiratet hatte. Nachdem sich Marias Eltern zur Ruhe gesetzt hatten, kümmerten sich die beiden um das Perfume Mansion.

Maria – Doras Mutter – hatte ihrer Tochter das geheime Zimmer gezeigt und ihr beigebracht, wie man Giftpfeile präpariert und benutzt – zu ihrem Schutz, sollte es je nötig sein. Da Dora in der Tradition ihrer Eltern aufgewachsen war, hielt sie es für ihre heilige Pflicht, Perfume Mansion um jeden Preis zu schützen, und betrachtete daher jede ihr geltende Bedrohung als eine Bedrohung des alten Herrenhauses.

Und was das Feuer betraf …

Von Salomes und Phyllis' Stimmen alarmiert, hatte Dora die beiden zum Haus hinauf- und durch die Kellertür hineingehen sehen und war ihnen gefolgt. Da Salome das geheime Zimmer entdeckt hatte, war ihr nur noch eine Möglichkeit geblieben: Sie hatte die Mäntel und Hüte angezündet und kurz daran gedacht, sich mit zu verbrennen. Aber ihr war klar geworden, dass dann niemand die Feuerwehr alarmieren konnte, weil sonst das ganze Haus vom Feuer zerstört werden würde. Nur das Geheimzimmer sollte den Flammen zum Opfer fallen und mit ihm die beiden Frauen. Und sollte man sie als Anruferin entlarven, konnte sie immer noch behaupten, sie habe den Rauch gerochen.

Sie war schnell zu ihrem Cottage zurückgegangen, hatte die Feuerwehr alarmiert, ihre Kleider in die Waschmaschine gesteckt und ihr Nachthemd angezogen, aber nicht bedacht, dass der Geruch des Rauchs noch immer in ihrem Haar hing.

Da sich Phyllis mittlerweile mit ihrer Cousine versöhnt hatte, ging sie nach Doras Geständnis zu Salome und erzählte ihr bei einem kalten Bier alles.

27

Salome saß auf der Couch in ihrem Wohnzimmer und streichelte den Kater Shishi, während sie auf Emily wartete, der sie ein Interview versprochen hatte. Doch statt sich darauf vorzubereiten, schweiften ihre Gedanken ab.

Als ihr Vater von dem Feuer im Perfume Mansion gehört hatte, hatte er sich derart aufgeregt, dass er fast an einem Herzinfarkt gestorben wäre. Ein Mord in dem Haus war schon schlimm genug, doch ein Brand hätte es komplett zerstören können.

Die Tagebücher ihres Großvaters hatte sie wieder in den Schrank gelegt mit einer Notiz, sie habe seine Schrift so schlecht lesen können, dass sie auf eine gründliche Lektüre verzichtet habe.

Bei der Besichtigung der entstandenen Brandschäden mit ihrer Cousine war sie nicht so sehr vom ausgeweideten Geheimzimmer beeindruckt gewesen, sondern von etwas Unsichtbarem. Wie üblich hatte sie das Kellergeschoss mit geschlossenen Augen betreten und die dort herrschenden Energieströme als viel leichter, ja reiner empfunden. Also musste das Feuer das dort lauernde Übel ausgebrannt haben. So hatte das Feuer etwas Gutes bewirkt, obwohl Phyllis und sie dabei fast ihr Leben verloren hätten. Und die Tatsache, dass sie nur mit knapper Not dem Tod entkommen waren, hatte ihre Beziehung zueinander wesentlich verbessert.

Phyllis hatte ihr eine kurze Zeremonie zur Segnung des Kellers gestattet. Eine gründliche spirituelle Reinigung der Villa musste warten, bis die Ermittlungen zu den beiden Morden

und der Brandstiftung abgeschlossen waren. Bis auf weiteres galt das Perfume Mansion als »Beweismittel«, und als solches verfügte Phyllis darüber.
Salome hatte Schuldgefühle, weil sie den ihr vererbten Besitz so viele Jahre vernachlässigt hatte. Da sie wahrscheinlich an der Ostküste sein würde, wenn die Villa wieder freigegeben wurde, wollte sie nach Hollyrood zurückkehren, um alle anstehenden Renovierungsarbeiten zu überwachen. Auch wollte sie eine Palme im Partnerschafts-Gua pflanzen, um diesen Ort mit dem Haus zu verbinden, und auf jedem Flur Spiegel aufhängen, um symbolisch die Leere zu füllen.
Noch etwas machte ihr Sorgen – die Wendeltreppe, über die ihre Cousine und sie glücklicherweise dem Feuer hatten entkommen können. Doch auch wenn sie eine geheime und verschlossene Treppe war, würde die von ihr ausgehende Energie eine ständige Bedrohung für das Familie/Gesundheits-Gua darstellen. Wahrscheinlich hatte Lily Sebastian diese Treppe benutzt und war durch einen Wandschrank in der Speisekammer in das Geheimzimmer gegangen. War die Schauspielerin eines natürlichen Todes gestorben? Das würde wohl nie geklärt werden. Aber Lilys Ehemann war ein passionierter Jäger gewesen und hatte Blasrohre und mit Kurare präparierte Pfeile benutzt, wie Dora gestanden und Phyllis ihrer Cousine erzählt hatte.
Sie konnte sich leicht vorstellen, wie Connor die Geheimtreppe entdeckt und seine Frau in dem Liebesnest überrascht hatte, wo sie auf Joshua wartete. Er hätte sie mit einem Kurare-Pfeil töten und ihren Leichnam einfach in dem Zimmer liegen lassen können.
Salome musste an all die Ehepaare denken, die im Perfume Mansion gewohnt hatten. Trotz ihres Reichtums waren ihre Verbindungen zerbrochen – was sicher nicht zuletzt an dem fehlenden Partnerschafts-Gua lag.
Deshalb würde die Villa erst nach gründlicher Reinigung und

Neugestaltung nach der Lehre des Feng Shui wieder bewohnbar sein.

Niemandem hatte sie erzählt, dass sie die Mieteinkünfte für das Haus mit Phyllis teilen wollte. Das würde zwar gewisse Dinge komplizieren, aber hoffentlich nur in fiskalischer Hinsicht. Sie musste es tun, denn sie hatte das Gefühl, es sei das Richtige.

Plötzlich sprang Shishi von ihrem Schoß. Gleich darauf läutete es an der Tür.

Der Kater trottete voraus, und sie folgte ihm. Hoffentlich ist dies das letzte Interview, dachte sie. Die ganze Stadt wusste, dass Phyllis und sie fast in den Flammen umgekommen wären, und jetzt wollte Emily Näheres wissen.

Als sie die Tür öffnete, wurde sie blass und wünschte sich sofort, sie hätte sich mehr Mühe mit ihrem Äußeren gegeben.

Eine ganze Weile standen sich Michael O'Kelly und Salome wie erstarrt gegenüber und wagten kaum zu atmen.

»Also, wer blinzelt jetzt zuerst«, brachte Salome mühsam hervor, denn sie hatte das Gefühl, ihre Kehle sei wie zugeschnürt, und ihr Herz klopfte wild.

»Ich habe Emily gesagt, dass ich das Interview mache. Natürlich nur, wenn's dir recht ist.«

Salome trat mit weichen Knien beseite und bedeutete Michael hereinzukommen.

»Du siehst phantastisch aus, Mei«, sagte er. »Gar nicht, wie Tante Livia dich geschildert hat – eine Mischung aus einer Shakespeare-Hexe und einer Pennerin.«

»Livia war schon immer sehr scharfsichtig.«

Sie lachten beide, und die anfängliche Verlegenheit verschwand. Dann zog er zu ihrer Überraschung seine Schuhe aus. Wie taktvoll, dachte sie.

»Hast du dir auf der Flucht vor dem Feuer den Kopf angestoßen?«

»Ach, das«, sagte sie und berührte das Pflaster. »Das war ein anderer Unfall.«
Dann saßen sie beide im Wohnzimmer, jeder ein großes Glas kühles Bier vor sich.
Als er sein Glas hob, sah Salome, dass er leicht zitterte.
»Geht's dir gut?«
»Eigentlich nicht, denn ich kann es noch immer nicht fassen, dass ich hier mit dir sitze. Es ist so unwirklich. Und dann gibt's noch etwas, das ich mir mehr als alles andere wünsche.«
»Was?«, fragte Salome. Wahrscheinlich will er mich küssen, dachte sie. Und wenn er das tut, bin ich verloren.
»Also ... ich ... ach, es ist zu blöde. Ich möchte eine Zigarette rauchen.«
So viel zur Romantik, dachte sie, gleichzeitig etwas erleichtert.
»Wann hast du denn angefangen zu rauchen? Du warst doch immer so sportlich.«
»Am Tag, als ich Holyrood den Rücken kehrte. Am Flughafen von San Francisco habe ich mein erstes Päckchen gekauft. Und ehe wir in Boston landeten, hatte ich sie alle geraucht. Aber vor zehn Jahren habe ich damit aufgehört.«
Shishi hielt den Augenblick für gekommen, diesen Fremden einer näheren Prüfung zu unterziehen, sprang aufs Sofa zwischen Salome und Michael und starrte den Besucher an.
»Das ist Shishi. Du kannst ihn ruhig streicheln. Das ist viel besser als eine Zigarette.«
Hast du ein Glück, Shishi, dachte sie, als Michael den Kater streichelte und er prompt zu schnurren anfing. Dann rollte er sich auf Michaels Schoß ein.
»Nach dem Internat ging ich nach Harvard. Dad war sehr spendabel, nur damit ich nicht wieder hier auftauchte.« Er trank einen Schluck und fragte dann: »Und was hast du gemacht?«

»Ich wohnte bei einer von Moms Schwestern auf Hawaii und bin dort auf die High School gegangen. Ihr gehörte dort ein Blumenladen in Honolulu.«

»Und bist du dann nach Stanford gegangen?«

Sie hatten beide in Stanford studieren und nach dem Abschluss die Welt verändern wollen.

»Nein. Ich habe einfach dort rumgehangen und nur ein paarmal meine Familie besucht. Erst viel später bin ich wieder zurückgekehrt.«

Eine Weile schwiegen beide.

»Bist du nicht aufs College gegangen?«

»Schon, aber ich habe keinen Abschluss gemacht.«

»Du meine Güte, Salome! Du warst damals in der *National Honor Society*!«

»Und? Mein Leben hat sich nach jenem Abend radikal verändert.«

Michael seufzte, setzte den Kater sanft auf den Boden und stützte die Ellbogen auf die Knie.

»Mein Gott! Wie mir das Leid tut!« Er fuhr sich mit der Hand durch sein dichtes graues Haar. »Weißt du eigentlich, wer uns verpetzt hat?«

»Dein Bruder.«

»Ja. Aber von wem wusste er das mit uns?«

Salome schüttelte den Kopf.

»Billie Ruth.«

»Sie konnte mich noch nie leiden«, sagte Salome überrascht. »Aber das war wirklich gemein.«

Michael trank sein Bier aus. »Was hältst du davon, wenn wir uns zum Dinner treffen und über alles in Ruhe reden? Ich brauche etwas Stärkeres als Bier und muss dir außerdem gestehen, dass ich von Interviews keine Ahnung habe. Das war nur ein Vorwand, um dich zu sehen.«

»Einen Vorwand hättest du nicht gebraucht, Michael.«

Das »Interview« erwies sich als außerordentlich positiv und hatte nicht nur einen Zeitungsartikel zur Folge.
Salome und Michael saßen so vertraut zusammen, als wären sie all die langen Jahre nicht getrennt gewesen. Also beschloss er, nicht gleich nach dem Verkauf des *Echo* die Stadt zu verlassen, selbst wenn er weiterhin in Tante Livias schäbiger Pension wohnen musste.
Als sich dann noch herausstellte, dass Palmer Fordham sogar die First Lady gemalt hatte und HIV-positiv gewesen war, wurde Holyrood von den Medien belagert, und Damon O'Kelly hatte seine großen Auftritte vor den Kameras, bis Livia ihn an einem geheimen Ort versteckte und mit ihm dort blieb.
Salome half während des Golfturniers in ihrem Outfit als Zimmermädchen aus. Eine sehr nützliche Kleidung, da sie von der nach Berühmtheiten gierigen Journalistenmeute nicht erkannt wurde und nach Belieben kommen und gehen konnte.
Die Regenbogenpresse witterte natürlich einen Skandal – eine Affäre zwischen Palmer Fordham und der First Lady. Da sie selbst aber dieses Gerücht in die Welt gesetzt hatte, glich sie der Katze, die sich in den eigenen Schwanz beißt. Trotzdem wurden Phyllis und ihre Mannschaft von den Paparazzi wegen mehr Informationen über Dora Whalen lange gequält.
Salome hielt sich aus dem Rummel so gut es ging heraus.
Als Mandy anrief und erzählte, dass sein Krebstest negativ sei, fuhren Phyllis, Salome und Michael nach San Francisco, um die gute Nachricht mit ihm im Murph's zu feiern.
Nicht nur sein Gesundheitszustand hatte sich wesentlich verbessert, er hatte auch eine Rolle in dem Dokumentarfilm *Drag Queens – Aussterbende Hoheiten?* bekommen. Der Regisseur war ebenfalls mit von der Partie und ließ Mandy nicht aus den Augen. Auch Clay Bethune war da, betrunken

und aggressiv, wie Mandy und Salome ihn bereits kannten. Mandy war das egal. Er trug ein langes schwarzes Abendkleid, dazu seine Prinzessin-Diana-Perücke samt Tiara und Ohrringen und genoss es, im Mittelpunkt zu stehen.
Phyllis, Salome und Michael übernachteten im Stadthaus der Waterhouses – jeder in seinem Zimmer. Und da Phyllis und Michael ziemlich viel getrunken hatten, brachte Salome – die kaum Alkohol trank – die beiden ins Bett.

Als es für Salome Zeit war, ihre Zelte an der Ostküste aufzuschlagen, hatte sie mit Michael viele Gemeinsamkeiten entdeckt. Doch Michael traute seinen Gefühlen nicht. Er schleppte nicht nur das Trauma seiner gescheiterten Ehe mit sich herum, sondern auch das Trauma jener Dezembernacht vor so langer Zeit, als man ihn nicht nur psychisch, sondern auch physisch verletzt hatte. Sein Bruder hatte ihn damals so brutal geschlagen und getreten, dass er mit einer Bauchfellentzündung ins Krankenhaus hatte eingeliefert werden müssen und einer seiner Hoden entfernt worden war.
An einem warmen Frühlingstag – Salome brachte gerade ihren Garten vor ihrer Abreise in Ordnung – bekam sie Besuch von einer strahlenden und braun gebrannten Janelle Phillips.
»Salome! Wie schön, Sie noch hier anzutreffen!«
Salome jätete ihren japanischen Garten und schaute auf. »Hallo, Janelle«, sagte sie wenig begeistert und fuhr mit Jäten fort, während Janelle verlegen von einem Fuß auf den anderen trat.
»Ich glaube, es ist an der Zeit, dass ich Ihnen etwas gestehe. Ich war es, die Ihnen das Geld für das Feng Shui zu Palmers Geburtstag geschickt hat. Und an jenem Morgen wollte ich sichergehen, dass Sie auch etwas für Ihr Geld tun. Deshalb bin ich Ihnen gefolgt und war überrascht, Sie kurz darauf oben auf dem Kliff zu sehen. Und dann sah ich die Polizei ... und erfuhr natürlich später, dass Palmer ermordet worden war.«

»Sie sind einfach abgereist, ohne mir ein Alibi zu geben.«
»Ich hatte eine Zeit lang ein Verhältnis mit Palmer und durfte nicht riskieren, dass mein Mann davon erfährt.«
»Und wo waren Sie?«
»Auf Jamaika.«
»Und Sie sind gerade erst zurückgekommen?«
»Ja. Ich dachte, Sie könnten mir vielleicht erzählen, was alles passiert ist.«
Salome richtete sich auf und sagte: »Ich habe jetzt keine Zeit. Aber Sie können ja zum *Echo* gehen und die alten Ausgaben lesen.«
»Ja, gut«, entgegnete Janelle, und ihr Lächeln wurde dünn. »Ich wünsche Ihnen noch einen schönen Tag.«
Als Janelle sich umdrehte, sagte Salome: «Aber eins möchte ich Ihnen schon jetzt mitteilen, denn das müssen Sie unbedingt erfahren, falls Sie es noch nicht wissen.«
»Wirklich? Und was ist das?«
»Palmer war HIV-positiv.«

Als Michael Salome mit seinem Wagen zum Flughafen fuhr, sagte er: »Ich habe ein paar Handwerker beauftragt, Tante Livias Pension zu renovieren. Wenn du zurückkommst, wird die alte Bude ein wahres Schmuckkästchen sein.«
»Das hast du ihr doch nicht gesagt, oder?«
Da lachte er sein herzliches Lachen von früher, so wie sie es in Erinnerung hatte, und sagte: »Wo denkst du hin? Wenn sie wüsste, dass du während ihrer Abwesenheit das Haus bereits einer Analyse unterzogen hast, wäre ich ein toter Mann. Nein, sie ist nur froh, dass ich die Renovierung bezahle.«
Dann drückte er ihre Hand und fügte hinzu: «Das Wiedersehen mit dir hat mich eine Stange Geld gekostet, Mei. Aber es war jeden einzelnen Cent wert.«
»Die Wege des Chi sind unergründlich.«

Danksagung

Ich danke den Feng-Shui-Beratern, die mich an ihrer Weisheit und ihren Kenntnissen teilhaben ließen. Vor allem Cathleen Rickard, meiner lieben Freundin und Mentorin; Madhu Brodkey und Nancy Santo Pietro.
Mein Dank gilt auch Professor Lin Yun, Gründer der Black-Sect-Tantric-Buddhist-Feng-Shui-Schule, und Grace Jagchid für ihre Führung durch den Yun Lin Temple in Berkeley, Kalifornien.
Meiner Familie danke ich für ihre Unterstützung und unermüdliche Förderung: Mom, Diane Barker, Harrison Barker, Signe Nelson, Dana Richmond, Lorraine Kessler, Dolores Osborne, Phil Osborne, Steve Osborne. Und Judy Osborne und Chris Osborne für die fachmännische Beratung.
Meinen Freunden im ganzen Land danke ich für ihre Hilfe bei Nachforschungen: Beverly Hogg, Marilyn und Mike Fitzgerald, Kathryn und Tony Gualtieri, Dianne Day, Mara Wallis und Richard Recker, John Barlow, Charlotte Morrison, Kevin Bransfield und Kathy Ball.
Besonders erwähnen möchte ich die Capitola Women of Mystery und die wunderbaren Gespräche mit ihnen; und Julie, Deborah, Kathy und Shannon vom Dominican Hospital danke ich für die Übermittlung ihrer medizinischen Kenntnisse.
Ohne das Entgegenkommen der genannten Personen hätte ich dieses Buch nicht schreiben können. Ohne die beherzten Eingriffe und die Hingabe meines Agenten, Don Gastwirth, wäre dieses Buch nicht erschienen. Und ich danke dem Team bei Berkley Prime Crime für seine Mühe mit diesem Buch, vor allem meiner großartigen Lektorin, Samantha Mandor.

Obwohl dieses Buch ein Roman ist und alle handelnden Personen ihrer regen Phantasie entsprangen, wurde die Anwendung der chinesischen Kunst des Feng Shui nach dem besten Wissen der Autorin den Tatsachen entsprechend geschildert.

Marcia Muller

Dunkle Schatten

Aus dem Amerikanischen von
Cornelia Holfelder-von der Tann

Band 15594

In einer kalifornischen Küstenstadt wird die Leiche einer jungen Frau angeschwemmt. Für die Polizistin Rhoda Swift ist dieser Mord die Fortsetzung eines jahrelangen Albtraums: Vor 13 Jahren hatte Rhoda als Erste den Tatort eines ähnlichen Mordes, der nie aufgeklärt wurde, begutachtet. Die damals frisch gebackene Polizistin war dem Vorwurf ausgesetzt gewesen, Beweismaterial übersehen zu haben. Ist der grausame Täter jetzt zurück?

»Unter den Frauen, die erfolgreich in
die Männerwelt der Privatdetektive eingedrungen
sind, war Sharon McCone die erste – und bleibt
die beste und sympathischste.«
FAZ

Fischer Taschenbuch Verlag

fi 15594 / 1

Marcia Muller
Gefährliche Stille
Roman
Band 15284

Während der fröhlichen Hochzeitsfeier ihrer Assistentin Rae Kelleher erhält Sharon McCone die Nachricht vom plötzlichen Tod ihres Vaters. Sofort macht sie sich auf den Weg nach San Diego, denn Sharons Vater hat bestimmt, dass von seinen fünf Kindern sie diejenige sein soll, die seine persönlichen Angelegenheiten ordnet. Sharon entdeckt schnell, warum. Sie stößt auf Adoptionspapiere, die ihren Namen enthalten. Ihre Ähnlichkeit mit der indianischen Urgroßmutter hat andere Gründe, als sie immer glaubte. Und sie begibt sich auf eine lange, gefahrvolle Reise zu ihren Wurzeln.

»Horch auf das Schweigen.« Diesem Ratschlag eines alten Mannes folgend, entdeckt Sharon die Gründe für ein lange gehütetes Familiengeheimnis: eine zerstörte Liebe und einen brutalen Mord.

Fischer Taschenbuch Verlag

fi 15284 / 1

Marcia Muller

Das gebrochene Versprechen

Roman

Aus dem Amerikanischen
von Cornelia Holfelder-von der Tann

Band 14889

Sharon McCone, Ermittlerin im sonnigen San Francisco, erfährt dass ihr Schwager, der Countrysänger Rick Savage, seit einiger Zeit Drohbriefe erhält, die ihn zunehmend beunruhigen. Er möchte Sharon engagieren, um ihn auf einer Tournee zu schützen. Seine Ehe mit Sharons Schwester Charlene steht vor der Scheidung. Doch erst als auch die sechs Kinder der beiden von dem anonymen Briefschreiber bedroht werden, ist Sharon bereit, den Fall zu übernehmen. Eine gefährliche Familienangelegenheit ...

»Für Fans des Hard-boiled-Krimis ein weiblicher
Humphrey Bogart: Sharon McCone ist Amerikas
erste weibliche Detektivin, die echte No. 1!
Strandkorbfaktor: Pazifisch gut!«
Cosmopolitan

Fischer Taschenbuch Verlag

fi 14889 / 1